KB078679

무열

성운을 먹는 자

성운을 먹는 자 7

김재한 퓨전 판타지 소설

초판 1쇄 찍은 날 § 2015년 11월 4일
초판 1쇄 펴낸 날 § 2015년 11월 11일

지은이 § 김재한
펴낸이 § 서경석

편집책임 § 이창진
디자인 § 신현아

펴낸곳 § 도서출판 청어람
등록번호 § 제387-1999-000006호
등록일자 § 1999. 5. 31
어람번호 § 제1-2277호

주소 § 경기도 부천시 원미구 부일로 483번길 40 서경B/D 3F (우) 14640
전화 § 032-656-4452 팩스 § 032-656-4453
http://www.chungeoram.com
E-mail § chungeorambook@daum.net

ⓒ 김재한, 2015

ISBN 979-11-04-90494-3 04810
ISBN 979-11-04-90287-1 (세트)

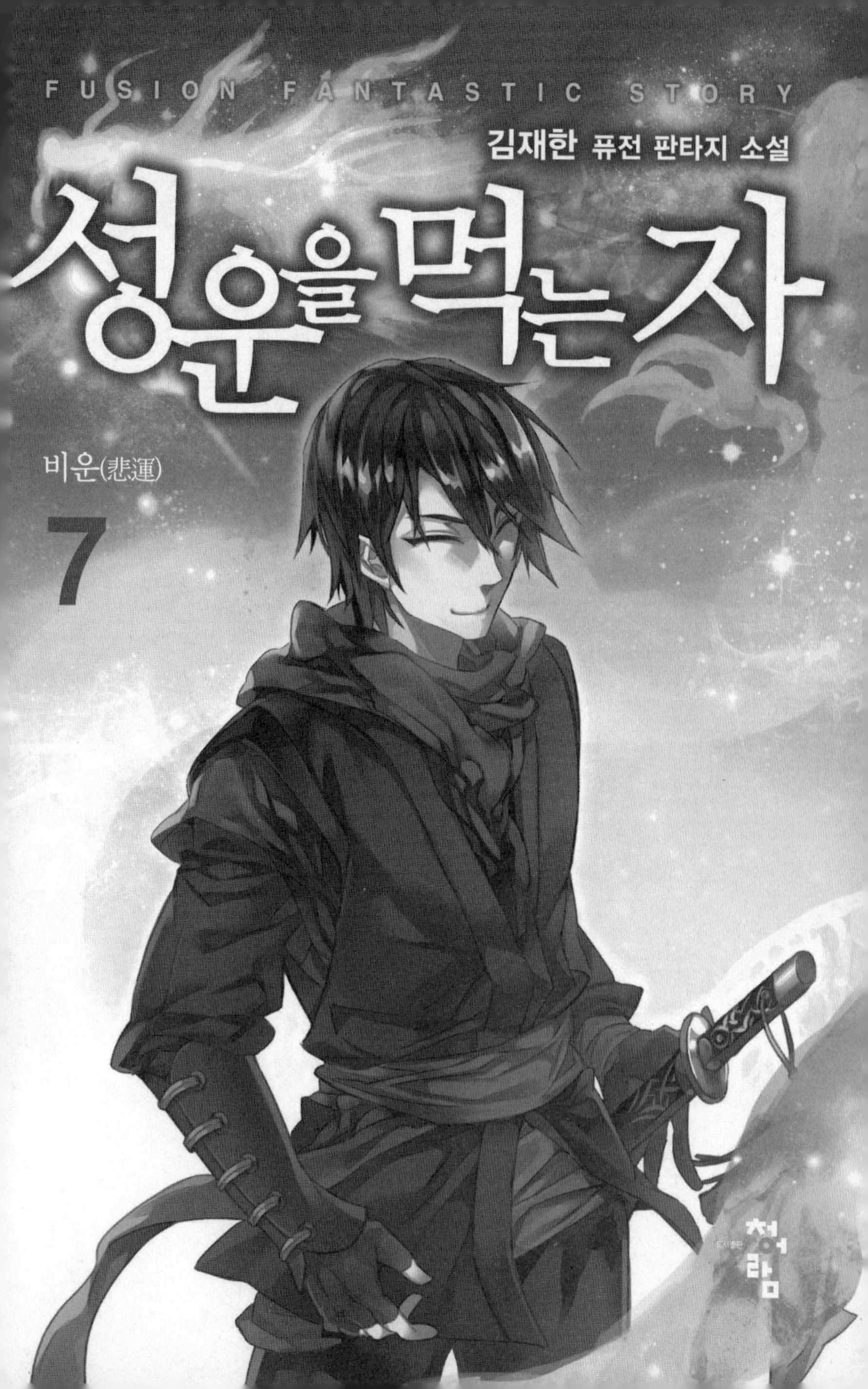
FUSION FANTASTIC STORY
김재한 퓨전 판타지 소설
성운을 먹는 자
비운(悲運)
7
청어람

목차

제33장 별빛을 그러모은 자　　007

제34장 고향　　047

제35장 재회하는 자들　　081

제36장 탐욕을 부르는 폐허　　139

제37장 고대의 마(魔)　　197

제38장 비운(悲運)　　239

제33장
별빛을 그러모은 자

성운을 먹는 자

1

형운이 앞장서서 적들을 격퇴하자 초반에 급습을 당해서 혼란에 빠졌던 별의 수호자 측은 금세 사기가 올랐다. 방어진을 구축한 채 몇몇 고수가 형운을 지원하기 위해 나서려고 했지만 광요라 불리는 청년을 비롯해서 아직 남아 있던 30여 명의 광세천교도들이 쇄도해 왔다.

무일이 가려에게 물었다.

"선배, 공자님께서 혼자 나서셨는데 어쩌지요?"

"당장은 옆에 가봐야 방해만 된다. 일단은 접근해 오는 적들을 요격하는 것을 돕고 나서 공자님에게 가지."

가려는 그렇게 결론을 내렸다. 막대한 내공을 바탕으로 주변을 휩쓰는 형운의 무공 특성상 함부로 돕겠다고 뛰어들어 봤자 방해만 될 뿐이다.

곧 적들의 선두가 방어진과 격돌했다. 무기가 맞부딪치는 소리들이 요란하게 울려 퍼지면서 공기가 요동친다.

"크악!"

비명도 울려 퍼졌다.

이 공방에서 유리한 것은 별의 수호자 측이었다. 수적으로도 우위고 기환술사들의 지원을 끼고 방어진을 구축했기 때문에 적들은 환술에 사로잡혔다.

환술의 힘은 강력하다. 아군의 위치를 실제와 어긋나 보이게 하거나 개개인의 식별을 혼란스럽게 만든다. 목숨이 오가는 격전에서는 승패를 갈라놓기 충분한 요소다.

그런데 첫 비명은 별의 수호자 측에서 울려 퍼졌다. 모두가 놀라서 그쪽을 바라보았다.

"응?"

광요가 호위무사 하나의 목을 움켜쥔 채 고개를 갸웃하고 있었다. 한 손으로는 복부를 쳐서 내장을 부수고 한 손으로는 목을 꺾는다. 일순간에 한 사람을 살해해 놓고 마치 자기가 무슨 짓을 했는지 모르겠다는 표정을 짓고 있었다.

"아니네?"

의미를 알 수 없는 말을 중얼거리는 그에게 또 다른 무사가 덤벼들었다. 동료의 죽음에 눈이 뒤집힌 그를 본 조장이 다급하게 외쳤다.

"잠깐⋯⋯!"

하지만 허망한 외침이었다. 광요는 자기가 죽인 무사의 시체를 들어서 그에게 던졌다. 예상치 못한 행동에 무사가 흠칫하는 순간, 그 너머에서 폭음이 울린다.

"어억……!"

광요의 일권이 시체를 격타, 거기서 뻗어 나온 기공파가 덤벼들던 무사까지 한 번에 관통했다. 무사는 비명조차 제대로 지르지 못하고 절명했다.

광요가 눈살을 찌푸린다.

"누군지 모르겠어. 뭐야, 이거? 왜 그놈이 아니지?"

그를 본 별의 수호자 측 무사들은 다들 전율했다. 겉으로 보기에는 정신이 이상한 청년으로 보이는데 손속을 보아하니 무시무시한 고수다.

그때 한발 늦게 조장급 무사가 움직였다. 단번에 광요 앞으로 뛰어들면서 검을 내지른다.

광요의 능력을 완전히 파악하지 못한 상태에서 시도하기에는 지나치게 직선적인 공격이다. 하지만 그가 주저 없이 그렇게 한 것은 기환술사들의 지원을 믿었기 때문이다.

광요 역시 환술에서 자유로울 수 없다. 조장은 그렇게 판단했기에 잔재주를 배제한 필살의 일격을 날렸다.

"아니?!"

그런데 광요가 아무렇지도 않게 손을 들어 공격을 막았다. 그저 막은 게 아니라 엄지와 검지 사이에 칼날을 끼워서 잡아버린 게 아닌가?

콰직!

그 직후 이어진 공격이 조장의 다리를 부러뜨렸다. 조장은 광요의 상반신 움직임을 보고 상체를 노리는 공격에 대비했는데 완벽하게 감각의 사각을 찌르는 발차기가 작렬한 것이다.

무방비로 허점을 노출한 조장을 구한 것은 동료들이었다. 기회를 엿보고 있던 무사들이 곧바로 연수합격을 펼쳐 광요를 막는다. 광요는 전광석화 같은 움직임으로 그들의 공격을 비껴내면서 뒤로 물러났다.

그리고 고개를 갸웃했다.

"이거 뭐야? 왜 보이는 거랑 날아오는 게 달라?"

말하는 것을 보니 환술에는 걸린 모양이다. 하지만 눈으로 보는 것과 실체를 따로따로 구분할 수 있는지 대응에 전혀 혼란이 보이지 않는다.

그런 그의 앞에서 무사들이 위치를 바꾼다. 측면에서 광세천교도들을 몰아붙이던 중년의 검객이 새처럼 날아서 광요 앞을 가로막았다. 조장급보다 더 윗줄의 호위부단장으로 직급은 형운보다 아래지만 사실상 이 상행의 호위를 책임지는 인물이다.

"얕볼 만한 실력이 아니군. 마인이라서인가?"

이 자리에 있는 광세천교도들은 전원 마인이었고 광요 역시 마찬가지다. 전신에서 마공을 익힌 자 특유의 마기가 무방비하게 흘러나오고 있는데 그 압박감이 상당했다.

부상을 입은 조장이 말했다.

"조심하십시오. 보통이 아닙니다. 내공도……."

"안다. 물러나 있도록."

부단장이 조장의 말을 잘랐다. 잠시 공방을 지켜본 것만으로 대충 광요의 실력을 가늠해 볼 수 있었다. 공방에 임했을 때의 기술, 빠르기, 그리고 내공에 이르기까지… 모든 면에서 조장을 압도한다.

'애송이 주제에 내공이 나와 필적한다니… 도대체 얼마나 많은 사람을 희생시킨 것인가?'

부단장의 내공은 6심의 경지에 달해 있었다. 광요는 아무리 마인이라지만 스무 살이나 되었을까 싶은 나이에 그와 비등한 성취를 이룬 것이다.

하지만 강호란 원래 비상식적인 일이 비일비재하게 일어나는 곳이다. 정종무공을 익힌 자들도 상식을 뛰어넘는 경우가 흔한데 마인에게 상식을 들이대고 놀란다면 참으로 어리석은 일 아니겠는가?

광요가 묻는다.

"너도 아닌데. 누구야?"

"누굴 찾는 게냐?"

"아, 찾았다."

부단장의 물음을 무시한 채 광요가 웃는다. 어린아이처럼 천진한 미소였다.

다음 순간, 둘이 거의 동시에 움직였다. 부단장이 광요의 허를 찌르기 위해 먼저 치고 들어갔는데 광요는 전혀 당황하지 않고 마주 돌진, 부단장의 검에 맞선다.

'흡!'

부단장이 기겁했다. 그의 검은 변화무쌍함을 중시한다. 힘을 빼고 직선적으로 뻗어낸 다음 상대가 반응을 시작하면 반응하기 까다로운 궤도로 변화하는 것이 기본이다.

그런데 광요의 반응이 예상을 뛰어넘었다. 처음에는 그대로 그의 검에 맞부딪쳐 나가는 듯했다. 옳다구나 싶어서 변화를 일으키니 바로 그 순간 급가속하면서 안쪽으로 뛰어 들어오는 게 아닌가?

펑!

부단장은 아슬아슬하게 광요의 공격을 피하면서 그를 떼어놓았다. 검을 거두면서 그대로 발차기를 날려서 돌진을 저지한다.

그 너머에서 광요의 눈이 흉흉한 빛을 발한다. 부단장의 발차기를 깔끔하게 받아내고는 허공에다 대고 일장을 쳐 내자 순백의 기공파가 폭발했다.

콰콰콰콰콰!

흘려 넘긴다면 주변의 아군이 피해를 입는다. 그렇기에 부단장은 정신없이 물러나면서 기공파의 위력을 죽였다.

'뭐가 이렇게 빠른가?'

공방에서 어떤 행동을 취했을 때 다음 행동으로 전환하려면 당연히 틈이 생긴다. 이 틈을 최소한으로 줄이기 위해 상대방의 움직임을 통찰하고 기의 운용을 물 흐르듯이 자연스럽게 이어 나가는 것이 고수들이 추구하는 공방의 묘리다.

광요는 그런 기본을 무시했다. 직선적으로 힘을 폭발시킨 직후에 곧바로 다음 동작이 비슷한 위력으로 이어지고 있었다.

쾅! 쾅! 콰콰쾅!

그것을 증명하듯 광요가 연달아 기공파를 퍼부었다.

그가 일장을 뻗을 때마다 위력적인 섬광이 터져 나와 부단장을 밀어냈다. 처음 기공파를 상쇄하기 전에 다음 기공파가, 그리고 또 다음 기공파가 정신없이 이어진다.

"크헉!"

정신없이 밀려나던 부단장은 결국 공세를 감당하지 못하고 내상을 입었다.

방어진에서 튀어나와서 주변에 아군이 없는 지점까지 밀려나자 그의 움직임이 변한다. 현란한 움직임으로 기공파를 흘려내면서 기공파의 궤도에서 탈출하자 아직 상쇄되지 않고 남았던 기공파가 그의 뒤쪽에서 폭발했다.

꽈과광! 꽈광!

바위가 박살 나고 아름드리나무들이 수수깡처럼 분질러져서 날아간다. 그 폭발을 본 이들은 다들 모골이 송연해졌다.

"으윽! 이런 말도 안 되는⋯⋯!"

부단장이 요동치는 진기를 다스리면서 이를 갈았다. 마인이라서인지 광요의 신체 능력은 부단장을 웃돌았지만 격돌해 본 결과 내공은 거의 비슷한 수준이 맞다. 그런데 어떻게 이런 기공파를 연달아 퍼부어댈 수가 있단 말인가?

광요는 부단장에게 집착하지 않았다. 이 공방으로 거리가 20장(약 60미터) 이상 떨어졌다. 적이 내상으로 주춤한 이상 무리해서 뛰어들 이유가 없다.

"너구나."

목표를 찾았으니까.

무지막지하게 퍼부어댄 기공파의 여파로 방어진에 구멍이 뚫렸다. 무사들과 기환술사들이 위치를 이탈하자 환술의 효력이 약해지고, 광요가 목표로 하던 존재를 포착했다. 바로 무일이었다.

"크악!"

"컥!"

광요는 앞을 가로막는 무사들을 하나둘씩 쓰러뜨리다가 어느 순간 허공으로 뛰었다. 무사들의 실력이 출중해서 쉽게 처리할 수 없었기 때문이다. 새처럼 하늘로 솟구친 광요의 몸이 팽이처럼 회전하더니 그대로 무일을 향해 강하했다.

꽝!

무일은 아슬아슬하게 광요의 돌진을 피했다. 광요가 땅을 찍자 지축이 뒤흔들리며 사방의 토사가 치솟는다.

더 놀라운 것은 다음이었다. 전력으로 땅을 내리찍은 광요가 주춤하지도 않고 그대로 앞으로 달려 나와서 무일을 친다.

무일이 광요를 저지하기 위해 검격을 날린다. 옆에서 보기에는 어림도 없는 짓이다. 조장조차도 두 합을 버티지 못하고 나가떨어졌는데 애송이인 무일이 버틸 수 있을까?

과연 무일이 날린 검격이 광요의 손짓에 튕겨 나갔다. 자세가 흐트러진 무일의 목줄기를 광요가 움켜잡으려 했다.

"어?"

그런데 그 순간 무일의 검이 거짓말처럼 되돌아오면서 광요의 머리를 내려쳤다. 광요가 기겁해서 손을 거두고 그것을 피하는데 마치 그럴 줄 알았다는 듯 내려쳤던 검이 그대로 튕겨 올라오면서 목을 노린다.

투학!

무일의 검과 광요의 손이 충돌, 두 사람이 서로 반대편으로 튕겨 나갔다.

그리고 무일이 착지하자마자 그대로 주저앉았다.

"우욱……!"

내공의 격차가 너무 크다. 위태위태한 자세에서 스스로 허점을 만들어서 광요의 공격을 유도, 받아친 것까지는 좋았는데 단한 번의 격돌로 내상을 입어버렸다.

무일은 이런 사태를 피하고자 격돌 직전에 검격을 거두려고 했다. 그런데 바로 그 순간 광요의 손이 기다렸다는 듯 두 배는 빠르게 가속하면서 검을 후려쳐서 내상을 유발했다.

"어째서 광세천교가 나를……?"

무일은 고통스러운 목소리로 중얼거렸다. 도저히 이해할 수 없다는 태도였다.

"수확할게."

광요는 상관하지 않았다. 그대로 무일에게 다가가서 손을 뻗는다.

파앗!

순간 눈앞에 섬광이 번쩍했다. 광요는 깜짝 놀랐다. 전혀 예상치 못한 지점에서 공격이 들어왔기 때문이다.

2

"아파……?"

광요는 볼이 화끈거리는 걸 느끼며 손을 가져갔다. 볼이 칼날에 베여서 피가 철철 흐르고 있었다.

"피 난다."

가벼운 상처가 아니다. 당장 지혈해야 할 정도로 깊숙이 베였는데 광요는 멍청하니 중얼거리면서 자신에게 상처를 입힌 이를 바라본다.

하지만 방금 전까지만 해도 그곳에 있었던 상대가 보이지 않았다.

"나한테 상처를 입혔어?"

화를 내는 목소리가 아니다. 어떻게 그럴 수가 있는지 모르겠다는 투였다.

직후 광요의 손이 옆으로 뻗어나갔다. 그곳에서 날아들던 검격이 손에 막혔다.

후우우웅!

곧바로 벼락처럼 뻗어나간 광요의 주먹이 허공을 꿰뚫는다.

초점이 맞지 않는 광요의 눈에 놀람이 스쳐 갔다. 분명 잡았다고 생각했다. 시야의 사각으로 돌아간 상대의 검을 막고, 거기에 있을 수밖에 없는 지점을 찔렀는데 헛치다니?

핏!

그런 광요의 어깨를 검이 스치고 지나간다. 광요의 반응 속도가 아니었다면 팔이 떨어져 나갔으리라.

"안 보여. 뭐야?"

광요가 가속했다. 호위무사들의 눈에도 잔상이 남을 정도로 빠르게 연격을 날렸다. 공격이 허공을 칠 때마다 공기가 꿰뚫리면서 폭음이 울려 퍼졌다.

하지만 안 맞는다. 옆에서 보는 호위무사들의 간담이 서늘해질 정도로 매서운 공격인데 모조리 허공만 치고 있다.

핏! 피핏! 파밧!

광요의 몸에 하나둘씩 스친 상처가 생겨났다.

분명히 검이 닿는 위치에 있는데 눈으로 붙잡을 수가 없다. 잠깐 신체 일부를 붙잡았다 싶으면 공격이 날아들고, 그것을 피해내고 나면 시야에서 사라졌다.

광요의 반응 속도를 생각하면 말도 안 되는 일이다. 지금 광요는 검이 몸에 들이대지는 순간 반응해서 상처를 최소한으로 막고 있다. 그렇다는 것은 상대보다 광요의 반응 속도가 훨씬 빠르다는 것인데 어째서 눈으로 붙잡을 수가 없는가?

상황을 명확하게 볼 수 있는 것은 제3자뿐이었다. 무일은 아연해졌다.

"세상에……."

결정적인 순간에 무일을 구하고 광요와 맞서고 있는 것은 가려였다. 가려가 초근거리에서 광요와 격투를 벌이고 있었다.

예전에 신년 비무회 결승전에서 오량과 싸웠을 때와 똑같다. 가려는 은신술과 고속의 보법을 이용해서 계속해서 광요의 시야 사각만을 이동해 다니면서 공격을 가한다.

지금 가려는 평소 쓰는 검 대신 1척(약 30센티) 길이의 소도를 들고 있다. 그 정도까지 접근하지 않고서는 도저히 광요를 상대로 이 수법을 쓸 수 없다고 판단했기 때문이다.

'저런 일이 가능하단 말인가?'

지금까지 생각도 해본 적 없는 일이다. 객관적으로 광요의 전력이 압도적인데 오히려 가려가 그를 몰아치고 있다.

'아, 안 돼.'

하지만 곧 무일은 한 가지 사실을 깨달았다.

가려가 땀을 비 오듯이 흘리고 있었다.

그녀의 입장에서 보면 이 상황은 칼날로 이루어진 숲 한가운데서 춤을 추는 것과 같다. 신체 능력과 내공, 양쪽에서 자신을 압도하는 상대와 이런 식으로 맞서는 것은 어마어마한 심력 소모를 대가로 요구한다. 단시간 내에 결판을 내야 하는데 광요의 반응 속도가 비상식적이라 뜻을 이루지 못한다.

'저놈 도대체 뭐지?

보면서도 이해할 수가 없다. 광요의 움직임은 그저 반응 속도가 빠르다는 말만으로는 설명되지 않는다.

가려는 철저하게 시야의 사각을 맴돌면서 허점을 찔렀고, 광요는 공격이 어디서 날아들지 정확히 예측하지 못하고 있었다. 그런데 가려의 칼날이 옷을 찢고 피부에 닿는다고 생각한 바로 그 순간 무시무시한 속도로 움직여서 상처를 최소화한다.

막거나 피하는 게 아니라 맞은 후에야 반응하는데 어째서 상처가 저 정도로 그치는가?

'이대로는 안 돼. 금방 당한다.'

문제는 그것만이 아니다. 가려는 온갖 수단을 동원해서 광요의 감각을 현혹시키는 한편 그가 기운을 일정 수준 이상으로 끌어 올리지 못하도록 방해했다. 내공 격차가 큰 이상 광요가 힘을 집중하는 데 성공하기만 하면 기공파를 전방위로 방출하는 것만으로도 끝장이니까.

그런데 이 방해가 뜻대로 되지 않는다.

분명 광요는 전방위 기공파를 쓸 정도의 기운은 모으지 못하고 있다. 그런데 일격 일격의 위력이 엄청나다. 그리고 공격을 가할 때마다 힘이 폭발하면서 가려의 기감을 두들기고 호흡을 방해했다.

'도와야 해! 하지만······.'

내상 때문에 날뛰는 진기를 가라앉히는 것이 고작이다. 가려가 얼마 버티지 못할 것임을 알면서도 도울 수가······.

"멈춰!"

천둥 같은 목소리가 울려 퍼졌다.

압도적인 힘이 실린 목소리에 살기등등해서 격전을 벌이던 장내의 인원들이 거짓말처럼 움직임을 멈췄다. 그리고 그들 사이로 푸른 섬광의 기류를 휘감고 날아드는 이가 있었다.

"이 자식아, 누나한테서 떨어져!"

형운이었다. 형운이 날아드는 기세 그대로 광요에게 호쾌한 발차기를 날린다.

그것을 본 무일은 펄쩍 뛰고 싶은 심정이었다.

'저런 바보 짓을!'

아무리 급해도 그렇지 번개 같은 반응 속도를 가진 적을 상대로 저런 허점투성이 공격을 날리다니! 반격으로 일격사당하기 딱 좋은 짓이다!

하지만 그것은 무일의 오산이었다.

꽈광!

폭음이 울리며 광요가 튕겨 나갔다.

분명히 형운이 비스듬하게 떨어져 내리면서 날아차기를 날렸는데 광요는 반대쪽 대각선으로 튀어 올랐다.

격돌의 순간, 광요는 무일의 예상대로 형운의 발차기를 비껴내면서 반격하려고 했다. 하지만 그 순간 형운이 기다렸다는 듯이 몸을 틀면서 무릎으로 그를 올려치는 게 아닌가? 아슬아슬하게 광요가 그것을 반대쪽 손으로 받기는 했지만 반동으로 10장(약 30미터) 가까이 허공으로 날아가 버렸다.

형운이 중얼거렸다.

"빠른데? 모사품이라도 성운의 기재라 이건……."

직후 형운이 밟고 있던 자리가 폭발하듯 터져 나갔다.

"…가?"

목소리가 들려왔을 때에는 이미 지상으로 떨어져 내리던 광요와 형운이 격돌하고 있었다. 무일이 멍청하니 중얼거렸다.

"이 정도로 터무니없었단 말인가……? 그만큼 봤는데도, 완전히… 잘못 판단하고 있었… 쿨럭!"

"말하지 마."

그런 그에게 가려가 다가와서 손을 짚었다. 접촉면을 타고 서서히 진기가 흘러들어 왔다. 가려가 스스로에게 들려주듯 말했다.

"이제는 공자님을 믿어."

3

광세천교의 조직 구성상 핵심 간부들을 이야기한다면 광세천교주 휘하에 칠왕이 있으며, 그 아래에 구영이 있고, 또 그 아래에 십육귀가 있다.

변재겸은 구영 중 세 번째 자리를 차지한 인물로 인공적으로 초인을 만들어내는 재주가 특출한 기환술사였다.

살아 있는 인간을 실험체로 삼아서 생명을 유린하고, 서로 다른 인간에게서 떼어낸 신체 일부를 부분 부분 이어붙이거나 기환술로 만들어낸 인공기관으로 대체하는 등의 사악하기 짝이 없는 짓거리로 쓸 만한 전투 능력을 가진 존재를 만들어낸다. 그런 그와 교에서 경쟁하는 이는 사령술을 이용해서 강시와 시귀를 만들어내는 전문가 칠영이었다.

인체 개조와 사령술, 둘 다 마교 하면 일반적으로 떠올릴 만한 사악한 기술이지만 지금 교내의 입지는 변재겸이 훨씬 위였다. 왜냐하면 광세천이 믿을 수 없는 지식을 선물했기 때문이다.

그것은 바로 인공적으로 성운의 기재를 만들어내는 방법이었다.

교주는 이러한 존재를 탄생시키는 막중한 임무를 변재겸에게 맡겼다. 변재겸은 전력을 다해 교주의 뜻에 부응하였으며 이 과정에서 대륙 각지에서 모은 천 명 이상의 인간이 희생되었다.

그런 천인공노할 과정을 통해서 변재겸은 그릇이 될 열 명의 아이를 만들어냈다. 그러나 교주가 50년에 한 번 찾아오는 운명의 날에 거행한 의식에서 살아남은 것은 오직 한 명, 광요뿐이었다.

변재겸은 이 결과에 낙담했다.

교주가 행한 의식은 천명을 훔쳐 내는 의식이었다. 지상의 존재가 하늘이 내리는 운명을 훔쳐 낸다니, 과연 이게 가능한 일인가 싶지만 광세천의 뜻을 받드는 교주의 능력은 그것을 가능케 만들었다.

그날, 지상에 떨어진 별의 힘을 가진 기재들이 태어난다.

그 기재들에게 깃들고 남은 별의 기운이 조각조각 흩어져서 그 주변 아이들에게 깃드니, 그들을 가리켜 별 부스러기라 한다.

교주가 행한 의식은 이 별의 기운 파편을 훔쳐 내는 것을 목적으로 했다. 본래는 성운의 기재와 가까이 있던 아이들에게 깃들어야 했을 파편 중 상당량이 공간을 뛰어넘어 광세천교의 성지로 모여들어 준비된 그릇에 깃들었다.

그러나 지상의 존재가 천명을 훔쳐 내는 반동은 컸다. 그릇들은 그 반동을 견뎌내지 못하고 피를 뿜으면서 죽었다.

열 개의 그릇 중에 오로지 광요만이 살아남아 변재겸이 꿈꾼 성운의 기재 모사품이 되었다.

하나 완전하지는 않았다. 광요는 별 부스러기에 비하면 월등한 잠재 능력을 가졌지만 성운의 기재와는 비교할 수준이 못 되었다.

광세천은 이미 여기에 대한 해결책을 준비해 두고 있었다. 광요는 성운의 기재와 별 부스러기를 살해하면 그들이 지닌 별의 기운을 강탈할 수 있는 능력을 갖고 있었으니까.

변재겸은 그것을 '수확'이라 불렀다. 그는 교주의 명에 따라 세상 곳곳에 있는 별 부스러기들을 찾아다니면서 살해, 광요가 '수확'을 통해 완성되어 가는 과정을 즐겼다.

이제 광요의 완성도는 충분히 높아졌다. 그런 판단을 내린 변재겸은 광요의 성능 시험에 나섰다. 광세천교의 적들을 제거하는 임무에 투입하는 한편, 교주의 힘을 빌려 세상에 드러난 성운의 기재들과 격돌할 기회를 만들었다.

윤극성의 위해극과는 동수였다.

신수의 혈통으로 태어나 천하제일검객이라 불리는 나윤극의 무공을 이어받은 위해극의 무위는 놀라웠다. 스무 살도 안 된 애송이라고는 믿을 수 없는 수준에 도달해 있었지만 광요는 그를 능가했다. 위해극이 목숨이 경각에 달하고서야 신수의 힘을 일깨우는 바람에 큰일 날 뻔했지만, 그것만 아니었다면 그를 죽이고 성운의 기재가 지닌 별의 힘을 수확할 수 있었으리라.

청해용왕대의 양진아에게는 승리했다.

양진아 역시 도저히 열아홉 살의 소녀라고는 믿을 수 없는 무위의 소유자였다. 그러나 광요가 더 강했다. 양진아를 호위하던 해파랑이라는 자만 아니었다면 거기서 끝장을 볼 수 있었을 것이다.

'이제 광요의 잠재 능력은 성운의 기재를 능가한다.'

이 두 번의 싸움으로 변재겸은 광요의 성능을 확신했다. 지속적으로 별의 힘을 수확하는 광요는 무시무시한 속도로 성장 중이다. 앞으로 3년만 지나면 다른 성운의 기재들도 압도할 수 있으리라.

그것으로 만족하고 돌아가려 했건만, 변재겸의 눈길을 붙잡는 정보가 입수되었다.

'본 교의 대적, 흥왕의 대제자 형운이 호장성으로 향할 것이다.'

형운은 흥왕의 제자라는 것만으로도 흥미를 끄는 존재였다. 게다가 최근 입수된 정보에 따르면 별의 수호자에 전설로 전해 내려오던 일월성신을 이루었으며, 애송이 주제에 기세등등하던 흑영신교주를 일대일로 쓰러뜨리기까지 하지 않았던가?

　변재겸은 광요를 그와 붙여보고 싶어졌다. 과연 연단술사들이 완전한 기운의 그릇이라 부르는 존재와 진품을 능가하는 성운의 기재 모사품, 둘 중 어느 쪽이 더 위일까?

　'과연 광요 앞에서 얼마나 버틸 수 있을까? 일월성신을 이룬 애송아, 흥왕의 제자가 된 스스로의 운명을 탓하거라.'

　변재겸은 잔혹한 미소를 지은 채 형운과 광요의 격돌을 지켜보았다.

4

　낙하하는 광요에게 쇄도한 형운이 주먹을 날렸다. 우직하기 짝이 없는 공격이다. 하지만 너무나도 빠르게 공간을 관통했다.

　그런데 광요가 그것을 피했다. 놀라운 반응 속도로 몸을 젖혀서 형운의 일권을 피함과 동시에 아래쪽에서 비스듬하게 손을 뻗어왔다. 상리에서 벗어난 움직임이었고, 공방일체를 완벽하게 실천하는 수법이었다.

　형운이 그것을 막아내는 순간, 광요가 기다렸다는 듯 몸을 되돌리면서 체중을 실었다. 형운의 방어를 관통할 듯 무시무시한 충격이 폭발했다.

투학!

접촉한 상태에서 터진 공격에 형운이 튕겨 나갔다. 형운이 경악했다.

'엄청 빠른데?'

형운이 놀란 것은 광요의 반응 속도가 아니었다. 공격이 막혔을 때 광요가 선보인 기술이었다.

공격과 방어가 접촉하는 바로 그 순간, 외부를 파괴하는 촌경과 내부를 파괴하는 침투경을 동시에 발한다.

이 두 가지 성질의 힘을 동시에 발하는 것만으로도 놀라운데 그 속도가 너무 빨랐다. 마치 형운이 막아주기만을 기대하면서 기술을 준비한 것처럼 찰나에 기술이 들어왔다.

하지만 형운은 그게 아님을 알고 있었다. 그의 눈에는 광요의 체내 기운이 어떻게 움직이는지가 보인다. 분명 접촉한 후에야 기운이 움직였는데 마치 화약이 터지듯이 단번에 위력이 증폭, 기술이 작렬한다.

탓! 타닷! 투학!

더 기가 막힌 것은 모든 공격이 이렇다는 것이다. 변화무쌍한 움직임으로 섬전 같은 공격을 퍼붓는 것은 물론, 형운이 방어하는 그 순간 촌경과 침투경이 동시에 폭발했다.

'어떻게 이럴 수가 있지?'

이해할 수가 없다. 기의 운용이 빠를 수야 있다. 하지만 짧은 순간에 힘을 폭발시킨 직후에 전혀 힘이 반감하지 않고 똑같은 짓을 반복하다니?

이것은 단번에 힘을 끌어 올려 연타를 퍼붓는 것과는 다르다.

딱히 진기 운용에만 국한된 이야기는 아니다.

주먹에 잔뜩 힘을 실어서 전심전력으로 허공에다가 질러보라. 그 직후 똑같은 행동을 이어나갈 수 있겠는가? 일격에 진기를 실어서 폭발시킨다면 당연히 그 반동으로 기의 운행이 흐트러지고, 이것을 정비하기 위해 완급을 주게 된다.

그런데 광요의 공격은 그 상식을 깨부순다. 완급은커녕 호흡조차 흐트러지지 않은 채 연거푸 힘을 폭발시킨다.

매번 발할 수 있는 최대치에 가까운 위력을 연사할 수 있다니, 이 얼마나 말도 안 되는 일인가?

"큭!"

결국 형운이 물러났다. 귓가에 신경 거슬리는 웃음소리가 들려왔다.

"크큭, 역시 천하의 감극도로도 그건 못 막겠지?"

변재겸이었다. 그가 어느새 가까운 곳까지 다가와서 형운과 광요의 싸움을 관전하고 있었다.

"흉왕의 무공은 충분히 분석되었다. 공략법도 나왔지. 아직은 힘이 부족하지만 광요가 완성되는 날이 바로 흉왕의 제삿날이 될 것이야. 그 전에 제자인 너부터 제물이 되어라."

당연히 형운은 대답하지 않았다. 주절주절 떠들어대는 변재겸 덕분에 광요의 비상식적인 공격법이 어떤 이유로 탄생되었는지는 알았다.

'일부러 방어를 유도한 뒤에 방어째로 깨부수는 방법이라.'

확실히 절세의 방어 무공으로 알려진 감극도에 유효한 공격법이다. 게다가 광요의 기술은 단순히 힘으로 부딪쳐 오는 게 아니라서 위험하다.

형운은 방어법을 바꿔보고자 시도했다. 최대한 광요의 공격을 흘려내는 방식으로.

'안 되는군.'

뜻대로 안 된다. 광요는 교묘하게 공방의 합을 짜서 반드시 형운이 자신의 공격을 받아낼 수밖에 없도록 만들었다. 초점도 안 맞는 눈을 하고 있어서 정신이 나간 걸로 보이지만 굉장히 감각이 뛰어나다.

형운의 기술이 좀 더 뛰어나다면 광요의 공격을 비슷한 방식으로 상쇄시킨 뒤 반격할 수 있었으리라. 하지만 유감스럽게도 기의 운용 면에서는 광요의 속도를 따라갈 수 없었다.

후우우우우!

형운의 몸을 휘감은 광풍혼이 가속하며 풀려나왔다. 그것을 본 변재겸이 키득거렸다.

"호오, 이번에는 광풍혼인가? 다음에는 중압진이겠지? 어디 마음껏 무공을 발휘해 보거라. 차근차근 박살 내줄 테니."

형운이 눈살을 찌푸렸다. 광풍혼이야 그렇다 치고 중압진에 대한 대책도 준비되어 있단 말인가?

허세인지 아니면 진짜인지 모르겠다. 순간 위험한 유혹이 고개를 쳐들었다.

'진짜일까?'

무인으로서 자신이 피와 땀으로 쌓아 올린 기술을 깰 수 있다고 자신하니 정말 그런지 확인해 보고 싶은 마음이 생긴다. 잠시 고민하던 형운은 은밀하게 펼쳐 두었던 중압진을 단숨에 전개했다.

쿠우우우웅……!

둔중한 소리가 울려 퍼지면서 물속에 들어온 것 같은 압력이 광요를 짓눌렀다. 이 속에서 자유롭게 움직이는 것은 오로지 형운뿐이었다.

…그랬어야 했다.

"윽!"

우우우우!

광요의 몸이 빛을 쏟아냈다. 눈이 멀어버릴 듯한 빛이 중압진을 형성하는 기의 흐름을 불태우면서 광요의 몸이 자유로워졌다.

쾅!

폭음이 울리며 형운이 뒤로 밀려났다. 변재겸이 신이 나서 말했다.

"크크큭! 중압진! 정말 놀라운 무공이지. 무공으로 그런 효과를 일으키는 건 봐도 봐도 대단한 일이다. 어떻게 하면 그럴 수 있는지 모르겠어. 하지만 애송아, 무공으로는 몰라도 기환술로 그런 현상을 일으키고 해제하는 건 충분히 가능한 일이란다."

광요의 몸은 겉으로 보기에는 보통 인간의 것으로 보이지만 사실은 하나부터 열까지 다른 생명을 재료로 써서 사악한 술법으로 완성되었다. 육신 자체가 기물과도 같으니 거기에 기환술을 각인시키는 것도 어렵지 않으며, 중압진에 대응하는 술법이 심어져 있었다.

'까다롭긴 하군.'

형운이 밀리기 시작했다.

힘과 속도는 분명히 형운이 위다. 하지만 공방의 기술 면에서 광요가 우위에 있었다. 게다가 공격과 방어가 접촉하는 순간마다 내부와 외부를 파괴하는 공격이 동시에 들어오니 버티기가 어렵다.

'이놈, 아무리 봐도 반응이 이상해.'

그것만이 아니다. 광요가 우위를 점한다고 해도 형운은 단 한 대도 정타를 허용하지 않았다. 오히려 중간중간 절묘한 반격으로 광요를 때렸다.

분명히 형운이 노린 대로 공격이 작렬했다. 피하지도, 막지도 못했으니 타격을 입고 움직임이 멈춰야 정상이었다.

그런데 공격이 적중하는 바로 그 순간, 광요가 예상치 못한 반응을 보인다.

아까 전, 가려를 상대로 싸울 때와 같다. 피하거나 막는 게 아니라 맞는 그 순간에 반응해서 피해를 최소화한다.

'짜증 나는 방어법이다 진짜!'

방어법 자체는 놀랍지 않다. 형운도 도저히 피하거나 막을 수 없을 때는 비슷한 방식을 쓸 테니까.

문제는 광요는 의도적으로 그런 상황을 유도한다는 것이다. 종종 어처구니없을 정도로 뻔한 허점을 노출해서 맞아준 다음 그걸 기회로 삼아서 반격해 온다. 저 방어법이 하나의 기술로 완벽하게 승화되어 있다는 증거다.

'자기보다 빠른 상대한테도 그럴 수 있다니. 아무리 봐도 통찰하고 하는 짓은 아니고… 저건가?'

형운의 눈이 이채를 발했다. 일월성신의 눈이 광요에게서 이 질적인 부분을 발견한다.

광요의 몸을 아주 얇은 기막(氣膜)이 감싸고 있었다. 고작해 야 반 치(약 1.5센티미터)도 안 되는 두께였다.

이것이야말로 광요가 쓰는 방어법의 핵심이었다. 저 기막에 닿는 순간, 피부에 닿는 것만큼이나 확실하게 감지하고 반응할 수 있는 것이다.

후우우우우!

중압진은 깨졌지만 광풍혼은 공방 속에서 계속 가속하고 있 었다. 푸른 섬광의 기류가 주변을 휘감으면서 광요를 압박한다.

그 앞에서 새하얀 섬광이 불길처럼 치솟았다.

콰하하핫!

광요의 어깨에서 솟구친 백염(白炎)이 광풍혼을 밀어냈다. 아 무런 열기도 없지만 광요의 몸을 휘감는 것만으로도 광풍혼의 위력을 상쇄하고 있었다.

쾅!

형운의 방어가 무너졌다. 폭발적으로 가속한 광요가 절묘한 시간 차를 두고 날린 쌍장이 양손을 튕겨낸다. 그리고 날린 발 차기를, 형운은 몸을 틀어서 어깨로 받아내면서 뒤로 뛰었다.

"어?"

광요가 눈을 크게 떴다. 형운이 쓴 방어법은 자신의 그것과 똑같지 않은가?

이 수법 자체는 누구나 쓸 수 있는 것이니 놀랄 이유가 없다. 하지만 완전히 균형이 무너진 상태에서 거짓말처럼 완벽하게 수행해 냈다는 점이 광요를 놀라게 했다.

"어떻게 한 거야?"

"목숨 걸고 싸우는 상대에게 물을 건 아닌 것 같은데?"

"물어보면 안 돼?"

"보통은 안 되지."

형운은 어이없어하며 광요를 바라보았다. 죽이려고 공격을 퍼부어대는 주제에 이 태도는 도대체 뭐란 말인가?

하지만 광요는 정말 이해할 수 없다는 표정을 짓고 있었다. 그가 더 뭐라고 하기 전에 변재겸이 기분 나쁜 웃음을 지은 채로 형운을 조롱했다.

"아직 쓰러지면 안 되지. 좀 더 힘을 내거라. 아직 부릴 재주가 많이 남지 않았느냐?"

"…당신이 떠드는 건 계속 들어주자니 짜증 나네."

"응?"

"뭐 대충 알았어."

형운의 투덜거림에 변재겸이 눈을 크게 떴다. 어째 형운의 목소리가 태연했다.

'이 애송이, 왜 호흡이 전혀 안 흐트러진 거지?'

형운의 목소리에서는 어떠한 흐트러짐도 감지할 수 없었다. 그렇다는 것은……

'이놈 설마 지금까지 타격을 안 입었다고?'

쾅!

다음 격돌에서 폭음이 울려 퍼졌다. 변재겸은 눈앞에서 일어난 일을 믿을 수가 없었다.

공격하러 들어갔던 광요가 몸통을 맞고 나가떨어졌다.

그 중간 과정은 기환술로 감각을 가속시킨 변재겸의 눈으로도 따라잡을 수가 없었다. 광요가 공격을 가하고, 형운이 그걸 막나 싶었는데 어느새 형운의 자세가 바뀌면서 광요를 날려 버렸다.

"흠. 확실히 대단하긴 해. 그 순간에 빠져나갔어?"

무심반사경이다. 형운은 지금까지 일부러 무심반사경을 쓰지 않고 공방을 벌이고 있었다. 그러다가 무심반사경으로 공방의 흐름을 바꿔 버린 것이다.

그런데도 광요의 반응 속도는 놀라웠다. 텅 빈 몸통에 정타를 먹인다고 생각했는데 주먹이 몸에 닿는 그 순간 뒤로 몸을 날려서 타격을 최소화했다.

변재겸이 놀라서 물었다.

"애송아, 무슨 짓을 한 거냐?"

"당신 머리가 우리 사부님보다 좋지는 않다는 걸 증명했을 뿐이야. 아니, 내 생각에는 당신, 자기가 똑똑한 줄 아는 멍청이야."

"뭐라고?"

형운은 분노하는 변재겸을 싹 무시했다.

'거 고작 그런 방법을 우리 사부님이 생각 못 하셨을 리가 없잖아?'

광요가 보여준 공략법은 이미 귀혁이 다 예상하고 대응책까지 형운에게 훈련시킨 것들이었다.

완성도를 추구한다면 당연히 스스로의 기술을 무너뜨릴 방법을 연구하고 그것을 극복해야만 한다. 생각할 수 있는 모든 가능성을 극복해 냈을 때야 비로소 완전하다 할 수 있으며 그것이 모든 무인이 평생 동안 궁구(窮究)해야 할 경지다.

그런 사고방식으로 무장한 귀혁이 이 정도 가능성을 떠올리지 못했겠는가?

'뭐, 사부님한테 당한 거에 비하면 약과지.'

형운은 기환진으로, 시설에 의한 수련으로, 다수를 상대하는 훈련으로… 정말 별의별 꼴을 다 겪으면서 기술의 완성도를 높여왔다. 그중에서도 가장 힘들었던, 지금도 두려워하는 방식을 고르라면 바로 귀혁과의 대련이다.

귀혁과 대련할 때마다 형운은 자신의 한계가 어디까지인지 뼈저리게 맛볼 수 있었다. 온갖 수단을 쥐어짜내서 발악해도 철저하게 깨진다.

자신이 어떻게 깨질지 안다는 것은 정말 절망적인 일이다. 그리고 형운은 그 상황을 수도 없이 겪으면서 지금에 이르렀다.

"탐색전은 별로 취향이 아니지만, 미지의 적을 만났을 때는 신중할 필요도 있다고 하셨지. 근데 역시 일부러 당하면서 정보를 수집하는 건 별로 기분 좋지는 않네."

형운이 투덜거렸다. 지금까지의 싸움은 광요의 정보를 수집하기 위한 탐색전이었다.

감극도 공략법의 경우는 일부러 좀 당하는 척하면서 정보를 수집해 봤다. 외부를 파괴하는 촌경과 내부를 파괴하는 침투경을 동시에 발하는 것은 확실히 놀랍다. 하지만 형운에게는 그리 위협적이지 않았다.

'차라리 그냥 때리는 편이 더 위험했을지도?'

촌경의 충격은 대부분 광풍혼이 상쇄했다. 아무래도 변재겸은 광풍혼의 특성을 표면에 드러난 것만 아는 모양이다. 외부에 둘러서 기공파를 방어하고 공격의 위력을 증가시키는 것.

하지만 그 진수는 체내와 체외를 같이 돌면서 신체에 가해진 충격을 흡수하고 분산시키는 데 있다. 여기에 몸을 도검불침으로 만드는 용린공까지 더해지면 웬만한 충격은 무시할 수 있게 된다.

침투경은 일월성신의 특성과 막대한 내공으로 인해 순식간에 녹아버렸다. 형운을 상대로는 차라리 방어를 관통할 생각으로 힘을 싣는 쪽이 더 효과가 좋았을 것이다. 접촉 순간에 광요가 보여주는 반응 속도에는 형운도 놀랐으니까.

중압진의 경우는…….

'살다 보면 무공이 상대한테 안 통할 수도 있지. 평소에 취하던 이점을 취할 수 없게 되었다? 그게 뭐 어쨌다는 거냐?'

딱히 중압진이 안 통한다고 벌벌 떨 이유가 없다. 형운의 무공이 그거 하나뿐인 것도 아니지 않는가? 평소부터 그런 교육을 받아온 형운이기에 별로 동요하지도 않았다.

"그럼 이제 내가 당신의 바닥을 볼 차례인가?"

형운의 눈이 형형한 빛을 발했다.

5

전광석화 같은 공방이 벌어졌다. 하얀 불꽃을 휘감은 광요가 질풍처럼 달려들어서 맹공을 퍼부었다.

그런데 형운의 대응이 완전히 달라졌다. 조금 전까지는 접촉할 때마다 내부와 외부를 동시에 공격하는 광요의 수법에 밀렸던 형운이거늘, 지금은 광요가 그런 식으로 공격을 하든 말든 무시하고 행동을 이어나가는 게 아닌가?

펑!

그리고 어느 순간 마치 중간 과정을 생략한 것처럼 급가속하면서 광요를 날려 버린다.

애당초 움직임 자체는 광요보다 형운이 더 빨랐다. 그것을 광요는 순간순간 비상식적으로 높아지는 반응 속도와 변화무쌍한 움직임으로 따라잡고 있었는데, 형운이 무심반사경을 섞기 시작하자 도저히 대응이 안 된다.

'하지만 금방 따라오겠지.'

진품은 아닐지언정 성운의 기재라 자처하는 존재다. 지금까지의 공방에서 보여준 실력만 봐도 그럴 자격이 있다. 그러니 무심반사경으로 이점을 취할 수 있는 것은 지금뿐이리라.

'대응할 수 있게 되기 전에 끝낸다!'

쓰러지자마자 몸을 팅겨서 일어나던 광요에게 유성혼이 날아들었다.

파밧!

광요가 유성혼을 받아낸다. 그러나 그 뒤를 따라 수십 발의 유성혼이 소나기처럼 날아들었다.

퍼버버버버벙!

광요가 다급하게 쌍장을 연거푸 날렸다. 체내에서 화약이 폭발하듯이 기운이 증폭하면서 위력적인 기공파가 뿜어져 나왔다. 한 발 한 발이 유성혼 몇 발을 단번에 쓸어버리고 역전할 수 있는 위력이다. 그러나…….

"대충 알았다고 했지? 어디 언제까지 그럴 수 있는지 볼까?"

형운이 유성혼을 난사했다. 한 호흡에 수십 발의 주먹이 허공을 두들겨대고, 그로부터 유성혼이 쉬지 않고 쏟아져 나왔다.

분명 기공파 하나하나의 위력은 광요의 것이 위였다. 심지어 그는 비상식적인 운용법으로 연거푸 강맹한 공격을 폭발시키고 있기까지 했다.

그런데 형운의 유성혼이 해일처럼 밀려와서 그의 기공파를 압도했다.

"저, 저런! 저건 말도 안 돼!"

변재겸이 비명을 질렀다. 형운이 쏟아내는 유성혼이 너무 많았다. 광요가 기공파를 발하는 속도, 한 발 한 발의 위력 모두 비상식적으로 뛰어나지만 형운은 압도적인 양으로 밀어붙였다. 여유마저 보이는 태도로 유성혼을 난사하는 형운이 광풍혼을 확장, 어느새 주변에 푸른 기류의 벽이 형성되었고…….

파파파파파파!

빗나가거나 튕겨 나갔던 유성혼이 광풍혼을 타고 가속, 다시 광요를 노렸다. 사방팔방 어디를 봐도 유성우가 쏟아져 내리고 있어서 빠져나갈 길이 안 보였다.

"대단해. 잘도 그런 방법으로 매번 내공을 최대치로 뽑아내네. 다른 사람이 했으면 죽고 싶어서 환장한 줄 알았을 거야."

형운은 광요가 어떻게 기의 폭발을 완급 없이 연거푸 쏟아내는지 알아냈다. 체내에서 서로 섞이지 않는 상극의 기운 두 줄기를 만들어낸 다음 충돌시켜서 일순간 막대한 위력을 얻는 것이다.

미친 짓이다. 그런 짓을 하면 인간의 기맥이 버틸 수 있을 리가 없다. 기의 운용이 뛰어나다면 한두 번 정도는 반동을 최소화하면서 성공시킬 수 있을지도 모른다. 하지만 광요처럼 하는 것은 불가능하다.

그런데 광요의 기맥은 특별했다. 일월성신의 눈으로 관찰한 결과 광요의 기맥 일부가 그런 일을 할 수 있도록 만들어져 있음을 알아냈다.

'놀라운 기능. 그래, 네 재주를 이야기하려면 그런 말이 어울리겠어.'

무공을 연마하다 보면 사람의 체질에 따라서 할 수 있는 일과 없는 일이 나뉜다. 무공에 대한 이해력, 기를 운용하는 감각과는 별개로 누구에게는 쉬운데 누구에게는 어렵거나 불가능한 일들이 있다.

광요의 기맥은 일반 무인에게는 불가능한 일을 할 수 있도록 만들어져 있었다. 특정 부분에서 기를 충돌시켜서 화약처럼 폭발시킴으로써 6심 내공의 최대치에 근접하는 위력을 계속해서 뽑아낸다.

물론 기능을 가졌다고 해서 누구나 할 수 있는 짓은 아니다. 그것을 순간순간 완벽하게 활용해내는 것은 기적적인 감각이

뒷받침되어야만 가능한 일이고, 성운의 기재 모사품인 광요에게는 그런 감각이 있었다.

그러나 형운의 내공은 그런 수법을 쓰는 광요조차 압도했다.

기기묘묘한 수법은 필요 없다. 기맥을 타고 도도하게 흐르는 기운을 끌어내는 것만으로도 충분하다.

'너보다 재주가 뛰어난 것들과 재주로 맞서는 것은 어리석은 짓이다. 늘 네 장점으로 상대해야 한다. 그럴 수밖에 없게 만들어라.'

형운은 귀혁의 가르침에 충실했다. 정보를 수집하고, 감추고 있던 기술로 허를 찔러 기회를 만든 다음 기술이 아니라 힘으로 승부할 수밖에 없는 상황으로 몰아넣었다.

"카악! 아, 아아아아악……!"

광요가 비명을 질렀다. 한계였다. 있는 힘을 다 끌어내서 저항했지만 형운이 쏟아낸 기공파의 홍수를 버틸 수가 없었다.

결국 기의 운행이 흐트러지면서 기공파의 위력이 감소했다. 그를 지켜주던 기의 방벽이 붕괴하기 시작했다.

"광요를 구해!"

변재겸이 필사적으로 외쳤다.

그 말을 기다렸다는 듯 쌍백도검귀가 눈을 빛내며 뛰어들었다. 피부 대부분을 철갑으로 둘러놓은 이 둘은 방어력에 특화되어 있다. 몸에 온갖 기환술이 각인되어서 어지간한 공격으로는 부서지지 않는다.

또한 그들은 변재겸의 명령이라면 스스로의 안위를 도외시한다. 검귀는 형운에게, 도귀는 쏟아지는 유성우에 몸이 부서지는데도 아랑곳하지 않고 광요에게 달려갔다.

형운은 무심하게 대응했다. 검귀가 검을 내지르는 그 순간, 무심반사경으로 가속하면서 머리를 갈겼다.

콰작!

전광석화 같은 일권이 검귀의 머리통을 날려 버렸다. 경이로운 힘과 속도, 이 두 가지가 합치된 일격 앞에서는 강철조차도 종잇장이나 마찬가지였다.

"흑?"

다음 순간 형운의 예상을 벗어나는 일이 벌어졌다. 검귀가 머리통이 날아갔는데도 그를 덮쳐 오는 게 아닌가?

실로 놀라운 생명력이다. 형운은 놀라면서도 반응했다. 검귀가 덮쳐 오는 것보다 빠르게 날아간 주먹이 그 몸통을 후려친다.

검귀의 돌진이 멈춘다. 그러나 예상외로 몸이 단단해서 부서지진 않았고…….

'이런!'

그 몸속에서 일어나는 기의 변화를 본 형운이 기겁했다. 직후 검귀의 몸이 폭발했다.

콰과과광!

6

"하……."

그 광경을 본 변재겸이 웃었다.

"하하하하하하!"

방금 전에는 정말 모골이 송연했다. 설마 흉왕의 제자가 이렇게까지 강할 줄이야? 호기심으로 찔러봤다가 하마터면 광요를 잃을 뻔하지 않았는가?

하지만 다행이다. 도귀가 몸을 희생해서 만들어준 틈을 타서 그의 진짜 호위자, 구영의 일원인 오영(五影)이 광요를 구해냈다. 광요도 만신창이가 되기는 했지만 숨이 붙어 있다면 얼마든지 회복시킬 수 있다.

검귀에게 자폭을 위해 폭멸공(爆滅功)을 심어둔 것은 생각할수록 현명한 선택이었다. 흉왕의 제자도 설마 적이 자폭할 거라고는 상상도 못 했으리라.

쌍백도검귀를 잃은 것은 안타깝다. 이 둘은 그가 공들여서 만들어낸 작품이었으니까. 하지만 이미 한번 만들었던 존재들이니 다시금 교로 돌아가 대용품을 만들어내면 된다.

"심장이 내려앉는 줄 알았군. 정말 무서운 애송이였어. 자, 오영, 일단 여기서 빠져… 컥!"

변재겸이 말을 맺지 못하고 비명을 질렀다. 그가 믿을 수 없다는 듯 뒤를 돌아보았다.

"너, 네년이… 감히 나, 나를……!"

소리없이 다가온 가려가 그의 등을 찔렀다. 그녀가 싸늘하게 말했다.

"공자님 말씀대로, 당신은 멍청해."

"뭐, 뭐……?"

가려는 계속 기회를 엿보고 있었다. 변재겸은 형운과 광요의 싸움에 정신이 팔려 있었지만 은신한 채 그를 호위하는 오영은 조금도 경계의 끈을 늦추지 않아서 도저히 암습을 가하지 못했다.

하지만 광요가 위기에 몰리자 쌍백도검귀만이 아니라 오영까지도 변재겸의 곁에서 떨어졌다. 그러자 가려는 주저 없이 변재겸을 암습했다.

"으윽, 잘했어요, 누나."

그때 자욱하게 피어오른 흙먼지 속에서 형운의 목소리가 들려왔다. 변재겸은 흙먼지를 헤치고 나오는 형운을 믿을 수 없다는 눈으로 바라보았다.

"거기에서 살아남다니… 말도 안, 돼……."

변재겸은 불신의 표정을 지은 채로 절명했다.

그때 형운에게 달려드는 이들이 있었다. 아직 살아남은 광세천교도들이었다.

"이런!"

형운이 낭패한 표정을 지었다. 살아남은 광세천교도 전원이 죽기 살기로 달려들었다. 적의 자폭으로 좀 타격을 입기는 했지만 이들을 처리하는 것은 큰 문제가 아니다. 하지만…….

'젠장! 저놈 진짜 판단 빠르네!'

광요를 들쳐 멘 오영이 빠져나가고 있었다. 은신술로 모습을 감춘 채 전력으로 경공을 펼쳐서 멀어져 간다.

그가 도주하기 시작한 것은 가려가 변재겸을 찌른 바로 그 순간이었다. 허를 찔렸다고 생각한 순간, 놀랍도록 빠르게 결단을 내려서 부하들을 시간 벌이용 희생양으로 던진 것이다.

'개자식!'

화가 났다.

부하 목숨을 아무렇지도 않게 희생시키는 오영도, 그리고 광신에 사로잡혀서 자기 목숨을 기꺼이 던지는 이 광세천교도들에게도!

형운은 광세천교도들을 죽이지 않고 제압하려고 했다. 오영을 붙잡기를 포기한다면 충분히……

"광세천이시여, 부디 세상을 미혹에서 구하소서!"

그런데 광세천교도들은 그것을 허락지 않았다. 다섯 명이 제압되었을 때, 남은 자들이 일제히 달려들고 뒤쪽에서 세 명이 광기에 찬 목소리로 외치면서 수중에 품고 있던 화약으로 자폭했다.

꽈과광!

다시금 폭발이 사방을 휩쓸었다. 광세천교도들은 그것으로 몰살당했다.

잠시 후, 옷이 너덜너덜해지고 전신에 흙먼지를 뒤집어쓴 형운이 걸어 나오며 욕설을 내뱉었다.

"이 빌어먹을 것들! 하나같이 사람 목숨을 뭐라고 생각하는 거야!"

이제는 형운도 무인으로서의 마음가짐을 갖췄다. 아군을 지켜야 하는 상황이라면 결코 적의 목숨을 취하는 데 망설이지 않는다. 어설픈 동정이 어떤 위험을 품고 있는지 잘 아니까.

하지만 결코 사람을 죽이는 행위가 달가운 것은 아니다. 불필요한 살인은 하고 싶지 않다.

"제기랄!"

형운이 이를 갈았다. 흑영신교도, 광세천교도 하나같이 미친 놈들의 집단이다. 자신들이 올바르다는 신념, 아니, 광신으로 사람 목숨을 파리보다 못하게 취급하는 그들에게 너무나도 화가 났다.

"…공자님."

그런 그를 가려가 조용히 불렀다.

그리고 가만히 대답을 기다리던 그녀는 한참 동안 씩씩거리던 형운에게 손수건을 건넸다.

"일단 얼굴이라도 좀 닦으시지요."

"괜찮아요. 별로 닦이지도 않을 텐데 누나 손수건만 더러워질……"

손사래를 치던 형운이 흠칫했다. 가려가 그의 말을 무시하고 다가와서 얼굴을 닦아주었기 때문이다.

"……."

왠지 묘하게 흥분이 진정되었다. 형운은 잠시 동안 말문이 막힌 채로 가려를 바라보았다. 그런 그를 보며 가려가 말했다.

"윗사람으로서 체통을 지키기에는 너무 엉망진창인 모습이긴 하지요. 그래도 최소한 사람다워지려는 노력을 보여주셔야 합니다."

"이런 거지꼴로 얼굴 좀 닦는다고 사람다워지나요."

"안 닦는 것보다는 사람다워지겠지요."

"못 당하겠네. 누나, 다른 사람이 보면 누나가 내 상관인 줄 알 거라니까요?"

　형운은 그렇게 투덜거리면서도 가려가 자기 얼굴을 닦아주는 동안 가만히 있었다.

제34장
고향

성운을 먹는 자

1

"승격이라고요?"

현길은 갑작스러운 통보에 당황한 표정을 지었다.

그는 20대 중반의 청년으로 세상에서는 마교라고 손가락질당하는 광세천교에 몸담고 있었다.

그렇다고 그가 딱히 광세천의 가르침을 열렬히 따르는 교도인 것은 아니다. 기환술사로서 금지된 영역을 추구하다 보니 자신의 기준으로는 별로 가치 없다고 생각하는 인간들을 잡아다가 세간에서는 인류를 저버렸다고 비난받을 이런 짓, 저런 짓을 좀 해보고 또 다른 인간들을 잡아다가 비슷한 짓을 하다 보니까 달리 갈 곳이 없어졌을 뿐이다.

이게 다 스승을 잘못 만난 탓이다. 그에게 기환술을 가르친 스승 변재겸은 정말 도덕관념이라고는 없는 작자였다. 그에 비해 살 가치가 없다고 확신되는 놈들만 실험체로 고르는 자신은 참으로 개념 있는 사람이라고 현길은 생각하고 있었다.

그에게 상부의 명령을 전하기 위해 온 남자, 광세천교 구영(九影)의 일원 육영(六影)이 고개를 끄덕였다.

"그렇다. 지금부터 현길 자네는 십육귀가 아니라 구영의 일원이 된다."

"아니, 갑자기 웬 승격이랍니까? 또 흉왕이 누구 쳐 죽여서 공석이라도 생겼어요?"

흉왕이라 불리는 남자, 귀혁은 광세천교 내에서는 전염병과 동급의 재앙으로 취급받았다. 교도들이 아이들에게 광세천의 가르침을 따르지 않으면 흉왕이 잡아먹는다고 겁을 줄 정도니 말 다했다.

육영이 의아해하며 물었다.

"자네는 승격하는 게 싫은가?"

"그런 건 아니고 그냥 너무 갑작스러워서요. 십육귀가 된 지도 얼마 안 됐고 아직 이렇다 할 실적도 안 냈는데."

현길이 머리를 긁적였다. 뭐 조직에 몸담은 이상 조금이라도 위로 올라간다는 것은 좋은 일이다. 누구에게 굽실거릴 일도 적어지고, 연구자로서는 할 수 있는 일도 많아지니까.

육영이 그제야 현길의 심정을 이해하겠다는 듯 피식 웃었다. 하긴 현길은 십육귀로 승격한 지 2년밖에 안 된 인물이다. 애당초 교내에서 육성한 인재도 아니고 변재겸이 예전에 세상을 떠돌다가 별생각 없이 내려준 가르침을 바탕으로 마인의 길을 걷다가 결국 갈 곳이 없어져서 광세천교에 투신했다.

"흉왕은 아니고 그 제자가 쳐 죽였지. 아니, 정확히는 제자도 아니고 제자의 부하인가?"

"음? 뭡니까, 그 처량한 사정은?"

"하필이면 그 처량한 사정의 주인공이 자네 스승이다."

"엥?"

"이제는 자네가 삼영이다. 왜 승격했는지 이해하겠는가?"

"……."

현길이 멍청한 표정을 지었다.

어떻게 된 사정인지 이해는 했다. 변재겸이 담당하는 광요는 교에서 굉장히 중요시하는 존재였다. 변재겸이 죽었다면 그를 대신해서 광요를 완성시켜 나갈 인재가 필요하고, 상부에서는 현길이 적임자라고 본 모양이다. 광요에게 관여하고 있던 이들이 많기는 했지만 확실히 현길 이상의 인재는 없었다.

"…스승님은 어쩌다가 죽었습니까?"

"명령을 어기고 폭주했지. 위해극과 양진아를 상대로 광요의 성능을 시험해 본 시점에서 복귀령이 떨어졌는데 그걸 어기고 흉왕의 제자에게 들이댔다가 그만……."

"음? 그 말씀은… 설마 광요가 패했습니까?"

"그렇다고 한다."

"흉왕의 제자에게 당한 겁니까? 아니면 다른 자에게……."

"거기까지는 나도 모르겠군. 좀 더 자세한 보고가 올라오면 자네에게도 보고서를 제출하라고 명해두지."

"아, 네. 감사합니다. 그럼 한 가지만 더. 광요는 괜찮습니까?"

"왼팔을 잃기는 했지만 숨은 붙어 있다고 한다."

"다행이군요. 뭐 팔이야 재생시키면 되니까."

"흠."

안도의 한숨을 쉬는 현길을 보는 육영의 표정이 묘해졌다. 그것을 눈치챈 현길이 의아해하자 육영이 말했다.

"자네는 스승이 죽은 게 별로 충격적이지 않은가 보군?"

"아아. 뭐 충격은 받았습니다. 다만 슬프거나 화나거나 원한이 끓어오르지는 않을 뿐이죠."

"……."

"스승님과 저는 원래 그런 관계였습니다. 제가 몇 번이나 스승님 실험체가 될 뻔했다가 살아남았는데 사제 간의 정을 기대하십니까?"

"흠. 기환술사들은 이해할 수가 없어."

"세간에서는 마인을 두고 그런 소리를 하지요, 아마?"

"그렇기는 하지. 어쨌든 축하한다, 삼영."

"감사합니다."

현길은 정중하게 읍하고는, 그가 나가자 중얼거렸다.

"설마 광요가 흉왕의 제자에게 일대일로 패했을까? 그렇다면 충격적인데… 하여튼 스승님은 왜 교주께서 흑영신교에 맡겨두라고 한 흉왕의 제자를 건드려서는."

구시렁거리고는 있었지만 어느새 현길의 입가에는 미소가 걸려 있었다.

스승이 죽은 게 기뻐서냐고 묻는다면, 딱히 그렇지는 않았다. 하지만 그를 대신해서 광요의 완성을 담당하게 된 것은 즐거웠다. 광요는 지금까지 그가 보아온 그 어떤 것보다도 경이로운 작품이었으니까.

2

광요와 싸운 뒤, 형운은 가까운 곳의 별의 수호자 사업체에 들러서 사흘간 휴식을 취했다. 그 싸움으로 부상자 다수, 그리고 일곱 명의 사망자가 나왔기 때문이다.

그리고 다시 보름가량 더 여행한 끝에 일행은 무사히 호장성에 도착했다.

"수고하셨습니다."

화물의 인수 작업이 끝나고 나자 호위부단장이 정중하게 읍했다. 형운도 그에게 마주 고개를 숙였다.

"수고는 여러분들이 하셨지요. 저야 한 것도 별로 없고."

"겸손하시군요. 공자님이 아니었다면 피해가 몇 배는 컸을 겁니다."

그 말에 형운이 쓴웃음을 지었다.

광세천교와 일전을 치른 후로 호위단이 형운을 보는 눈이 완전히 달라졌다. 역시 무인은 평소 행동거지가 어떻든 간에 무력으로 자신을 증명해야 인정받을 수 있는 법이다.

그리고 형운도 이후로는 좀 행동거지를 조심하기는 했다. 사망자까지 나온 판에 전처럼 머리 빈 바보처럼 행동할 수는 없었으니까.

'따지고 보면 나 때문에 습격당한 거나 마찬가진데… 에휴.'

변재겸, 그 미친 작자가 광요와 형운을 맞붙이겠다는 목적만으로 공격해 들어왔던 것이니 다들 휘말린 것이나 다름없다. 하지만 그런 이야기를 할 수도 없는 노릇이라 속으로 삼킬 수밖에 없었다.

어쨌든 형운이 맡은 임무는 끝났지만 곧바로 별의 수호자 총단으로 돌아가는 것이 아니다. 이곳에서 총단으로 보낼 물건이나 가는 사람이 있다면 그들과 함께 돌아가게 되어 있었고 일정상 한 사나흘 정도는 호장성에서 지내게 되어 있었다.

형운은 곧바로 별의 수호자 지부를 나섰다.

"넌 좀 더 쉬고 있어도 되는데, 무일."

가려와 무일이 따라붙었다. 가려가 은신을 한 데 비해 무일은 자연스러운 차림새로 따라오고 있었다.

"괜찮습니다. 먼 타지까지 와서 놀고 있으면 호위무사라 할 수도 없겠지요."

무일은 광요와의 격돌에서 입은 내상이 아직 다 낫지 않았다. 그런데도 고집을 피우는 그를 보던 형운은 포기한 듯 고개를 저었다.

"어휴. 내 부하들은 왜 다 이렇게 고집이 센 거야?"

"음. 죄송합니다. 하지만……."

"뭐 됐어. 여기서 딱히 위험한 일이 있지는 않… 을 거라고 보장은 못 하겠지만, 하여튼 괜찮겠지."

이미 광세천교의 습격을 받은 경험이 있다 보니 평화를 장담 못하겠다. 형운은 왠지 서글픔을 느끼며 거리를 걸었다.

"마차를 하나 빌려야겠군."

"마차요?"

"거리가 좀 있으니까. 그냥 경공으로 가도 되긴 하는데 너를 무리하게 하고 싶진 않아."

"전 괜찮습니다."

"이건 따라오는 거하고는 별개야. 호위무사로서 유사시에 대비하려면 최소한 쓸데없이 상태를 악화시키진 말아야지."

"······."

이치에 맞는 말인지라 무일은 반박할 수가 없었다. 형운은 별의 수호자 지부에서 마차를 하나 빌려서 밖으로 나섰다. 무일이 자청해서 마부를 맡았다.

"누나도 들어와요."

"아니, 저는······."

"들어오라니까요. 이런 상황에서 꼭 마차 지붕이나 바닥에 붙어야겠어요? 성 한복판에서 괜히 그러다가 관군 눈에 띄는 건 사양하고 싶다고요."

형운이 말한 행동은 은신한 채 호위하는 이들의 기본적인 행동 지침이기는 했다. 하지만 형운은 호위는 하되 높으신 분들의 신경을 거스르지는 않아야 한다는 비합리적인 이유가 마음에 들지 않았다. 이제 다른 사람들이 그러는 건 그러려니 하고 넘어가겠는데 가려는 어떻게든 행동 지침을 바꾸게 만들고 싶어서 이래저래 애를 쓰는 중이다.

"그럼 저도 마부석에······."

"묘령의 아가씨가 마차 몰고 있으면 참 눈에 안 띄겠습니다?"

"······."

형운의 말에 결국 가려는 한숨을 쉬며 마차 안으로 들어왔다. 원래 취하려던 행동에 비하면 참으로 편한 상황일 텐데, 그녀는 좌불안석이 되어서 주변을 두리번거렸다.

"복면 벗어요."

복면을 쓰고 있던 가려가 움찔했다. 그래도 형운이 빤히 바라보자 어쩔 수 없다는 듯 그 말에 따랐다. 하지만…….

"…가면도 안 돼요."

복면을 벗더니 귀신의 형상이 조각된 가면을 꺼내서 쓰려고 한다. 형운이 눈을 부라리자 어쩔 수 없다는 듯 집어넣고…….

"인피면구도! 아니, 도대체 왜 그렇게 기를 쓰고 얼굴을 가리는 거예요! 마차 안에서 정도는 평범하게 있으라고요, 좀!"

마지막으로 꺼낸 것은 기환술사들이 만든 인피면구(人皮面具)였다. 얼굴에 쓰면 다른 사람의 얼굴로 변해서 감쪽같이 정체를 위장할 수 있는 기물이다.

'저건 또 어디서 지급받았대?'

먼 옛날에는 죽은 사람 얼굴 가죽을 뜯어내서 만들어서 인피면구라는 이름이 붙었다. 하지만 지금은 기환술사들의 제작 기술이 발달해서 그런 끔찍한 재료를 쓰지 않으며, 얼굴에 쓰면 정말로 감쪽같이 얼굴을 바꿔준다.

대신 그만큼 귀해서 아무나 가질 수 있는 물건이 아니었다. 아마 가려가 형운 직속으로 소속을 옮기는 과정에서 권한이 상승해서 작전 물품으로 손에 넣은 것 같았다.

형운이 머리를 짚으며 말했다.

"누나, 가만히 좀 있어봐요. 나랑 마주 앉아 있는 게 그렇게 싫어요?"

"그, 그런 건 아닙니다."

"그럼 침착해요. 여기는 딱히 보는 사람도 없잖아요?"

"하지만……."

"누나는 제 호위잖아요. 호위라면 이럴 때 자연스러운 태도를 취해야죠."

"음."

그 말에 가려가 거짓말처럼 안정되었다. 형운은 속으로 혀를 찼다.

'그냥 있을 때와 임무 중일 때의 괴리가 너무 크단 말이지. 이걸 어쩐다.'

아직도 가려를 대낮에 떳떳하게 사람들 앞에서 활보하게 만든다는 목표는 멀게만 느껴진다. 형운은 답답함을 느끼며 창밖을 바라보았다.

문득 가려가 말했다.

"공자님, 고향에 돌아오셨는데… 별로 좋아하시지 않는군요."

"음? 아직도 별로 실감이 안 가네요. 여기도 잘 모르는 곳이고."

뭐 그래도 가려가 이런 식으로 개인적인 이야기를 묻고, 답하게 된 것은 그동안 일궈낸 아주 긍정적인 변화라 할 것이다. 형운은 기꺼워하며 대답했다.

"제가 살았던 곳은 여기서 좀 멀어요. 호장성에서 살기는 했지만 그리 멀리 돌아다니면서 살지는 않았으니."

어린아이의 행동반경은 그리 넓지 않은 법이다. 그리고 딱히 어린아이가 아니더라도 특별한 목적이 없는 한 사람은 자기가 사는 좁은 생활 반경을 벗어나지 않는다. 작은 마을이라면 모를까, 시골이기는 해도 한 성의 중심 도시에 살던 형운이 자기 동네 외의 지역을 낯설게 느끼는 것은 당연했다.

"하지만 참… 이렇게 작았구나 싶긴 해요."

"호장성이 말입니까?"

"네. 어렸을 때는 가도 가도 끝이 없는 것 같았거든요. 다 때려치우고 싶어서 객잔을 뛰쳐나왔다가도 갈 곳도 없고… 가다 보니 어디가 어딘지 모르게 될 것이 무서워져서 다시 돌아가고는 했죠."

번화한 성해에서 살던 형운 입장에서는 6년 만에 다시 온 호장성은 정말 시골구석이라는 느낌이 팍팍 들었다. 높은 건물도 별로 없고 나름 번화하다고 하는 중심가를 지나는데도 전혀 화려하다는 느낌이 안 든다.

분명히 규모로만 보면 성해와 비슷할 텐데 참 작게 느껴진다. 다른 도시에 갔을 때는 몰랐던 감각을 느끼는 것은 이곳에 고향이기 때문이리라.

"고향이라."

형운은 복잡한 감정이 묻어나는 표정으로 중얼거렸다.

이곳을 그리워해 본 적은 없다. 사람이 타향살이를 하면 향수에 괴로워하는 게 당연하다는데 형운은 신기할 정도로 향수를 모르고 지냈다.

아마 호장성이 형운에게 있어서 별로 좋은 기억으로 남은 곳이 아니었기 때문이리라. 이곳에 대한 기억은 다시 떠올려도 늘 힘들고, 괴롭고, 춥고, 배고팠던 경험들로만 가득했다.

'그래도……'

모처럼 고향에 돌아왔으니 가보고 싶은 곳이 몇 군데 있었다. 마차는 지부가 있던 중심가를 벗어나서 외곽으로 향했다.

3

형운이 제일 먼저 향한 곳은 동쪽 성문을 나서서 한 식경(30분) 정도 더 가면 있는 산촌이었다. 마차로 왔으니 일각이지 보통 사람 걸음이라면 반 시진(1시간)도 더 걸렸으리라.

가려가 주변을 두리번거리며 물었다.

"정말 괜찮겠습니까?"

"괜찮아요. 뭐 위험이 있으면 냅다 도망치자고요."

성문 밖으로 나온다는 이야기는 듣지 못한지라 가려는 신경을 곤두세우고 있었다. 광세천교가 형운을 노리고 습격해 온 전적까지 있으니 여기까지 나올 거라면 좀 더 많은 인원을 데리고 오는 편이 나았을 텐데…….

하지만 형운은 전혀 걱정하는 태도가 아니었다. 불안해하는 가려를 보며 말했다.

"미리 조사를 부탁해 놨어요. 이 부근은 요즘 치안에도 문제가 없다더라고요."

"마교는 별개입니다."

"알아요. 그놈들 나오면 그때는 냅다 도망치자니까요?"

형운은 그렇게 너스레를 떨면서 산촌으로 들어섰다. 척 봐도 외지인, 그것도 좋은 옷을 차려입고 무인들까지 낀 일행이 나타나자 촌민들이 긴장했다. 형운은 한 노인에게 다가가서 물었다.

"어르신, 말씀 좀 묻겠습니다."

"무슨 일이시오?"

노인이 긴장이 묻어나는 표정으로 물었다. 촌민들은 원래 외지인에게 민감하다. 하물며 신분이 높아 보이는 데다 무인이기까지 하다면 더더욱.

형운도 그 점을 잘 알았다. 그래서 최대한 부드러운 목소리로 물었다.

"혹시 마을 사람들이 묻힌 묘지가 어디 있는지요?"

"묘지? 그런 건 왜 물으시오?"

"아는 분의 묘가 여기 있어서요. 한 16년 전쯤에 산사태로 죽은 형준일, 구예연이라는 부부인데……."

"음?"

그 말에 노인이 흠칫 놀랐다. 그가 믿을 수 없다는 눈으로 형운을 바라보았다.

"혹시나 해서 묻는 것인데… 소협의 이름이 형운이시오?"

"맞습니다."

형운이 쓴웃음을 지었다. 사실 이런 산촌에 사는 사람들은 연고가 별로 없다. 부근의 촌민들끼리 성혼하는 경우가 대부분인지라 누가 죽는다고 찾아올 사람의 면면도 뻔했다. 그런데 외지에서 찾아와서는 죽은 부부의 이름을 거론하는 사람이라면 떠올릴 수 있는 가능성이 한정될 수밖에.

노인이 놀라서 말을 더듬었다.

"그, 그랬구려. 나이가 비슷해서 혹시나 했는데 정말이었다니… 전에 무인들이 와서 자네와 부모에 대해서 자세하게 묻고 간 적이 있었지. 혹시 나를 기억하겠나?"

"죄송하지만 제가 워낙 어릴 적에 여기를 떠나서 기억나는 게 별로 없습니다."

형운은 부모의 얼굴조차 제대로 기억하지 못한다. 그런데 마을 사람들에 대해서 기억하고 있을 리가 있나? 마을 사람들이 형운을 돌봐준 기간은 짧았고 금방 일을 하는 대가로 먹고 잘 만한 곳으로 보내졌다.

지금이야 형운이 비상한 기억력을 얻었지만 그것도 일월성신이 된 후의 일들에나 적용되는 것이지 먼 옛날의 일에 대해서는 예나 지금이나 똑같았다. 그래서 이 노인을 봐도 아무것도 떠오르지 않는다.

"안타깝군. 그래, 그동안 어떻게 지냈나?"

형운이라는 것을 알게 된 노인의 말투가 바뀌어 있었다. 뒤에 있던 가려가 못마땅한 표정을 지었지만 형운은 개의치 않았다.

"뭐 그냥 객잔에서 심부름꾼 노릇 하다가 사부님을 만나서 무공을 배우게 되었지요. 오랜만에 호장성에 돌아왔는데 부모님 묘에 한 번쯤 가봐야겠다 싶어서 왔습니다."

객잔 심부름꾼 노릇을 할 때는 여기까지 올 수가 없었다. 지금이야 조금 시간을 들이면 올 수 있지만 그 시절의 형운에게는 도저히 갈 수 없는 거리였으니까.

노인이 고개를 끄덕였다.

"그랬군. 객잔으로 갔다는 말은 들었지만 그 후로는 소식이 없더니만……."

"죄송한데 제가 여기서 머무를 수 있는 시간이 별로 많지 않습니다. 묘지가 있는 곳을 알려주세요."

형운은 노인이 과거의 일을 끄집어내려고 하자 말을 잘라 버렸다. 그 말에 노인은 좀 못마땅한 표정을 지었지만 형운의 눈이 단호해서 뭐라고 하지는 못하고 묘지를 알려주었다.

묘지는 마을 뒤쪽에 있었다. 산골 사람들이 딱히 거창한 묘를 꾸며놨을 리는 없어서 대충 묻고 묘비나 세우고 끝이었다.

"무일, 여기서 기다려."

"네."

무일은 몸을 돌려 묘지 입구를 지키고 섰다. 원래 윗사람의 개인적인 부분을 엿보려고 하지 않는 게 아랫사람의 바람직한 자세라고 배워왔기에 자연스럽게 받아들인다. 하지만 가려는 불만을 표했다.

"공자님, 아무리 그래도 저까지 떼어놓으시면……."

"누나는 오세요."

아무리 그래도 혼자 있는 것은 위험하다고 판단, 자기만이라도 붙어 있어야겠다고 하려던 가려는 말문이 막혔다. 형운은 그녀를 돌아보지 않고 묘지 안으로 들어갔다.

천천히 묘지 사이를 거닐면서 묘비를 살핀다. 처음 오는 곳이라서 부모님의 묘가 어디 있는지 알 수가 없었다.

문득 형운이 말했다.

"생각보다 기분이 나빠요."

"네?"

가려가 영문을 모르겠다는 듯 말했다. 형운이 한숨 섞인 목소리로 대답했다.

"내가 모르는 사람이 나는 기억 못 하는 시절의 나를 알고 있어서 이러쿵저러쿵 말하려는 거 말예요. 사실 내가 불쾌해할 입장이 아니라는 거 알아요. 근데 불쾌함이 솟는 걸 참을 수가 없어요."

귀혁을 만나기 전까지, 어린 시절은 그저 힘들기만 했다. 하루하루 사는 게 힘들어서 내일을 생각할 여유가 없었다. 언젠가 이 빌어먹을 상황에서 탈출하겠다고 입버릇처럼 중얼거렸지만 어떻게 해야 그럴 수 있는지 몰랐다. 그저 한 푼 두 푼 모아서 객잔에서 나가겠다고 생각했을 뿐이다.

그렇다고 자신을 그곳으로 보낸 마을 사람들이 미우냐 하면 그건 아니다. 다들 자기 가족들 먹여 살리는 것만으로도 힘든 사람들이라는 것, 잘 안다. 자기 배를 곯아가면서 혈육도 아닌 아이를 돌봐주지 못하겠다고 생각한 것은 당연하다. 만약 그런 사람이 있었다면 형운은 일생 동안 그를 은인으로 생각하고 보답하기 위해 노력했으리라.

"여기를 그리워한 적은 없지만… 소식을 알아보긴 했었어요."

별의 수호자의 정보력은 뛰어났다. 당사자인 형운도 모르는 사실을 자세하게 조사할 수 있었으니까. 노인이 형운을 금방 떠올린 것도 조사를 위해 이곳을 방문했던 인원들 때문이다.

사실 형운은 부모의 얼굴은 물론이고 이름조차도 잘 기억하지 못하고 있었다. 당시에는 글도 몰랐던 몸이니 정확한 함자는 아예 모르는 게 당연하다. 그 정도였으니 이 마을에 대한 기억은 사실상 없는 것이나 마찬가지였고, 마을 사람들을 봐도 전혀 떠오르는 게 없다.

부모의 이름, 그들의 친족 관계, 그리고 부모를 잃은 자신이 어떤 과정을 거쳐서 심부름꾼 노릇 하던 객잔까지 흘러들어 갔는지까지… 모두 별의 수호자의 조사 보고서를 통해서 알았다. 자신의 삶을 타인이 기록한 문서로 읽는 것은 상당히 묘한 감흥을 안겨주었다.

"저는 친족이 없더군요. 사실 이런 촌락이면 마을 사람들끼리 다들 혈연관계를 맺고 있으니 한두 명은 있을 줄 알았는데……."

아버지는 고향을 잃고 이곳으로 흘러들어 온 외지인이었다. 어머니 쪽의 친족은 다들 병에 걸리거나 사고를 당하거나, 그것도 아니면 마을을 떠났다가 실종되었다. 이런 상황이었으니 마을 사람들이 형운을 잠시 돌봐주다가 그나마 연줄이 있는 도시의 객잔으로 보낼 만도 했다.

"오히려 고마워해야 할 일이지요. 머리로는 알겠는데 이러쿵저러쿵할 기색이 보이니까 불쾌감이 들어요. 참 성질 뭐 같지요?"

"아닙니다."

가려가 말했다. 형운이 웃으면서 뭐라고 하기 전에 그녀가 말을 이었다.

"설령 자기를 먹여주고 재워주면서 돌봐준 사람이더라도 은

인으로 느껴지는 게 아니라 원수처럼 싫을 수도 있지요. 전 공자님 마음이 좁아서 불쾌감을 느끼는 건 아니라고 생각합니다."

"……."

왠지 뼈가 느껴지는 말이다. 형운은 그것이 가려 자신의 이야기 같다고 느꼈지만 굳이 지적하지는 않았다.

가려가 석준에게 거두어진 배경에 대해서 조사를 해보기는 했지만 그 전에 어떻게 살았는지까지는 모른다. 일부러 거기까지 알아보지 않은 것이다. 언젠가 그녀의 입으로 직접 듣지 않는 한, 형운은 굳이 파헤칠 생각이 없었다.

"하지만 정말……."

대신 형운은 다른 이야기를 꺼냈다.

"…생각했던 것과는 다르네요. 전 여기 오면 좀 더 특별한 감정을 느끼게 되지 않을까 했는데……."

부모님의 묘 앞에 선 형운은 복잡한 심정이었다.

형운에게는 그들과 함께한 시절에 대한 기억이 없고, 그래서인지 그들을 절실하게 그리워해 본 적도 없었다. 나도 부모님이 있었다면 좋겠다, 부모님의 보살핌을 받는다는 것은 어떤 기분일까……. 그런 생각이야 많이 해봤지만 아버지와 어머니 개개인을 떠올리며 그리움에 사무쳐 봤냐고 묻는다면 고개를 젓게 된다.

그러다 보니 이렇게 묘 앞에 서도 마음이 복잡할 뿐이다. 형운은 쓴웃음을 지었다.

'아버지, 어머니. 저 왔어요. 이제는 두 분 얼굴도, 목소리도

기억나지 않지만… 그래도 저를 낳아주셔서, 그리고 살려주셔서 지금까지 살아올 수 있었습니다.'

그들을 그리워하지는 않지만 감사하고는 있다. 그들에 대한 추억은 없을지언정 그들이 목숨을 다해 자신을 지켜줬다는 사실만은 형운의 마음속에 각인된 보물이었으니까.

'또 언제 찾아올 수 있을지 몰라요. 하지만 언젠가 꼭 다시 오겠습니다.'

형운은 그렇게 다짐하고는 몸을 돌렸다. 가려가 조용히 그의 뒤를 따랐다.

4

형운은 고향 마을 사람들에게 돈을 쥐여주면서 부모님의 묘를 잘 돌봐줄 것을 부탁했다. 아무래도 마을에 친족이 아무도 남지 않다 보니 묘의 관리 상태가 정말 엉망이었던 것이다.

마차에 오른 형운이 눈을 감으며 한숨을 쉬었다.

"후우."

"피곤하신 것 같습니다."

"그렇네요. 기분이 좋지는 않지만… 그래도 내가 기억 못 하는 시절의 신세는 갚은 셈일까요?"

형운이 마을 사람들에게 돈을 쥐여준 것은 단순히 부모님의 묘 관리 때문만은 아니다. 비록 그들이 끝까지 자신을 책임져주지는 못했을지언정 잠시나마 돌봐주면서 살길을 열어주기는 하지 않았던가? 그러니 앞으로도 부모님 묘 관리를 구실로 삼아서 지속적으로 돈을 보내줄 생각이었다.

가려가 말했다.

"충분할 겁니다."

"누나가 그렇게 말하니 마음이 놓이네요. 아, 지친다……."

형운이 힘없이 웃었다. 강철 같은 육체를 가진 형운이지만 이곳에 오면서 내내 복잡하고 거북한 감정에 시달리다 보니 정신적으로 지쳤다. 이대로 돌아가서 쉴까도 생각했지만…….

"뭐 그래도 기왕 나왔으니 한 군데 더 가보죠. 시간이 많은 것도 아니니까."

조검문에는 내일 가더라도 원래 가려고 한 또 한 군데는 가봐야겠다. 형운은 그렇게 생각하며 마차를 모는 무일에게 갈 곳을 지시했다.

곧 마차가 다시 성문을 통과, 도시 안으로 들어서서 중심가에서는 좀 벗어난 거리로 향했다. 중심가에 비하면 건물들도 초라하고 행인도 별로 많지 않았다. 형운은 거리의 입구쯤에 마차를 세우게 하고는 무일에게 대기를 명했다. 형운의 뒤를 따르는 가려는 순식간에 복면을 쓰고 은신했다.

"누나, 그냥 나와서 따라오면 어때요?"

"……."

대답이 없다. 마차에서 나오자마자 옳다구나 하고 은신하는 모습이 이때만을 기다려 온 것 같았다.

형운은 한숨을 쉬고는 걷기 시작했다. 혼자 걷고 있는 형운은 행인들의 눈길을 끌었다. 아무래도 좋은 옷을 차려입었고 그동안 계속 잘 먹고 잘 씻고 자라서 외모에서도 귀티가 나다 보니 그럴 수밖에 없다.

형운은 그들의 시선을 무시한 채로 감상에 젖었다.

이곳은 한때 자신이 생활하던 거리다. 6년이 지난 지금도 마지막으로 기억하고 있던 것과 크게 달라진 게 없었다.

"아, 장씨 아저씨네 과일 가게 문 닫았네."

형운은 그동안 달라진 것들을 알아보았다. 가끔 형운에게 남는 과일을 주던 장씨네 과일 가게는 문을 닫았다. 간판도 없고 가게자리가 휑하니 비어버린 것을 보니 장사를 접은 것 같았다.

그 가게만이 아니다. 6년의 세월 동안 아는 사람들이 사라지고 대신 그 자리를 차지한 새로운 얼굴들이 형운에게 눈길을 주고 있었다.

별로 친하지는 않았지만 오가면서 인사를 나누던 사람들이 사라진 것은 쓸쓸함을 느끼게 했다. 그 때문일까? 형운의 발걸음이 갈수록 느려졌다.

목적지가 가까워오고 있었다. 6년 전까지 형운이 심부름꾼으로 일했던 바로 그 객잔이.

고향 마을과 자신의 과거에 대해서 알아보는 동안에도 객잔에 대해서는 한 번도 알아보지 않았다. 그래서 객잔이 여태까지 남아 있기는 한 것인지조차도 모르겠다. 상식적으로 생각해 보면 허름하기는 해도 도심에서 객잔을 할 정도면 나름 알차게 재산을 모은 부류라고 할 수 있으니 쉽게 망하지는 않았으리라.

"음……."

점점 느려지던 형운의 걸음이 멈췄다. 객잔이 눈에 보이는 거리까지 온 형운이 머리를 벅벅 긁었다.

"에이, 됐다."

결국 형운은 객잔에 가보기를 포기했다. 좋은 추억이라고는 하나도 없고, 객잔 주인을 만나보고 싶은 것도 아닌데 굳이 불편한 감정 느끼면서 찾아가 볼 필요가 없지 않겠는가?

─돌아가실 겁니까?

"네. 됐어요."

가려의 전음에 대답하며 돌아설 때였다. 왠지 객잔 쪽에서 요란한 소리가 울렸다.

"…음?"

탁자나 의자가 넘어지면서 난 소리 같다. 그것뿐이었으면 모르겠는데 험악하게 언성을 높이는 목소리와 어린 소년이 지르는 비명이 이어졌다.

"젠장."

형운은 짜증을 내면서 객잔으로 향했다. 돌아가기로 결정했으니 그냥 무시하고 가면 될 일이다. 하지만 다른 것보다는 어린 소년의 비명이 발길을 붙잡았다.

한달음에 객잔 안으로 들어선 형운은 곧바로 상황을 파악했다. 험상궂은 남자 몇 명이 주인을 둘러싼 채 으름장을 놓고 있었기 때문이다.

'아저씨……'

형운은 난처한 표정으로 남자들에게 사정사정하는 주인을 보며 멍청한 표정을 지었다.

예전에는 그가 참 크게 보였다. 인간으로서의 그릇이 크다는 게 아니라 어린 자신이 대항할 수 없는 존재로 보였다는 뜻이다. 어쨌거나 자신을 먹여주고 재워주는 사람이었기에 괜한 트집을 잡아서 때릴 때마저도 반항 한번 못했다.

그런데 지금 보니 참 작다. 6척(약 180센티)을 넘는 장신으로 자란 형운이 보기에 그는 왜소한 체구였다. 험상궂은 사내들에게 비굴하게 굽실거리는 그를 보고 있자니 자기가 기억하는 것보다 작고, 약하고, 나이 들어 보였다. 다른 건 몰라도 그동안 주름살은 많이 늘어난 것 같다.

"넌 또 뭐야?"

문득 사내들 중에 하나가 형운을 발견하고 눈을 부라렸다. 객잔에서 행패를 부리는데 들어와서 우두커니 구경하고 있는 것이 신경에 거슬렸으리라. 형운이 대답을 하지 않자 성큼성큼 다가온다.

"길 잃은 도련님 같은데, 험한 꼴 당하기 전에 꺼져! 여기 지금 영업 안 하니까!"

남자가 거칠게 형운의 가슴을 밀쳤다. 하지만 그 손이 닿기 전에 형운의 손이 전광석화처럼 그 손목을 잡아챈다.

"어?"

"중요한 사실 하나 알려주지. 나 지금 아주… 기분이 더러워지고 있어."

형운이 그를 노려보며 말했다.

뭐 어떻게 돌아가는 사정인지는 대충 알겠다. 형운이 심부름꾼으로 일할 당시에도 종종 벌어지던 일이니까.

험상궂은 사내들은 아마 이 거리의 주인인 양 행세하고 다니는 진사방의 무리들이리라. 진사방에 속한 자들은 매달 상인들을 상대로 상납금을 받아 가는데 그 액수가 관에서 거둬 가는 세금보다 더 많았다.

당연하게도 이놈들은 불법적으로 돈을 거둬 가는 주제에 사정이 어렵다고 봐주지도 않았다. 돈 내놓으라고 행패를 부리는 것은 물론이고, 돈이 준비될 때까지 기다려 주는 대신에 마치 자기들이 빌려주기라도 한 양 이자를 붙이기까지 했다. 이곳 주인도 손님이 별로 없어서 매상이 잘 안 나오는 때에는 상납금을 낼 돈이 없어서 사정사정하는 일이 드물지 않았다.

'그리고 그런 때는 내 봉급도 안 줬지.'

생각해 보니 열 받는다. 주인이 괜한 트집을 잡아서 형운을 때렸던 것도 대부분 이놈들에게 들볶인 후였다.

"악, 이, 이 자식이… 아악!"

과거의 일을 떠올리니 절로 손에 힘이 들어간다. 무시무시한 악력에 남자는 손목이 부서질 것 같아서 겁에 질렸다.

"네놈은 뭐냐?"

"이 자식이 감히 누굴 치는 거야?"

진사방 무리들이 흉흉한 기세를 뿜으면서 다가왔다. 형운은 그들을 시큰둥한 표정으로 살펴보았다.

'진사방도 무문 찌꺼기 정도는 되는 곳이었구나. 하긴 당연한가? 이런 짓 하는 놈들을 사파라고 하니.'

이들은 무공을 익히고 있었다. 하지만 내공 수준이 변변치 못해서 고작 원천기심을 형성했을 뿐이고 그나마도 참 부실하다.

대답조차 않고 자신들을 바라보는 형운에게 울컥한 그들이 대뜸 무기를 꺼내 들었다. 칼날들이 번뜩였다.

"놓지 못해!?"

"싫은데?"

순간 놓고 있던 형운의 오른손이 움직였다.

콰직! 짝!

뭐가 부러지는 소리가 나더니 칼로 찔러오던 남자의 고개가 획 돌아간다. 그는 순간 무슨 일이 벌어진 건지 몰라서 어안이 벙벙해졌지만 곧 격통이 몰려왔다.

"아, 아악!"

형운의 일격으로 손목이 부러져서 칼을 놓쳤다. 그를 시큰둥하게 바라면서 형운이 잡고 있던 남자의 팔을 꺾었다.

콰드득!

"아아아아아악!"

남자의 팔이 부러지면서 끔찍한 비명이 울려 퍼졌다. 형운은 부러진 팔을 놔주고 대신 남자의 몸을 가볍게 쳐 올렸다. 복부를 관통하는 것 같은 충격과 함께 남자의 몸이 손가락 하나 높이로 허공에 뜨고…….

"이렇게 하셨었지, 아마?"

짜자자자자자작!

형운의 손이 잔상이 남을 정도로 빠르게 허공을 가르면서 남자의 따귀를 연타로 갈긴다. 남자의 머리가 무시무시한 속도로 좌우로 흔들리며 피를 뿜었고…….

우당탕!

요란한 소리가 울리며 땅에 처박혔다.

"대충 비슷하군."

형운은 예전에 귀혁이 했던 일을 떠올리면서 중얼거렸다. 그리고 그때까지 팔이 부러져서 비명을 지르고 있던 남자의 머리를 움켜잡았다. 직후 남자의 몸이 그대로 빙글 돌더니 등부터 바닥에 처박혔다.

쾅당탕!

남자는 눈을 하얗게 까뒤집은 채로 혼절했다.

장내의 분위기가 얼어붙었다. 무기를 든 채로 형운을 공격하려던 진사방원들은 놀란 나머지 입만 뻐끔거렸다.

형운이 물었다.

"계속할래?"

진사방원들의 고개가 쾌속하게 좌우로 움직였다. 형운이 물었다.

"너희들, 진사방원이냐?"

"그, 그렇다."

"그렇다?"

짝! 짝!

형운의 눈썹이 치켜 올라가더니 눈앞이 번쩍한다. 곧 그들은 입안이 터져서 화끈거리고 이빨이 하나씩 부러진 것을 깨달았다. 형운이 물었다.

"다시 하자. 너희들 진사방원이냐?"

"그, 그렇습니다! 진사방원 맞습니다."

대번에 말투가 바뀌었다. 형운이 허공을 올려다보며 말했다.

"누나, 무일이한테 말해서 인원 좀 모아서 진사방 좀 정리하라고 해주세요."

"정리라고 하시면… 다 죽입니까?"

형운이 갑자기 허공을 올려다보며 말하자 다들 이놈이 미쳤나 의심했지만, 가려의 대답이 들려오자 깜짝 놀랐다. 말로만 듣던 강호 고수들의 은신술이 아닌가?

형운이 고개를 저었다.

"아뇨. 그렇게 흉흉한 조치까지는 필요 없고 죽는 사람은 안 나오게 적당히 밟아놓으라고 하세요. 아, 근데 이거 완전히 제가 옛날에 짜증 났던 것 때문인데 다른 사람들 시키기 좀 그렇네. 그냥 직접 할 테니까 관두세요."

"…공자님께서 그런 일을 하시면 격이 떨어집니다. 대충 적당한 인원들을 보내서 오늘 내로 조직을 해체시키죠. 반항하면 팔다리 정도 부러뜨리고 내공을 폐하는 정도로 끝내라고 해두겠습니다."

"그것도 너무 과격하다고 하고 싶은데, 뭐 이놈들이 여태까지 한 짓을 생각하면 적절하겠네요. 게다가 썩어도 무인이기는 할 테니까 확실하게 밟아두는 편이 낫겠죠."

형운이 고개를 끄덕였다. 그 말에 진사방원들은 기겁했다. 하는 짓을 보니 자기들하고는 완전히 사는 세계가 다른 거물이지 않은가? 사람들 등쳐 먹고 사는 패거리가 지나가던 무공이 고강한 협객한테 걸려서 풍비박산 나는 이야기는 흔해 빠졌지만 설마 자신들이 바로 그 이야기 속 등장인물이 되는 날이 올 줄이야?

가려의 기척이 멀어지자 형운이 다시 진사방원들을 보며 말했다.

"뭐 그렇게 결정되었으니 당신들은… 아, 물어볼 게 또 있었지. 쟤 때린 거 누구야?"

다들 형운이 가리킨 사람을 바라보았다. 그곳에는 객잔에서 소년이 배를 움켜쥔 채 쓰러져 있었다.

나이는 열두어 살 정도일까? 차림새를 보니 아마도 형운이 나간 후에 들인 심부름꾼이리라. 쓰러진 것은 진사방원들이 행패를 부리면서 때렸기 때문일 것이다. 이런 놈들은 돈을 주는 주인을 쥐어 패기보다는 기물을 파손하거나 주변 사람들을 때리면서 으름장을 놓기를 즐겼다.

거기까지 알아본 형운의 가슴속에서 울컥 분노가 치밀었다. 전신에서 흘러나오는 흉흉한 기파에 진사방원들은 그대로 굳어버렸다. 형운이 상관없는 사람들에게 영향을 미치는 것을 꺼려해서 기파를 억누르고 있는데도 마치 맹수 앞에 서 있는 것 같은 두려움이 몰려왔다.

"저, 저 녀석입니다!"

"맞습니다! 저는 손끝 하나 안 댔습니다!"

진사방원들이 쓰러진 동료들을 가리키며 열성적으로 무죄를 주장했다. 형운이 손님들을 바라보며 눈으로 확인을 요구한다. 다들 슬그머니 시선을 피했지만 한 노인이 입을 열었다.

"거짓말일세."

"무, 무슨 소리를 하는 거야! 미친 영감탱이!"

"닥쳐! 그 입을 찢어버리기 전에!"

"내 입을 찢어버리겠다고 한 놈이 저 애를 걸어찼지. 그리고 다른 놈들도 다 때렸다네."

노인이 진사방원들을 똑바로 노려보며 말했다. 형운이 말했다.

"하! 네놈들 다 구제의 여지가 없군."

"자, 잠깐."

"대협. 저희 말도 좀 들어보시……."

"너희 같은 놈들은 적당히 해두면 꼭 나중에 다시 기가 살아서 날뛰지. 자기 잘못은 생각 안 하고 부당한 원한이나 품고."

형운의 목소리는 얼음장처럼 싸늘했다.

곧 객잔에서 처절한 비명이 울려 퍼졌고, 진사방원들은 목숨에는 지장이 없지만 두 번 다시 힘자랑을 할 수 없는 몸이 되었다.

5

별의 수호자 지부로 돌아가는 마차 안에서 형운은 한참 동안 말이 없었다. 그러다가 지부가 가까워올 때쯤이 되자 불쑥 입을 열었다.

"사실은… 가기 전에 뭘 할지 이것저것 생각해 뒀어요."

맞은편에 앉아 있던 가려는 당황하는 기색 없이 물었다.

"객잔 말씀이십니까?"

"네. 거기 주인아저씨를 만나면 하고 싶은 말이 잔뜩 있었어요."

결국 형운은 객잔 주인에게 자기가 누군지 밝히지 않았다. 그동안 형운이 워낙 많이 달라져서 객잔 주인은 그를 알아보지도 못했다. 진사방원들을 때려눕힌 그에게 감사하다면서 연신 고개를 조아릴 때는 도대체 무슨 표정을 지어야 할지 알 수가 없어서, 결국 거칠게 몸을 돌려 나오고 말았다.

"내가 바로 형운이다, 당신이 사람 취급도 안 해주던 그 꼬마가 이렇게 변해서 다시 온 거다……. 그렇게 말해주고 싶었는데."

놀란 그의 얼굴을 보고 싶었다. 그랬다면 아마 객잔 주인은 예전과는 완전히 달라져서 돌아온 형운이 자신에게 해코지라도 하지 않을까 두려워하며 벌벌 떨었으리라. 형운이 아무 짓도 안 하고 돌아간다고 하더라도 나중에 뭔가 보복을 당하는 게 아닌지 불안해하며 살지 않았을까?

저열한 욕망이라는 것은 안다. 하지만 어린 시절 그에게 괴롭힘당했던 것을 꼭 그런 식으로 갚아주고 싶었다.

하지만 정작 그가 자신에게 고개를 조아리는 것을 보니 그런 마음이 싹 사라졌다. 어렸을 적에는 그렇게 강력한 부조리의 상징처럼 보였던 작자가 이제 와서는 너무나도 초라해 보인다는 사실이 주는 불쾌감은 형언할 수 없을 정도로 컸다.

"하지만 좀 후련하기도 해요."

왠지 객잔에 가기 전까지 저열한 보복을 상상하고 있던 자신이 우스웠다. 이제는 정말 그 시절에 아무런 미련도, 집착도 없이 살아갈 수 있을 것 같았다.

형운의 고백을 들은 가려는 아무 말도 하지 않았다. 하지만 복면에 감춰진 입매가 살짝 미소 짓고 있음을 안 형운은 괜히 겸연쩍어져서 어색하게 헛기침을 했다.

"흠흠."

곧 마차가 지부에 도착했다. 그리고 마차에서 내린 형운에게 한 무사가 다가와서 말했다.

"공자님."

"무슨 일이죠?"

뭔가 말하기 꺼림칙해하는 태도라 형운은 의아해졌다. 무슨 일이 있었나?

그가 머뭇거리다가 말했다.

"조검문에 공자님께서 내일 찾아가실 거라고 기별을 넣었는데… 지금 천유하 공자가 없다고 합니다."

"네?"

"바로 어제 출타했다는군요. 한동안 안 돌아올 거라고……."

"이런."

형운이 눈살을 찌푸렸다. 꼭 만나보고 싶었는데 이런 식으로 어긋날 줄이야. 이럴 줄 알았으면 총단에서 떠날 때 미리 소식을 전해두었을 것을.

"어쩔 수 없죠. 수고하셨습니다."

"그리고 공자님께 새로운 명령이 내려왔습니다."

"저한테요?"

형운이 의아해했다. 남자가 말하는 뜻은 총단에서 명령이 내려왔다는 것이다. 하지만 상행을 호위했다 돌아가는 임무를 맡은 형운에게 무슨 명령이 내려온단 말인가?

"네. 구체적인 내용은 이 서찰에 있으니 읽어보시면 됩니다."

형운은 그가 건네주는 서찰을 받아 들었다. 내용을 요약해 보면 다음과 같았다.

'유적조사단의 부단장 감진오가 호장성 쪽으로 이동 중. 도착하면 합류해서 그를 호위할 것. 자세한 사항은 합류 후에 설명을 들을 수 있을 것이다.'

형운이 눈살을 찌푸렸다.
"…이 근방에서 뭔가 유적이라도 새로 발견됐나?"

제35장
재회하는 자들

성운을 먹는 자

1

하운국, 위진국, 풍령국 세 나라가 중원삼국이라 불리며 대륙의 패권을 쥐기 전까지 세상은 수많은 나라들로 분열되어 전쟁이 끊이지 않았다. 예를 들면 하운국의 열두 개 성들은 예전에는 각각 하나 이상의 나라를 이루고 있던 지역들로 역사를 뒤져보면 서로 창칼을 들고 싸웠던 일이 수도 없이 많았다.

그 옛날, 세상에서 인간이 차지하는 위치는 지금 같지 않다.

지금보다 훨씬 더 많은 요괴와 마수, 환마들이 곳곳에 자리잡고 인간을 위협했다. 심지어 그런 존재들이 모여 나라를 세우고 인간을 가축처럼 취급했던 기록마저 남아 있었다.

지금 사람들에게는 역사라기보다는 전설이나 신화로 여겨지는 이야기들이다. 하지만 분명히 실재했던 일들이었고 그 흔적이 세상 곳곳에 남아 있었다.

그 시절의 유적들은 사람들의 탐욕을 자극한다. 혹시 거기에 기연이나 보물이 있을 것을 기대하게 되므로…….

별의 수호자에서도 이런 유적을 발굴하고 조사하는 부서 '유적조사단'이 있었다. 하지만 별의 수호자 자체가 유적에 별로 큰 가치를 부여하고 있지 않기 때문에 규모가 그리 크지는 않았다.

별의 수호자가 과거의 유산에 집착하지 않는 이유는 간단하다. 그들의 위에는 성존이라는 신화적인 초월자가 있으며, 그들은 늘 이전보다 더 발전해 왔기 때문이다. 좋게 말하면 지금이 과거보다 더 낫다는 확신이고 나쁘게 말하면 진보적인 오만이라고 할 수 있겠다.

"그래도 이 인원은 좀……."

마곡정이 투덜거렸다.

유적조사단은 규모도 작고, 예산도 적고, 따라서 조직의 발언력도 별로라서 보유한 무사도 적었다. 그래서 무력이 필요할 때면 다른 부서에서 빌려 오는 경우가 태반이다.

심지어 유적조사단장이 북방에서 발굴된 중원삼국 초창기의 유물 발굴에 1년째 매진하고 있는 상황이라 인력난이 더욱 심했다. 감진오가 데려온 유적조사단의 무사는 단 두 명뿐, 나머지는 전부 여기저기에 부탁해서 빌려 온 인원이었고…….

"젊은 사람만 네 명이라니. 아무리 그래도 좀 말발 서주는 어른이 한두 분은 계셔야지……."

"그만 투덜거리시지, 사제. 듣기 안 좋아."

그렇게 말한 것은 마곡정의 사형, 풍성의 여섯째 제자인 오량이었다.

오량과 마곡정을 포함해서 젊은, 혹은 어린 네 명의 인원이 감진오를 따라 나섰다. 그리고 그중 세 명은 개인 호위무사를 데리고 왔기 때문에 호위대의 총 인원은 아홉 명이었다.

그나마 이중에서는 올해 스물네 살이 된 오량이 제일 나이도 많고 직위도 높아서 호위 책임자 역할을 맡았다. 사실 나이만 치면 유적조사단의 무사가 더 많았지만 오량은 오성의 제자다.

마곡정이 말했다.

"사형은 아주 자신만만하십니다? 임무 특성상 아무리 봐도 사건 사고가 끊이지 않을 것 같은데? 솔직히 무력이야 문제없겠지만 시비가 생겼을 때 말발 안 서면 피곤하다고요."

"그야 그렇지만 이미 시위를 떠난 화살이야. 있는 사람들로 잘해봐야지. 그리고 중간에 인원도 보충해 주겠다고 하잖아?"

"지부에서 이런 임무에 쓸 만한 인력을 내주려고 하지 않을 것 같지 않은데요?"

마곡정이 비꼬자 오량이 표정을 구겼다. 틀린 말은 아니었기 때문이다.

각지의 지부 입장에서 보면 유적조사단의 일은 그리 열성적으로 돕고 싶은 건수가 아니다. 이 기회에 윗사람에게 잘 보이고 좋은 실적도 올릴 수 있겠다는 생각이 들어야 열심히 도울 것 아닌가? 그런 면에서 유적조사단은 최악이다.

'내가 어쩌다 이런 신세가……'

오량은 억지로 한숨을 참았다. 짜증 나기는 그도 마찬가지였다.

요즘 별의 수호자 내에서 그의 입지는 영 엉망이었다. 비무회에서 형운에게 연달아 깨진 걸로도 모자라서 가려한테도 깨지고, 그다음에는 서하령한테까지 깨지고…….

이러다 보니 다들 그에게 좋은 평가를 내려줄 리가 있나? 그 굴욕을 이겨내고 절치부심했지만 일단 한번 아래로 굴러떨어지고 나니 올라가기가 쉽지 않았다. 실적을 올릴 수 있는 좋은 건수를 얻을 수가 없는 것이다.

윗사람 입장에서도 기왕 아랫사람에게 일을 맡길 거면 장래성이 있어 보이는 인물을 고르게 된다. 그리고 오량은 이미 그 기준에서는 눈밖에 나버리고 만 셈이다.

'하나하나 꾸준히 해나가는 수밖에 없겠지만… 정말이지 이번 일은 시련이로군. 곡정이 녀석만 해도 벅찬데 하필이면 저 소저가…….'

오량은 일행의 면면을 둘러보며 애써 표정을 관리했다.

호위무사들을 제외한 네 명의 신상 명세는 다음과 같았다.

풍성의 여섯째 제자 오량.

풍성의 막내 제자 마곡정.

장로회 직속의 무력집단, 성운검대(星雲劍隊) 소속 양미준.

그리고 이정운 장로의 손녀이며, 올해 신년 비무회에서 우승한 성운의 기재 서하령.

'정말이지 왜 온 건지 모르겠군.'

오량은 뒤쪽에서 말을 타고 따라오는 그녀를 흘끔 보며 생각했다. 아무리 생각해도 그녀는 이런 일에 나설 일이 없는데 따라왔다.

오량은 그녀가 참가한다는 소식을 들었을 때, 진지하게 이 임무 못 하겠다고 거절할까 고민했다. 자신이 찬밥 더운밥 가릴 처지가 아니라는 사실을 상기하고 그만뒀지만.

오량에게 있어서 서하령은 정말 불편한 상대였다. 도대체 어떤 태도로 대해야 할지 모르겠다.

다행스러운 점은 서하령이 그에게 별 감정을 드러내지 않는다는 점이다. 무심하고 나른한 태도를 보면 오량과 비무회에서 승패를 겨루었다는 사실조차 잊고 있는 것 같았다.

무인으로서는 자존심 상해 할 일이지만, 오량은 내심 안도의 한숨을 내쉬었다. 여자한테 철저하게 패배한 것도 가슴 아픈데 그 일을 상기시키면서 신경전이라도 벌이게 된다면… 상상만 해도 끔찍하다.

오량은 분위기를 바꾸기 위해서 감진오에게 물었다.

"부단장님은 이번에 조사할 유적을 어떻게 생각하십니까?"

"흠. 글쎄요. 구체적인 정보가 없으니 가보기 전에는 뭐라고 말할 수 없지요. 건국 전의 유적 같다고 해서 큰 기대는 안 하고 있습니다만……."

부단장의 직위를 가지긴 했지만 감진오 역시 젊어서 오량보다 일곱 살 많을 뿐이었다.

"하지만 제대로 조사나 할 수 있을지 걱정입니다. 아무래도 소문이 너무 많이 퍼졌으니까요. 갔을 때는 이미 다 털린 후일 가능성도 높고…….”

유적이 발견되었을 때, 소문이 퍼지면 단번에 수많은 이들이 몰려들게 된다. 무공을 모르는 감진오를 포함한 일행이라 유적이 발견된 미우성까지는 서둘러 간다 해도 한 달은 걸릴 것이고, 그 정도 시간이 지나면 이미 사태가 끝났을 가능성도 높았다.

감진오가 쓴웃음을 지었다.

“그래도 가봐야지요. 일이 어떻게 될지는 아무도 모르는 거니까요.”

아무런 성과도 못 얻을 가능성이 높다는 것을 뻔히 알면서도 왕복 두 달이 넘게 걸리는 길을 가야 한다니, 정말 기운 빠지는 일이다. 감진오와 오량은 서로를 보며 그런 심정을 공유했다.

2

광세천교에서 만들어낸 성운의 기재 모사품, 광요는 눈을 떴다.

굉장히 오랜 시간 동안 잠들어 있었던 것 같은 기분이 든다. 하지만 낯선 감각은 아니다. 정상적인 인간이 아니라 도구로서 쓰이기 위해 만들어진 광요는 종종 신체 상태를 조정한다든가 파손된 신체를 복원한다든가 새로운 기능을 추가한다든가 하는 이유로 긴 시간 동안 잠들어야 하는 경우가 많았다.

특수한 약물이 찰랑찰랑 채워져 있는 금속관 속에서 서서히 몸을 일으킨다. 이 또한 익숙한 곳이다.

문득 자신의 왼팔에 눈길이 간다. 뭔가 이질감이 든다. 있어서는 안 될 것을 보는 기분?

왜 이런 기분이 드는 거였더라? 잠시 그런 의문이 들었지만…….

"……."

귀찮아서 생각하기를 그만둔다.

광요는 아무것도 하지 않고 약물이 든 관에서 상반신만 일으킨 채 멍하니 허공을 올려다보고 있었다. 두 시진(4시간) 동안 아무것도 안 하고 그대로.

그러자 방문을 통해서 두 사람이 들어왔다. 석상처럼 허공만 쳐다보고 있던 광요는 그제야 고개를 돌렸다.

알몸의 여자들이었다. 젊고 아름다운 여성들이 실오라기 하나 걸치지 않은 채 수건을 들고 들어왔다.

광요는 그들을 보고도 아무런 반응을 하지 않는다. 그들의 기척이 익숙했기 때문이다. 자신을 시중드는 사람들의 기척이다.

두 사람은 아무 말 없이 광요를 잡아서 일으키고는 몸을 닦아주었다. 그 와중에 요염한 눈길을 보내면서 노골적으로 수작을 걸어온다. 괜히 가슴을 그의 몸에다 비벼대거나 수건으로 몸을 닦아주면서 가슴과 허벅지 등등을 더듬거나…….

하지만 광요는 여전히 멍하니 허공을 올려다보고 있을 뿐이다. 심지어 다리 사이의 양물조차도 아무런 반응 없이 축 늘어져 있다.

"우와, 이거 진짜… 스승님은 대체 애를 어떻게 만들어놓은 거야? 정신적 고자?"

옆에서 보면 참 선정적이지만 동시에 기괴한 광경이 벌어진 지 얼마나 지났을까? 또 한 사람이 방 안으로 들어왔다. 기가 막혀 하고 있는 그는 호리호리한 체격에 지적인 인상의 청년이었다.

"어쩌나 보려고 놔뒀더니만 설마 이럴 줄이야."

그가 들어오자 광요가 반응을 보였다. 시중드는 이들과는 명백히 다른 기운을 풍기는 대상이었기 때문이다. 광요가 살짝 고개를 갸웃하며 묻는다.

"누구?"

"우리, 몇 번 본 적 있는데? 몰라?"

"잘 모르겠어."

"내가 이름하고, 뭐하는 사람인지도 말해줬었지. 네가 그걸 까먹을 정도로 머리가 나쁠 리가 없는데?"

"음……."

광요가 눈살을 찌푸렸다. 눈앞의 청년을 보면서 그에 대한 정보를 떠올리려고 해본다.

하지만 그건 아주 짧은 노력이었다. 어느 정도로 짧았냐 하면 눈 한 번 깜짝할 시간 정도였다. 광요는 금세 생각하기를 그만두었다.

"귀찮아. 몰라."

"허어."

청년이 혀를 내둘렀다. 그리고 그때까지도 광요에게 찰싹 달라붙어 있던 여자들에게 말한다.

"얼른 옷 입히고, 너희들은 나가봐."

"네."

여자들은 조금 전까지의 선정적인 태도는 있지도 않았던 것처럼 표정을 싹 지우고 광요에게 옷을 입힌 다음 밖으로 나갔다. 청년은 옆에 있던 의자를 끌어다가 앉으며 말했다.

"흠. 조금 전에 깨어나서 두 시진 동안이나 가만히 있었지."

"응."

"왜 그랬어? 심심하다거나 뭘 해야겠다는 생각 안 들었어?"

"왜?"

"응?"

"왜 물어봐?"

광요는 이해할 수 없다는 표정을 짓고 있었다. 이런 식으로 되물어올 줄은 몰랐는지라 청년은 당혹감을 느꼈다.

"음. 그야… 궁금하니까?"

"왜 대답해야 해?"

"대답하기 싫은 거야?"

"귀찮아."

"아니, 저기……."

"아버지가 자기 말 아니면 들을 필요 없댔어."

"……."

청년은 기가 막혀하며 중얼거렸다.

"와. 스승님 이 양반이 정말… 교의 보물에다가 무슨 짓을 한 거야?"

광요는 아무런 반응도 없었다. 그냥 멍청하니 허공을 보고 서 있다. 옆에 의자가 있는데 앉을 생각도 없고 자기 거처로 갈 생각도 없어 보였다.

청년이 말했다.

"네 아버지는 죽었어."

"응?"

광요가 지금까지 중 가장 큰 반응을 보였다. 놀라서 눈을 휘둥그레 뜬다.

"변재겸은 죽었다고. 네 아버지이기도 하고 내 스승이기도 했던 그분."

"왜?"

"칼에 맞았으니까."

"아버지도 칼에 맞으면 죽어?"

"……."

이런 질문을 들으면 할 말이 없다. 청년이 머리를 벅벅 긁었다.

'끄응. 죽는 게 뭐냐고 물어보지 않는 걸 다행으로 여겨야 하나? 도대체 애 교육을 어떻게 시킨 거야?'

광요의 나이는 스무 살이다. 그는 성운의 기재들과 같은 날 태어난 게 아니라, 그날을 대비해서 준비된 그릇이었기 때문에 성운의 기재들보다 한 살 더 많았다.

인간 취급을 못 받고 살아왔다고 해도 20년을 넘게 살아온, 그것도 높은 지능의 소유자가 정신 상태가 이 모양이라니…….

청년이 한숨을 쉬었다.

"죽지. 그러니까 너랑… 뭐 이런저런 것들한테 자기를 지키라고 한 거고. 어쨌든 그래서 이제부터는 내가… 음. 뭐라고 해야 하지?"

청년이 잠시 고민하다가 대답했다.

"내가 네 아버지다."

"……"

"…무안하니까 반응 좀 해줘라. 쯧."

"모르겠어."

"응?"

"왜?"

"왜라니?"

이 녀석, 대화하기 피곤하다. 아무런 맥락도 없이 '왜?'를 남발하는 어린애에게 성실하게 대답을 해줘야 할 때의 그런 피로감이 몰려온다.

광요가 눈살을 찌푸렸다.

"왜 당신이 내 아버지야?"

"……"

"아버지는 날 만든 사람인데……."

"세상에는 새아버지라거나 양아버지 같은 개념이 있으니까. 이 개념 몰라?"

"알아."

"다시 하지. 내가 네 새아버지다."

"왜?"

다행히 여기에 대해서는 대답이 준비되어 있었다. 청년이 품에서 황금으로 만든 패 하나를 꺼냈다. 태양을 닮은 문양이 정교하게 양각되어 있으며 본래의 황금에서는 나지 않는 신비로운 오색의 광택이 흐르는 물건이었다. 심지어 그것은 청년이 살짝 손을 놓자 그 위를 둥둥 떠다니면서 빛의 파편을 흩뿌렸다.

"교주님이 그러라고 시켰기 때문이지. 이건 그 증거야. 알겠어?"

"응, 새아버지."

"…이건 이거대로 난감하군. 난 아직 장가도 못 갔는데."

청년이 구시렁거렸다. 그리고 물었다.

"자, 그럼 아까의 질문으로 돌아가자. 내가 누구지?"

"음……."

광요가 또 눈 한 번 깜짝할 시간 정도 고민한다. 그렇지만 금세 생각하기를 그만두었다.

"귀찮아."

"왜 생각을 안 하지?"

"아버지가 그런 거 하지 말랬어."

"…진짜?"

"응. 생각이 길어질 것 같으면 그만두랬어."

"이거 나머지 자료를 빨리 읽어봐야겠군……."

청년이 식은땀을 흘렸다. 그도 변재겸과 같은 계통의 기술을 연구하던 기환술사다. 지금까지 읽은 자료와 광요의 반응만으로도 대충 그동안의 과정이 짐작이 갔다.

'집요하게 고통을 반복해서 정신을 길들였겠지.'

모사품이라고는 하나 성운의 기재인 광요는 지능이 높다. 이런 존재가 자신의 능력에 어울리는 지성과 강한 자아를 갖게 되면 통제하기 어려워진다.

그러니 필요한 것 말고는 생각할 수 없게 만든다. 생각을 길게 이어나갈 것 같으면 고통을 가하는 식으로, 도구로서 원하는 영역 말고는 사고도, 감정도 확장해서 이어나갈 수 없도록 길들인다.

인체 개조를 통해서 인간병기를 만들었을 때 흔하게 취하는 조치다. 그들이 필요로 하는 것은 인간이 아니라 도구다. 그러니 인간으로서의 자아와 지성, 감정은 통제를 흐트러뜨리는 불안 요소일 뿐인 것이다.

'시시껄렁한 존재였다면 모를까, 광요 같은 작품을 만들어놓고 그따위 원칙으로 잠재력을 죽이다니. 하여튼 그릇이 작은 양반이야.'

스승의 의도를 짐작한 청년이 속으로 혀를 찼다. 그는 스승과는 다르다. 광요의 어마어마한 잠재력을 모조리 끌어낼 것이다. 그렇지 않으면 천명을 받아 상식을 초월한 속도로 성장하는 성운의 기재들과 도저히 겨룰 수 없을 테니까.

"새아버지로서 명령하지. 내가 누군지 생각해서 말해봐."

"음……."

그 말에 광요가 표정을 찌푸린다. 이번에도 금세 눈이 풀려버리는가 싶었지만… 곧 표정이 일그러진다. 단순히 귀찮아하거나 짜증이 나는 표정이 아니다. 고통스러워하는 기색이 역력했다.

"어, 윽, 어혁, 혁……."

광요가 고통스러운 숨소리를 내뱉는다. 전신에서 식은땀이 비 오듯이 쏟아지고 몸이 덜덜 떨린다.

그래도 생각한다.

죽을 것처럼 괴롭지만, 명령받았으니까 생각한다.

"혀, 현길……."

지옥 같은 고통의 시간이 끝나고, 마침내 광요가 청년의 정체를 기억의 늪 속에서 건져 올렸다. 털썩 주저앉는 광요를 보며 청년, 현길이 히죽 웃었다.

"그래. 그렇게 하는 거야."

현길은 주저앉은 채 숨을 몰아쉬는 광요의 머리를 다정하게 쓰다듬어 주었다.

"넌 존귀하다, 광요. 생각을 못 하고, 감정을 느끼지 못하는 사람의 형상을 한 도구가 아니라 갈망하는 인간이 되어야 해."

"…왜?"

이해할 수 없다는 표정이다. 당연하다. 현길의 말은 변재겸의 가르침과는 철저하게 반대였기 때문이다.

현길이 빙긋 웃으며 말했다.

"스승님이 틀렸으니까. 비록 남들과 다른 과정을 거쳤다고는 하나 넌 사람으로 태어났다. 그러니까 오직 사람일 때만 진정한 힘을 발휘할 수 있을 거야."

그는 혼란으로 가득 찬 광요의 눈을 똑바로 바라보며 말했다.

"스스로의 존귀함을 알고 자긍심을 배워라. 그것이 모사품인 네가 진품을 능가하기 위한 전제 조건이니까."

3

미우성은 호장성의 동남쪽에 위치한 지역이다. 위진국과의 국경으로부터 제도 하운성으로 이어지는 상로에 속한 도시라서 호장성과는 달리 번화하다고 알려져 있었다.

호장성과 미우성의 접경지대는 그리 치안이 좋지 않았다. 딱히 이 부근만 그런 게 아니라 성과 성의 접경지대, 행정상의 경계는 그럴 수밖에 없다. 보통 구획을 나누는 요소가 산 혹은 산맥, 숲, 강 등이니 요괴나 도적들, 종종 마인들이 자리 잡기에 딱 좋은 환경 아닌가?

하지만 형운 일행은 아무런 문제 없이 접경지대를 통과했다.

"이제 슬슬 미우성인가?"

얇은 나뭇가지 위에 발끝으로 올라선 채 형운이 중얼거렸다. 잠시 먼 곳을 살펴보다가 아래로 휙 뛰어내린다.

아래쪽에는 가려와 무일이 가부좌를 틀고 앉아서 조용히 운기조식을 하고 있었다. 반나절 동안 쉬지도 않고 경공으로 험한 지형을 타넘으면서 이동해 왔기 때문에 지쳐 버린 것이다. 형운이야 전혀 지치지 않았지만 웬만한 무인들은 도저히 따라올 수 없는 강행군이었다.

가려는 어느 정도 여유가 있었지만 무일은 완전히 기력이 바닥났다. 형운은 가만히 두 사람이 운기조식을 마치기를 기다렸다.

곧 가려가 눈을 떴다. 형운이 물었다.

"괜찮아요?"

"문제없습니다."

"누나야 그렇다 치고 무일이한테는 좀 무리를 시킨 것 같은데… 내상 나은 지 얼마 되지도 않았는데 좀 더 배려할 걸 그랬나 봐요."

"이 정도로 우는소리를 한다면 공자님 호위무사는 할 수 없습니다."

"그렇게 말하면 제가 아랫사람을 엄청 험하게 굴리는 것 같잖아요."

형운이 툴툴거렸다.

유적조사단의 부단장 감진오와 합류해서 그가 일을 마칠 때까지 호위하라.

형운에게 떨어진 새 임무였다. 하지만 총단에서 출발한 감진오 일행이 호장성까지 오기까지는 한 달은 걸리기 때문에 하는 일 없이 죽 대기할 수밖에 없었다.

아직 무일의 부상도 낫지 않았기 때문에, 형운은 그동안 느긋하게 보냈다. 물론 귀혁이 정해준 지침대로 무공 수련을 하는 것은 게을리하지 않았지만, 외부에 있을 때는 무슨 일이 벌어질 때를 대비해서 항상 여력을 남겨두라는 게 귀혁의 방침이었기에 육체를 지나치게 혹사하는 훈련은 하지 않았다.

그렇게 대기하기를 2주째, 새로운 지시가 내려왔다. 감진오 일행이 호장성에 들르게 되면 일정 낭비가 심하니까 그냥 목적지인 미우성에서 합류하라는 지시였다.

이 지시를 들은 형운은 그 후 열흘가량을 더 기다렸다가 합류 예정일을 일주일 앞두고 출발했다. 호장성 지부에서 무사를 지

98 성운을 먹는 자

원해 주겠다고 하는 것을 거절하고 가려와 무일만을 대동한 채였다.

그렇게 한 것은 빠른 이동을 위해서였다. 형운은 접경지대에서 말썽에 휘말리는 것을 피하고 싶었다. 그래서 셋이서 단숨에 경공으로 이 지역을 넘어가기로 했고, 그것은 가려와 무일에게는 상당히 힘든 강행군이었다.

"죄송합니다."

가려가 눈을 뜨고 나서 한 식경(30분) 정도 지난 후, 무일이 눈을 떴다. 형운이 말했다.

"좀 더 해도 돼."

"아닙니다. 괜찮습니다."

"주변에 위험도 안 보이고, 해가 지려면 한참 남았어. 이제 슬슬 미우성으로 들어서고 있으니까……."

"정말 괜찮습니다."

"흠."

무일이 재차 사양하자 형운은 더 권하지 않았다. 아무래도 셋 중에 무일의 내공이 제일 얕다 보니 이런 강행군에서는 가장 취약할 수밖에 없다.

"그럼 다시 가보죠. 마을에 들르면 말을 살 거니까 그때까지만 힘내요."

형운은 그렇게 말하고는 달려 나갔다. 속도를 늦춘다고 했지만 산길에서, 그것도 간소하나마 짐까지 진 채인데도 보통 사람이 맨몸으로 평지에서 전력 질주하는 것보다 더 빠르다. 가려가 곧바로 그 뒤를 따르자 무일도 작게 한숨을 쉬고는 출발했다.

일행이 합류 지점인 미우성 지부에 당도한 것은 다시 이틀이
지난 후였다. 그래도 형운이 말한 대로 미우성에 들어선 후로는
말을 사서 이동했기 때문에 가려와 무일도 한숨 돌릴 수 있었
다.

미우성 지부에 간 형운은 일단 지부장을 찾아가서 인사부터
했다. 그리고 감진오 일행이 한발 먼저, 오늘 오전에 도착했다
는 사실을 전해 듣고는 그들을 찾아갔다.

"어……."

그들이 머물고 있는 숙소로 찾아간 형운이 눈을 휘둥그레 떴
다. 그럴 수밖에 없었다.

"유설 님?"

총단에 남겨두고 온 유설이 여우의 모습으로 폴짝 뛰어서 안
겨 들었기 때문이다.

"형운! 형운이다!"

"어떻게 여길 오신 거예요?"

유설은 형운의 질문을 듣지 못한 듯 신이 나서 어깨로, 다시
머리 위로, 등 뒤로, 다시 반대쪽 어깨로, 품으로, 다시 원래 있
던 어깨로 돌아다녔다. 그럴 때마다 하얗고 풍성한 꼬리가 시야
를 가린 채 아른거렸다.

'이거 콱 잡아버리고 싶다.'

유설이 꼬리를 잡는 것을 싫어하기 때문에 그런 충동을 억지
로 참았다.

"형운 엄청 오랜만이다. 너무 좋아."

"걸어 다니는 냉기 순환기가 그리우셨군요?"

형운이 쓴웃음을 지었다. 유설은 형운이 없으면 밖으로 나다니는 데 많은 제약을 받는다. 날씨가 추울 때는 괜찮지만 지금은 슬슬 봄이 끝나가면서 여름이 다가오는 시기가 아닌가?

"형운은 정말 차가워. 북풍한설처럼."

"칭찬이라는 건 알겠는데 어째 표현이 좀……."

"혈관에 흐르는 피조차도 차가운 것 같아."

"냉혈한은 칭찬할 때 쓰는 표현이 아니거든요?"

"그리웠어."

"으음……."

정말로 행복한 듯이 꼬리를 살랑거리는 유설을 보니 뭐라고 하고 싶은 마음도 사라진다.

빙백기심을 지닌 형운은 이제 유설이 딱히 외부에서 냉기를 축적해 오지 않아도 그녀를 위해 냉기를 순환시켜 줄 수 있었다. 지금도 유설이 안겨오자마자 거의 습관적으로 그녀의 기운을 받고, 냉기로 바꿔서 흘려보내 주고 있는 중이다.

'생각해 보면 유설 님하고 붙어 있는 것 자체가 나한테는 내공 수련이기도 한데…….'

빙백기심은 평소에는 사용할 수 있을 뿐이다. 여기에 더 많은 기운을 담고, 그릇을 확장하는 일이 불가능했다.

생성되는 과정이 그러했듯이 확장과 강화도 오로지 유설과 붙어 있을 때만 이루어진다. 애당초 빙백기심의 근원이 빙령의 분신체를 품었던 잔재라서 그렇다고 추측하고 있었다.

잠시 그녀의 귀여운 모습을 감상하던 형운이 재차 물었다.

"근데 여기는 어떻게 오신 거예요?"

"다른 사람들 따라왔어."

"안 힘들었어요?"

"좁고 답답했지만, 괜찮았어."

"네?"

형운이 의아해할 때였다. 익숙한 기척이 느껴졌다.

"어⋯⋯."

"형운?"

마곡정이 무슨 냄새라도 맡듯이 코를 킁킁거리면서 거처에서 나오다가 형운을 보고는 눈이 휘둥그레졌다. 여전히 귀티나고 수려한 용모에 전혀 안 어울리는, 산적 두목 같은 털가죽옷을 걸쳐서 조각상 같은 상반신 근육을 반쯤 드러낸 차림새였다.

"어디서 많이 맡아본 냄새가 나길래 설마 했는데⋯ 네가 여기 웬일이냐?"

"⋯건물 안에서 밖에서 나는 냄새를 맡아서 사람을 분간하다니, 네가 개냐?"

"개라니! 청안설표의 후예인 내게 감히! 그리고 그냥 냄새를 맡은 게 아니라 기파를 후각으로 읽어낸 거다!"

"⋯⋯."

화를 내는 이유가 좀 어긋난 것 같은데? 형운은 그렇게 생각하면서 물었다.

"어쨌거나 너야말로 여긴 웬일이냐?"

"임무 수행 중이다."

"하령이도 같이? 웬일로? 혹시 이 장로님이 나오신 거야?"

"어떻게 알았어? 아니, 이 장로님이 오신 것은 아니지만……."

"기파가 느껴지니까."

마곡정의 존재를 인지한 순간, 형운은 자연스럽게 건물 안에 있는 사람들의 기파를 식별했다. 그리고 그중에 자신이 아는 인물들, 즉 서하령과 오량이 있다는 것까지 알아냈다.

'의도한 것도 아닌데 참. 내가 광세천교의 성운의 기재 모사품 보고 기능이 뛰어나니 뭐니 할 처지가 아니야, 확실히.'

남들은 고도의 집중력을 발휘해야 할 수 있는 작업인데 무의식중에 해치워 버린다. 한 번 이상 기파를 형운에게 노출했던 인물이라면 이 식별 작업을 피해 갈 수 없었다.

형운이 물었다.

"어, 혹시 유적조사단의 부단장님을 수행한다는 게 너희들이었어?"

"응? 그럼 설마… 여기서 합류한다는 지원 인력이 너냐?"

"…맞는데."

형운과 마곡정은 잠시 할 말을 잃었다. 둘 다 서로의 존재에 대해서 구체적인 언급을 받지 못했던 것이다. 마곡정이 혀를 차며 투덜거렸다.

"윗분들은 일을 뭐 이런 식으로 한담."

형운 역시 그 말에 백번 동감이었다.

4

오량은 형운을 보자마자 눈살을 찌푸렸다. 그리고 지원 인력이 그라는 사실을 알고는 표정을 형편없이 구기고 말았다.

'왜 하필이면 이 녀석인가?'

형운은 그에게 별 감정이 없었지만 그의 입장에서 형운은 정말 싫은 상대다. 갑자기 나타나서 자기 경력을 박살 낸 원흉이 아닌가?

이런 곳에서 마주한다는 것만으로도 싫은데 같이 일하게 된다니 끔찍한 기분이다. 게다가 형운이 왔다는 것은 가려도 왔다는 소리 아닌가?

'왜 내게 이런 시련이⋯⋯.'

공식적인 무대에서 자신을 패배자로 만든 사람이 셋, 그중에 두 명은 여자다. 형용할 수 없는 복잡한 감정이 밀려와서 어디론가 도망쳐 버리고 싶었다.

그리고 그런 감정을 접어둔다고 하더라도 현실적인 문제도 있었다.

유일하게 형운과 일면식이 없는, 성운검대 소속의 소년 양미준이 물었다.

"이렇게 되면 책임자는 누가 되는 겁니까?"

이제까지는 오량이 책임자를 맡는 것에 아무도 반대하지 않았다. 나이도, 신분도 그랬으니까.

하지만 형운이 합류하게 되면 이야기가 달라진다. 같은 오성이라도 공식적으로 영성은 별의 군세의 우두머리다. 그리고 형운은 그 대제자이니 풍성의 다섯째 제자인 오량이 그보다 윗사람 행세를 하기는 어렵다. 또한 형운은 별의 수호자 내에서나 대외적으로나 상당한 명성을 지닌 인물 아닌가?

게다가 형운은 가려와 무일, 두 명의 호위무사를 데리고 합류했다. 일행 중에서 가장 많은 인원을 데리고 있다는 것도 입지에 크게 작용할 수밖에 없다.

거기까지 생각한 오량의 표정이 구겨지다 못해 썩어 들어갔다. 그것을 본 형운이 말했다.

"책임자는 오량 선배가 계속 맡으시는 것으로 하지요."

"응?"

그 말에 오량이 깜짝 놀랐다.

이런 일에서 책임자 자리는 중요했다. 아무리 이 임무가 별 성과를 기대할 수 없는 일이라고는 하나 호위대 입장에서는 요인을 무사히 호위했다는 것만으로도 성과가 된다. 그리고 책임자 자리야말로 알맹이를 취하는 자리인데 이렇게 쉽게 포기하다니?

형운이 말했다.

"이미 한 달 동안이나 일행을 통솔하셨는데 이제 와서 책임자를 바꾸면 괜히 혼선만 생길 겁니다. 잘 부탁드립니다."

"어, 자, 잘 부탁한다."

자신을 존중하는 형운의 시원스러운 태도가 오량은 당혹스러웠다. 무슨 꿍꿍이를 품고 있는 건가 싶었지만 아무리 생각해 봐도 그럴 이유가 없다.

'이상할 정도로 욕심이 없는 녀석이라는 소문이 진짠가?'

오량은 형운이 어떤 인물인지 잘 모른다. 비무회에서 두 번 깨지고, 그 호위무사인 가려에게까지 깨지는 바람에 경력이 와장창 박살 나서 싫어하는 것이지 그 외에는 접점이 없었다.

형운은 별의 수호자 내에서는 신비스러운 인물로 꼽히고 있었다.

늘 곁에서 형운을 보는 사람들에게는 어이없는 일이다. 하지만 잘 생각해 보면 당연했다.

형운은 별의 수호자에서 살아 있는 신화로 불린 영성 귀혁이 성운의 기재를 걷어차고 들인 제자이며, 열세 살에 무공에 입문했으면서도 동세대의 후기지수를 압도하는 경세적인 무위를 지녔다. 단 두 번의 비무 행사만으로도 그 사실을 입증했을 뿐만 아니라 첫 대외 임무에서는 흑영신교주를 격파하는 위업을 이루며 풍혼권이라는 별호를 얻었다. 또한 별의 수호자 역사상 최초로 일월성신을 이루어내서 모든 연단술사의 주목을 받는 것은 물론, 인세의 일에 무심한 성존조차도 관심을 보이고 있다고 알려져 있었다.

그러면서도 형운은 대외적인 활동이 거의 없었다. 별의 수호자의 후기지수들의 친목 모임에도 전혀 끼지 않고, 이런저런 행사들에 모습을 드러내는 일도 드물고, 임무를 수행한 경력조차도 적다.

이러다 보니 형운은 별의별 추측이 난무하는 신비스러운 인물이 될 수밖에 없었다.

"그럼 내일 오후에 입구에서 뵙겠습니다."

오량에게 출발 일정에 대해서 들은 형운은 유설을 안은 채로 거처를 나섰다. 마곡정과 서하령이 그를 따라 나왔다.

마곡정이 물었다.

"왜 양보한 거냐?"

"책임자?"

"그래."

"아까 말한 이유도 진심이고, 무엇보다 귀찮은 일 만들기 싫어서. 오량 선배야 이미 나한테 감정이 안 좋기는 하겠지만, 한 달 동안 책임자 노릇 하느라 고생했는데 여기서 내가 나타나서 책임자 자리를 빼앗아서 공을 가로채면 아마 진짜 죽이고 싶을 정도로 미워할걸. 기본적인 도의는 지키는 게 좋지 않겠어?"

"그래 봤자 사형이 널 좋은 놈이라고 생각하겠냐? 이놈 참 만만한 호구라고 보겠지."

"최소한 감정이 더 나빠지진 않을 거 아냐. 그걸로 됐어."

"팔자 좋은 녀석."

"그 이야기는 그쯤 해두고. 어쨌든 같이 임무 수행을 하게 될 줄은 몰랐는데, 반갑다."

"반갑기는 무슨. 임무 수행 나와서까지 널 보게 되다니 지긋지긋하구만."

"말 한번 예쁘게 한다."

실소한 형운은 서하령을 보며 물었다.

"그런데 하령이 넌 웬일이야?"

"유설 님이 바깥 구경을 좀 하고 싶다고 해서."

"응?"

"이거."

서하령이 자기가 들고 있던 커다란 나무 상자를 형운에게 건네주었다. 사람 몸통만큼이나 큰 나무 상자였는데 형운이 들어보니 서늘한 기운이 느껴진다.

서하령이 말했다.

"유설 님 침상이야."

기환술사들이 만든 물건이었다. 안에 빙청옥(氷靑玉)을 핵으로 삼는 기환진을 새겨서 외부에서 기운을 불어넣어 주면 안쪽은 겨울 공기처럼 차가운 상태를 유지한다.

'…돈을 얼마나 들인 거냐, 이 물건?'

형운은 혀를 내둘렀다. 만드는 기술이야 그렇다 쳐도 재료비만 해도 어마어마할 물건이었다. 그저 유설을 총단 밖으로 데리고 나오기 위해서 이런 물건을 만들다니…….

서하령이 말했다.

"하지만 아무래도 그 안에만 계속 계시게 할 수도 없고, 남정네들한테만 맡겨두기도 그러니까 내가 따라 나온 거야. 나라면 유설 님이 필요한 기운을 순환시키는 게 어느 정도 가능하니까."

"그랬군. 어쩐지."

서하령은 딱히 실적을 쌓고자 대외적인 임무를 수행해야 할 필요가 없는 입장이었다. 이 장로가 총단 밖으로 나갈 때 말고는 나오지 않는 그녀가 무슨 일로 나왔나 했더니 유설의 부탁을 받았던 것이다.

성운을 먹는 자 일맥의 계승자가 된 후, 그녀는 전보다 더 자

주 영성의 거처에 드나들었다. 그리고 그 과정에서 종종 유설과
도 대화를 나누면서 친해져 있었다.

형운의 머리 위에 앉은 유설이 고개를 아래로 내밀며 말했다.

"형운, 앞으론 나 떼놓고 다니지 마."

"전 놀러 나가는 게 아니고 임무를 나온 거라고요."

"난 형운을 지켜보는 역할인걸? 이렇게 오래 나가 있을 거면
무조건 따라다닐 거야."

"위험할 수도 있는데요."

"도움이 되어줄 수 있어."

"그 점은 부정할 수 없지요. 음. 앞으로는 장기간 나오게 될
때는 말씀드릴게요."

형운은 선선히 유설의 고집을 받아들였다. 애당초 북방 설산
에서 그를 지켜보겠다는 이유 하나로 먼 곳까지 따라온 그녀가
이렇게 말하는데 거부할 수가 없었다.

여우의 얼굴로도 알아볼 수 있을 정도로 생글거리는 유설이
서하령에게 말했다.

"하령아, 나 이제 형운이랑 있을래."

"네. 그쪽이 편하실 테니 그렇게 하세요. 그래도 밤에는 남정
네들 사이에 있지 말고 저한테 오시고요."

"응."

형운이 마곡정을 보며 물었다.

"그러고 보니 난 이런 임무가 처음이라 그러는데… 유적 조
사는 뭘 하면 되는 거야?"

"나도 모르지."

"엥?"

"조사는 부단장님이 하는 거고, 우리는 그분을 호위하기만 하면 되니까. 그리고 나도 유적 관련 임무는 말만 들어서 잘 몰라."

"듣기로는 유적의 보물을 노리고 각지에서 사람들이 몰려들어서 칼부림이 끊이지 않는다던데……."

"실제로 그러니까 호위를 데리고 온 거 아니겠어? 소식이 온지 한 달이나 됐으니 이미 다들 단물 빼먹고 가서 평온할 수도 있지만."

"그러기를 바라야겠군."

"근데 그러면 우리 입장에서는 허탕을 치는 셈이니까 그러면 안 되지."

"난 안 싸우고 넘어가는 편이 더 좋아."

"패기 없는 놈 같으니."

"싸움이라면 지긋지긋해. 광세천교랑 한바탕한 지 얼마 되지도 않았구만."

"응?"

그 말에 마곡정과 서하령이 놀라서 그를 바라보았다. 마곡정이 물었다.

"광세천교라니… 그놈들이 습격한 거냐?"

"응."

"뭐가 어떻게 된 건데?"

"자세히 말하자면 긴데……."

"비싸게 굴지 말고. 말해봐."

마곡정이 눈을 반짝반짝 빛냈다. 형운이 미소 지었다.

"걸으면서 이야기하기는 그렇고, 내 거처로 가서 차라도 마시면서 이야기하자."

5

다음 날, 일행은 지부를 나서서 목적지를 향해 출발했다. 지부에서는 일행을 위해서 유적에 대해서 지금까지 알려진 사실들과 주변 상황을 모은 자료를 건네주었다.

"음. 이거 위험하겠는데?"

자료를 읽어본 형운이 중얼거렸다.

유적의 위치는 도시에서 멀리 떨어진, 인적이 드문 산속이었다. 최초의 발견자는 산골 마을의 사냥꾼으로 평소 익숙했던 지형이 전혀 딴판으로 변한 것, 그리고 그곳에서 기이한 돌기둥들이 나타난 것에 놀라서 근방에 자리한 소규모 문파 삼검문(三劍門)에 알렸다.

멀쩡한 관아를 놔두고 무인들에게 알린 것은 그가 산골 마을 사람이었기 때문이다. 관아가 있는 산 아래의 마을까지 가는 데만도 며칠은 걸리는 곳이고, 세금을 받아 갈 때를 제외하면 어지간한 사건이 아니고서야 관에서 사람이 나오지도 않다 보니 나라에서 자신들을 지켜준다는 의식이 희박했다.

삼검문은 즉시 상황을 살피기 위해 나섰고, 곧 자신들이 어쩔 수 있는 문제가 아님을 깨달았다. 일단 기환술사가 있어야 뭐가 될 것 같았기에 인맥을 통해서 외부에 이 소식을 알렸다.

그것은 대단히 경솔한 행동이었다.

소문이 일파만파 퍼져 나가면서 각지에서 사람이 몰려들었고 수도 없이 말썽이 일었다. 이미 입구를 조사하는 것만으로도 몇 차례나 칼부림이 일어나서 사망자가 20명 가까이 나왔다.

그런 진통 끝에 어느 정도 상황이 정리된 것이 일주일 전이다. 그리고 아직까지는 뚜렷한 성과가 없는 모양이다.

감진오가 한숨 섞인 목소리로 말했다.

"기뻐해야 할지 말아야 할지 모르겠군요. 우리 입장에서는 차라리 황실에서 관심을 보였으면 좋았을 텐데……."

그랬다면 별의 수호자 입장에서는 황실에서 발굴을 진행하는 동안 끼어들 수 있었을 것이다. 하지만 황실에서는, 아니, 미우 성주 측도 이 문제에 신경을 쓰고 있지 않았다.

"어째서죠?"

형운이 물었다. 수백 명이 몰려들어서 칼부림까지 한 사건이라면 당연히 관심을 가져야 할 것 같은데 수수방관하고 있다는 사실이 이상해 보였다. 감진오가 설명했다.

"아마 큰 이유는 세 가지일 겁니다. 일단 관에서 관심을 두지 않는 지역이라는 것."

하다못해 도시에서 좀 가까운 곳에서 발견되었으면 모르겠는데 외지기 이를 데 없는 곳이다. 심지어 최초 발견자인 사냥꾼이 사는 마을에서도 멀리 떨어져 있는 곳이라 다들 유적 부근에서 야숙을 하고 있다고 했다.

"그리고 아마도 거기 모인 사람들이 손을 쓰고 있을 것이고……."

관으로 정보가 흘러들어 가지 않도록, 정확히는 중간 관리직들에게 뇌물을 먹여서 윗선의 관심을 끌지 않도록 손을 쓰고 있으리라.

"마지막으로, 이 유적은 황실과 관련이 없는 유적입니다."

황실에서는 황실과 관련이 있는 유적, 유물이라면 그게 아무리 쓸모없다고 하더라도 무시무시한 집착을 보이며 달려들었다. 하지만 강호의 야인들이 남긴 유적에는 흥미를 보이지 않는다.

형운이 고개를 끄덕였다.

"그렇군요. 흠. 하여튼 우리한테는 골치 아프게 됐네요. 이자료대로라면 지금은 현통문이라는 곳에서 입구까지 통제하고 있는 셈인데……."

유적 부근의 혼란을 제압한 것은 미우성의 유서 깊은 강호 현통문이었다. 기환술사도 여럿 소속되어 있으며 현재의 문주는 미우성 최강의 무인 다섯 명을 꼽으면 반드시 거기에 들어가는 인물이다. 심지어 문주를 보좌하는 장로 중에서도 그 수준의 고수가 둘이나 있었으며, 이번 일에 투입한 인원이 60여 명에 달한다는 점에서 그들이 상황을 통제하는 것은 당연하다고 할 수 있으리라.

그러나 상황이 완전히 정리된 것은 아니었다. 모두들 어떻게든 현통문의 통제를 피해서 안으로 들어갈 기회를 엿보고 있는지라 일촉즉발의 분위기가 지속되는 중이다.

그런 상황에서 별의 수호자 일행이 유적 부근에 당도했다.

"진짜 많이들 모여 있네."

형운이 혀를 내둘렀다. 유적 부근에는 현통문으로 보이는 무리들이 진을 치고 있었지만 그 주변을 포위하듯 수많은 사람들이 보였다.

마곡정이 눈살을 찌푸렸다.

"이게 유적의 기운인가? 뭔가 되게 위험해 보이는데?"

산 능선에서 불쑥 솟아났다는 유적은 정체를 알 수 없는, 희미한 빛을 발하는 여섯 개의 기둥과 땅이 입을 벌린 듯한 입구로 이루어져 있었다. 저 기둥에는 강력한 힘이 숨겨져 있는지 거기서부터 희미한 안개가 발생해서 산세를 타고 흐르는데 그것을 접하는 것만으로도 기감이 저릿저릿하다.

웬만한 무인들이라면 이 안에서는 기감이 둔해져서 주변 기척조차 제대로 느끼지 못하리라. 하지만 형운과 서하령은 이 순간 지나칠 수 없는 존재를 포착했다.

"어?"

형운이 눈을 크게 뜨고 서하령을 바라보았다. 그녀 역시 놀란 표정으로 그를 바라보고 있었다.

마곡정이 물었다.

"왜 그래? 둘이서만 뭘 알아본 거야?"

"아니, 그게……."

형운이 어이없어하며 말했다.

"성운의 기재가 있는데?"

"뭐?"

마곡정이 놀랄 때 서하령이 덧붙였다.

"그것도 두 명이나. 한곳에 모여 있어."

"별일이네. 누구지? 진예는 확실히 아닌데… 설마 다른 나라의 성운의 기재가 나온 건가?"

"음?"

이번에는 서하령도 놀랐다. 성운의 기재끼리는 서로를 느낄 수 있다. 하지만 천라무진경을 연마해서 오감을 전부 기감으로 활용하는 그녀조차도 아직 상대의 기질을 분간해 내지 못했는데 형운이 알아내다니?

그녀의 시선을 알아챈 형운이 말했다.

"난 왠지 한번 본 사람의 기파는 쉽게 구분이 가더라고."

"…이 거리에서? 그게 말이 돼?"

"되더라고. 근데 진짜 누구지?"

형운이 궁금해할 때 서하령이 말했다.

"저쪽에서도 우리를 알아봤나 봐."

"이쪽으로 오고 있군."

"네 명이네."

"한 명만 기질이 따로 노는 느낌인데?"

"확실히 세 명은 같은 계통의 무공을 익히고 있는 것 같아."

두 사람의 대화를 옆에서 듣는 일행은, 마곡정을 포함해서 다들 멍청한 표정을 지었다. 이 안개의 기운 때문에 바로 옆에 있는 사람의 기파도 분간하기 어려운 판인데 뚜렷하게 보이지도 않을 정도로 멀리 떨어진 사람들의 기파를 알아보고 분석까지 하고 있다니?

"한 명이 좀 신경 쓰이는데……."

"왜?"

형운이 눈살을 찌푸리며 중얼거린 말에 서하령이 물었다. 형운은 곧바로 대답하지 않았다. 사실 그가 신경 쓰인 이유는 지극히 간단하다.

'내공 수위가 8심이라니……'

거리가 어느 정도 가까워지니 알아볼 수 있었다. 비슷한 기질을 지닌 세 명 중 한 명은 기심이 여덟 개에 이르는 고수였다.

형운이 타인의 기도 시각화해서 볼 수 있다는 것은 서하령에게도 알리지 않은 비밀이다. 그렇기에 애매하게 얼버무릴 수밖에 없었다.

"그냥 왠지 위험한 느낌이라서."

"단순히 위협적인 기파라면 여기에는 아주 널려 있는데?"

"그건 그렇지만."

그렇게 말하는 동안 상대가 눈으로 확인할 수 있는 위치까지 다가왔다. 형운이 깜짝 놀랐다.

"천유하?"

호장성에서 만나고자 했지만 어긋났던 천유하였다.

6

천유하는 사부인 진규가 지인의 도움 요청을 받고 미우성의 유적으로 향하는 길에 따라왔다. 진규가 따라가겠느냐고 물어보기도 했고, 또 양진아가 이 일에 강한 흥미를 보이는 바람에 안 따라갔다가는 뭔가 사고가 터질 것 같았기 때문이다.

그렇게 해서 이곳에 도착한 지도 나흘이 지났다. 분위기는 당장 피바람이 불 듯 험악했다. 진규의 도움을 요청한 삼검문은 인근이 자신들의 앞마당이고, 또 최초로 제보를 받아서 유적을 조사하기 시작했는데도 불구하고 현통문이 전혀 권리를 인정해 주지 않는 것에 분통을 터뜨리고 있었다. 하지만 현통문의 인원이 60명을 넘는 데다가 문주가 직접 고수들을 이끌고 나왔는지라 함부로 맞설 수가 없었다.

그래서 지루하게 상황을 지켜보고 있을 때 깜짝 놀랄 일이 벌어졌다.

자신과 양진아 말고 다른 성운의 기재가 나타난 것이다.

누구일까 고민할 겨를도 없이 양진아가 눈을 반짝이면서 한번 봐야겠다며 움직이기 시작했다. 당연히 그녀를 수행하는 해파랑과 다연도 따라갔고, 천유하는 말썽이 일어나지 않기를 바라면서 그들을 뒤쫓았다.

상대 일행은 모습을 숨기지 않았기 때문에 지형이 가리는 곳을 지나자 곧 눈으로 확인할 수 있었다. 자신들을 기다리는 듯 바라보는 그들을 보는 순간 천유하가 눈을 휘둥그레 떴다.

"형운과 서 소저잖아? 어째서 여기에……."

"아는 사람이야?"

양진아가 물었다. 천유하가 고개를 끄덕였다.

"그렇소."

"누군데? 아, 내가 맞혀볼게. 하운국의 여자 성운의 기재는 둘, 하나는 별의 수호자의 서하령이고 하나는 설산검후의 제자 진예지? 기파를 보니 별로 음기가 특별히 강하진 않고, 영수의 혼혈 같으니 서하령이겠네?"

"정확하오."

"그럼 저 사람은 누구? 기운이 엄청 이상하네? 성운의 기재도 아니고, 별 부스러기도 아닌데 저건 대체 뭐야?"

양진아가 형운을 가리키며 말했다. 그 말에 천유하는 의아함을 느끼며 형운을 바라보다가……

'뭐지?'

눈을 휘둥그레 떴다.

그가 형운을 마지막으로 본 지도 3년이 지났다. 그동안 들은 소식은 그가 백야문에서 모습을 드러낸 흑영신교주를 패퇴시키고 풍혼권이라는 별호를 얻었다는 게 전부였다.

당연히 이전과 달라졌을 것이라고는 예상했다. 그런데도 일월성신을 이룬 형운을 보는 순간, 뒤통수를 얻어맞은 기분이 들었다.

'성운의 기재도, 별 부스러기도 아닌데 어째서 이런 기운을……'

형운에게서 별의 기운이 느껴진다. 심지어 그 기운은 성운의 기재가 발하는 것보다 더욱 뚜렷해 보이기까지 했다.

처음에 그 존재를 느끼지 못했다는 것은 성운의 기재는 아니라는 의미다. 그런데 어째서 이런 기운을 가진 것일까?

양진아가 해파랑에게 물었다.

"혹시 해 할아버지는 짐작 가는 거 없어?"

"저도 잘 모르겠습니다. 성운의 기재를 본 적이 별로 없어서……"

"신경 쓰이네."

그사이 천유하 일행이 형운 일행 앞에 도착했다.

천유하가 그렇듯이 형운 역시 놀란 표정을 짓고 있었다. 잠시 침묵이 흐른 후, 먼저 입을 연 것은 형운이었다.

"오랜만이야."

"그렇군. 황실에서 본 후로 3년이 지났던가?"

"벌써 그렇게 됐구나."

두 사람은 잠시 서로를 보며 미소 지었다. 그때와 비교하면 둘 다 키가 6척(약 180센티)을 넘는 장신의 청년으로 자랐다. 매일 보는 자신의 모습은 좀처럼 자랐다는 실감을 하기 어렵지만 상대를 보니 시간이 흘렀음이 명확하게 다가왔다.

문득 천유하의 시선이 형운의 옆쪽으로 향했다.

"서 소저도 오랜만입니다."

"그렇군요. 반가워요."

3년 만에 보는 서하령은 깜짝 놀랄 정도로 아름다웠다. 황궁에서 봤을 당시에도 순간 넋을 잃을 정도의 미모였는데 그때가 피기 전의 꽃봉오리였다면 지금은 만개한 꽃을 보는 듯했다. 새삼스럽지만 이토록 아름다운 소녀가 신기와도 같은 격투술을 구사한다는 것이 믿어지지 않는다.

"그리고……."

천유하의 표정이 좀 복잡해졌다.

"너도 오랜만이군."

"그러게."

그의 인사를 받은 마곡정이 떨떠름한 기색으로 대꾸했다. 둘 다 서로에게 미묘한 감정을 품고 있었다. 벌써 5년이나 지난 일이지만 당시의 천유하는 마곡정을 상대로 죽음의 공포를 맛봤다. 하지만 그렇다고 마곡정이 승리자의 입장이냐 하면 그건 아니다. 적어도 비무의 승자는 천유하였으며, 그 후에는 서하령에게 죽도록 얻어맞아서 체면을 다 구기지 않았던가?

이러다 보니까 어느 쪽이 승자고 패자인지 애매했다. 둘 다 패배의 굴욕을 갚아주고 싶다고는 생각하는데 상대방이 승자라고 잘난 척할 처지가 아니라는 것은 잘 알고 있는 상황이라고나 할까?

형운이 어색한 기류를 깨고 말했다.

"얼마 전에 호장성에 들렀을 때 너를 만나러 갔는데 출타 중이라는 대답을 들었지. 그런데 이런 곳에서 만나다니 놀라운데?"

"굉장한 우연이군. 정말 깜짝 놀랐어."

"그러게."

"그런데… 여긴 어쩐 일로 온 건지 물어봐도 될까?"

"모인 목적이야 다들 비슷하겠지."

"역시 그런가."

천유하의 표정이 좀 어두워졌다. 그와 진규는 어디까지나 삼검문을 돕고자 여기 온 것이다. 이 자리에 모인 모두가 유적을 노리고 있는 한 서로 적이 될 가능성이 농후했다.

"넌 누구야?"

그때 두 사람 사이에 양진아가 불쑥 끼어들었다. 그녀가 아무렇지도 않게 가까이 다가왔기 때문에 형운이 움찔했다.

성운의 기재라는 사실을 제외하고 봐도 정말로 강렬한 존재감을 발휘하는 소녀였다. 은은하게 푸른빛이 도는 긴 검은 머리칼도, 흰색과 붉은색이 어우러진 옷도, 자수정빛을 띤 눈동자와 오만하고 아름다운 얼굴도…….

'무장이 무슨 전쟁이라도 하러 가는 것 같네.'

웬만한 사람은 시위를 당길 수도 없을 것 같은 대궁을 몸에 걸쳐 메고 양 허리춤에 두 개의 철단봉을 끼고 있는 것을 보면 전쟁터에 고용된 무사의 무장이라고 해도 믿을 것 같다.

곧 형운이 표정을 가다듬고 물었다.

"음. 별의 수호자 소속 형운이라고 하는데… 그러는 소저는 누구신지?"

"형운? 형운이라면 설마…….

양진아의 눈이 휘둥그레졌다.

"흑영신교주를 깼다는 그 풍혼권 형운?"

"맞아."

"헤에, 천유하랑 비교할 수야 없지만 제법 괜찮게 생겼네? 키도 크고."

그 말에 형운은 살짝 상처 입었다. 형운은 별의 수호자에서 자라는 동안 영양 상태도 좋고 피부는 백옥 같고 일월성신을 이루는 과정에서 환골탈태까지 했기 때문에 지금은 제법 준수하고 귀티 나는 용모였다. 하지만 천유하는 정말 그림으로 그린 듯한 미공자의 풍모라서 외모로만 비교하면 떨어지는 건 어쩔 수 없었다.

'확실히 저 녀석이 잘생기긴 했지. 천명을 받은 기재면 됐지 왜 미남이기까지 한 거냐?'

속으로 구시렁거리는 형운을 빤히 보던 양진아가 말했다.

"흐음. 쓸데없이 예의를 지키겠다고 얌전 빼지 않는 게 마음에 들어. 나랑 여기서 한판 할래?"

"…무슨 뜻으로 하는 말이야, 그거?"

뜬금없는 제안에 형운이 흠칫했다. 정말 여러 가지 상상을 불러일으키는 말이다. 양진아가 당당하게 말했다.

"그야 당연히 비무지. 자고로 옛 성현께서도 무인 둘이 만나면 응당 무기 깨지는 소리가 울려 퍼지는 법이라고 하셨어."

"…그런 말씀 하신 성현 없는데요."

뒤에 있던 다연이 한마디 했지만 양진아는 싹 무시했다.

형운이 어이없어하며 물었다.

"아니, 지금 여기서?"

"그럼?"

"보자마자 통성명도 안 하고 다짜고짜 비무를 하자니… 황당한데?"

"겁먹었어?"

"그런 문제가 아니야. 다른 사람한테 비무를 제의할 거라면 최소한 한 가지는 지켜야지."

"뭘?"

"상대방이 그럴 의욕은 나게 만들어줘야 할 거 아냐?"

"호오. 내가 상대로 부족하다는 말?"

"성운의 기재를 두고 그런 오만을 떨 생각은 없어. 어쨌든 나와 사생결단을 내려고 싸움을 거는 거라면 모를까, 비무는 서로가 인정해야 성립하는 일이야. 난 지금 이곳에서, 자기가 누구인지도 밝히지 않은 소저를 상대로 비무할 마음이 없어."

형운이 조목조목 따져가면서 말하자 양진아가 입술을 삐죽이며 재미없다는 표정을 지었다. 그녀의 시선이 서하령에게 향했다.

"너, 서하령이지?"

"청해용왕의 제자 양진아가 왜 하운국까지 먼 길을 행차하셨지?"

대뜸 반말로 물어오는 양진아에게 서하령이 못마땅한 기색으로 되물었다. 그 말에 양진아가 눈을 휘둥그레 떴다.

"…어떻게 알았지? 별의 수호자의 정보력이야?"

"아니. 간단한 소거법, 그리고 당신의 기질로."

"호오."

양진아가 서하령의 정체를 추측한 것과 같은 방법을 썼다는 말이다. 현재까지 세상에 알려진 성운의 기재 중에 여자는 세 명이었으며, 그중 진예를 만나본 서하령 입장에서 양진아의 정체를 추측하는 것은 그리 어렵지 않은 일이었다.

서하령이 흥 하고 비웃음을 띤 얼굴로 말을 이었다.

"그리고 얼마 전에 당신이 광세천교의 성운의 기재와 맞붙어서 깨졌다는 소식도 들었어. 그러니 더 생각할 것도 없지?"

"누, 누누누가 깨졌다는 거야!"

양진아가 발끈했다. 서하량이 고개를 갸웃하며 물었다.

"그럼 이겼어?"

"이기지는 못했지만. 그래도 깨진 거 아니야! 그냥 한 대씩 주고받은 것뿐이야!"

얼굴이 붉으락푸르락하는 양진아의 뒤쪽에서 다연이 작게 중얼거렸다.

"···아가씨가 손해 보셨던 것은 맞는데."

"다연!"

"아, 아무것도 아니에요."

다연이 재빨리 고개를 돌리고 딴청을 부렸다. 그녀를 노려보던 양진아는, 다시 서하령을 보고는 새삼 발끈했다. 서하령이 그럼 그렇지, 하는 표정을 짓고 있었던 것이다.

'아악! 이년 열 받아!'

만난 지 반각도 지나지 않았건만, 다연은 서하령이 정말로 싫어졌다. 그녀가 말했다.

"너도 남 말 할 처지 아니잖아! 흑영신교주한테 깨졌다고 소문이 자자하던데!"

"응."

"······."

아무렇지도 않게 인정해 버리니까 할 말이 떠오르지 않는다. 서하령이 말했다.

"무인으로서 패배는 겸허하게 인정해야지. 그와 싸웠고, 졌어. 사실이야."

승패에 초연해 보이기까지 하는 태도를 보니 한층 더 열 받는다. 그때 서하령이 흘려들을 수 없는 한마디를 던졌다.

"너와 나, 성운의 기재라는 것과 영수의 혈통이라는 것 말고도 한 가지 공통점이 있네."

"설마 둘 다 마교의 성운의 기재한테 나란히 깨졌다는 사실로 동병상련의 정이라도 느끼자고?"

"아니, 너는 별로 그러고 싶은 상대는 아니야."

"너 진짜 하나부터 열까지 신경을 건드리는 재주가 뛰어나구나?"

"거울부터 보고 말하는 게 어때? 그리고 내가 지적하고 싶은 것은 너를 패퇴시킨 상대도, 나를 패배시킨 상대도 형운에게 패했다는 거야."

"뭐?"

그 말에 양진아가 경악으로 물든 눈으로 형운을 바라보았다. 서하령의 말은 즉… 자신에게 치욕감을 준 광요가 형운에게 패했다는 것 아닌가? 그녀가 형운을 노려보며 물었다.

"네가 광요, 그 백치 녀석을 쓰러뜨렸다고? 정말이야?"

7

서하령과 양진아, 두 성운의 기재 소녀들 사이에서 흐르는 날카로운 기류는 다른 사람들을 난감하게 만들었다. 초면에 당장에라도 한바탕 칼부림을 할 것 같은 분위기를 조성하는데 끼어들 수가 없다.

하지만 서하령이 던진 말로 인해서 양진아의 표적이 바뀌었다. 형운이 식은땀을 흘렸다.

─야, 서하령! 이러기냐!

─귀찮은 일은 싫거든. 하지만 쟤를 혼내주고는 싶어.

─역시 의도적이었구만!

전음으로 한마디 하자 서하령이 심드렁하게 대꾸했다. 서하령은 그대로 대화를 주고받다가는 양진아와 한바탕하게 될 것이 귀찮아서 화살을 형운에게 돌려 버린 것이다.

　양진아가 차가운 목소리로 물었다.

　"대답해. 정말 그를 쓰러뜨렸어?"

　"아, 뭐 그렇기는 한데."

　"죽였어?"

　"유감스럽게도 끝장은 못 냈어. 팔을 하나 날리긴 했는데 목숨은 붙은 채로 달아났지."

　"그 말인즉슨, 압승이었다?"

　"압승까지는 아니고……."

　"압승 맞잖아? 넌 상처도 없이 적을 죽기 직전까지 몰아붙였는데? 다른 녀석들이 자폭해 가면서 방해하지 않았으면 거기서 끝장냈을 거면서."

　"야! 마곡정!"

　눈치 없이 끼어드는 마곡정의 말에 형운이 울상을 지었다. 하지만 그를 째려본 형운은 곧 그가 눈치가 없어서 그런 말을 한 게 아님을 깨달았다. 형운과 시선이 마주치자 그답지 않게 부자연스럽게 눈을 피했던 것이다.

　'서하령! 네 계략이구나!'

　형운의 추측이 맞았다. 뒤에서 서하령이 충동질을 했던 것이다. 마곡정이 다른 사람들에게 안 보이게 한숨을 쉬었다.

　'미안하다, 형운. 난 아직 누나가 무섭다.'

　마곡정의 나이 열일곱 살. 두려운 게 없는 사나이이고 싶건만, 원래 세상일이라는 게 뜻대로 되지 않는 법이다. 왠지 눈물이 흐를 것 같은 기분이었다.

문득 사람들은 오싹한 한기를 느꼈다.

양진아가 차가운 미소를 지은 채 날카로운 기파를 뿜어내고 있었다. 그녀가 말했다.

"형운, 아까 네가 말했지?"

"무슨 말?"

"자기가 누구인지도 밝히지 않은 사람 상대로는 비무할 마음이 없다고. 확실히 맞는 말이야. 그러니 예의를 다하도록 하지. 나는 청해용왕 진본해의 제자, 양진아. 네게 비무를 청하는 바야."

"내가 거절한다면?"

"두 가지 선택지를 제시할게. 비무할래, 사투할래?"

"……."

뭐 이런 막무가내가 다 있나? 정체불명의 유적을 앞에 두고 탐욕으로 눈이 벌게진 인간들이 수두룩한 위험천만한 곳에서 무작정 비무를 하자고 고집을 부리다니.

힘이 있다고 타인의 사정을 고려하지 않고 횡포를 부리는, 형운이 제일 싫어하는 유형이다. 슬슬 화가 나기 시작하는 형운 앞에서 양진아가 오만한 표정으로 말했다.

"난 다른 건 몰라도 수치를 당하고는 그냥 못 넘어가. 내가 광세천교의 그 백치 녀석에게 당한 수모를 갚아주기도 전에 네가 가로채기를 했다니 그 실력으로 나를 납득시켜 주는 성의를 보여주어야 하지 않겠어?"

그러자 형운이 떨떠름한 표정으로 물었다.

"아, 그러니까… 깨진 거 맞다고 인정하는 거지?"

"그, 그런 거 아니라고 그랬지!"

"그게 아니면 수모니 뭐니 할 이유가 없잖아? 굳이 나한테 이럴 이유도 없고?"

"으, 그, 그건……."

"소저가 광요라는 놈한테 깨진 게 아니라면 지금 말한 명분은 의미를 잃지. 이런 억지는 관둬줬으면 좋겠는데. 나도 할 일이 있고 입장이 있기 때문에 지금 여기서 비무를 해주기에는 곤란……."

"야!"

형운이 조금도 자신을 위압하는 투지에 응하는 기색 없이 조목조목 따지고 들 때, 양진아가 소리를 빽 질렀다. 놀란 눈으로 자신을 바라보는 형운에게 그녀가 씩씩거리며 말했다.

"그래! 내가 그 백치한테 깨졌다! 어쩔래! 꼭 소녀의 자존심을 그런 식으로 긁어야겠어? 사내자식이 뭐 그렇게 옹졸해! 척 하면 착 하고 넘어가 주는 눈치와 배려가 있어야 할 거 아냐!"

"……."

"아우, 진짜! 아직도 그 일만 생각하면 잠을 자다가도 벌떡 일어나는데 아주 신경을 박박 긁어대네! 더 이상은 못 참아!"

"아무리 봐도 소저는 한 번도 참은 적이 없는 것 같은데……."

형운이 기가 막혀서 한마디 하자 양진아의 뒤쪽에서 다연이 조용히 고개를 끄덕인다. 말로 동조하지는 못하겠지만 백번 동감한다는 태도라 형운은 할 말을 잃었다.

양진아가 몸에 걸쳐 메고 있던 대궁과 활통을 풀어서 다연에게 휙 던졌다. 그리고 허리춤에 차고 있던 두 자루의 단봉을 뽑아서 하나로 합치자 순식간에 길이가 7척(약 2.1미터)에 달하는 삼지창으로 화했다.

"비무 안 받아주면 그냥 덮쳐 버릴 거야! 결정해! 할 거야, 말 거야?"

"무슨 여자가 이래······."

기가 막혀서 솟구치던 화가 가라앉고 대신 골치가 아파온다. 형운이 이를 갈며 서하령에게 전음을 보냈다.

―서하령, 너 두고 보자.

서하령은 대답하지 않고 딴청을 부렸다. 형운이 천유하를 바라보자 그는 정말 난처해하고 있었다. 참으로 미안해하는 기색이 역력한 것을 보니 그동안 양진아한테 많이 시달렸을 것 같다는 추측이 떠오른다.

'그리고 보니 이 녀석도 은근히 드센 여자한테 휘둘리네.'

생각해 보면 천유하 앞에서는 가공할 내숭을 떨어대던 예령 공주도 본성은 드세기 이를 데 없는 소녀였다. 그녀가 황궁에 머무르는 내내 붙들고 있는 바람에 천유하와는 제대로 말도 못 나눠봤었다. 그런데 이번에는 양진아에게 붙잡혀서 난처해하고 있는 것을 보니 사람에게 팔자라는 게 있긴 있는 모양이다.

형운이 한숨 섞인 목소리로 말하려고 할 때였다.

"저기 말이지······."

"잔머리 굴러가는 소리가 들려!"

양진아가 더 기다리지 못하고 폭발했다. 그녀가 대뜸 창을 찔러왔다.

'헉, 빠르다!'

형운이 깜짝 놀라서 뒤로 피했다. 그러자 이번에는 양진아가 놀랐다.

'그 찰나에 내 찌르기의 깊이를 파악했어?'

놀랍게도 형운은 딱 반보 물러나서 양진아의 찌르기를 피했다. 양진아는 애당초 기습으로 형운을 쓰러뜨릴 생각이 없었기에 딱 반 치 앞에서 멈출 생각이었다. 그런데 창끝이 형운의 간격을 침범하는 순간, 형운이 딱 반보 물러나면서 간격을 고스란히 유지하는 게 아닌가?

"너, 생각보다 재밌네. 어디 본격적으로 놀아볼까?"

"젠장. 사람 말을 좀 들으라고!"

"말 많은 무인은 질색이야!"

"야!"

형운이 버럭 소리를 질렀지만 양진아는 무시하고 공격해 들어왔다. 형운은 질풍 같은 찌르기를 양손을 굴리듯이 비껴내면서 정신없이 뒤로 물러났고 양진아가 그것을 뒤쫓았다.

8

천유하는 양진아의 실력을 잘 알고 있었다. 지난 한 달간 하루에 한 번씩 비무를 벌여왔기 때문이다.

천방지축이라는 말이 딱 어울리는 난감한 성격의 소유자이기는 했지만, 양진아는 강했다. 광활한 대륙 전체에 명성을 떨친 청해용왕 진본해라는 거물의 제자답게 그녀가 구사하는 해룡창법(海龍槍法)은 신공절학이라 불리기에 부족함이 없는 깊이 있는 무공이었으며 그것을 구사하는 양진아의 기량은 천유하와 마찬가지로 동년배의 수준을 아득히 초월한 수준에 이르러 있었다.

'게다가 한 달 전보다 강해졌지.'

성운의 기재는 일반인의 상식을 초월한 속도로 발전하는 존재다.

양진아는 매번 비무할 때마다 강해졌다. 천유하도 마찬가지였다. 두 성운의 기재가 만나서 기량을 겨루니 마치 서로의 잠재력을 끌어내듯이 무서운 속도로로 발전해 나갔다. 그녀가 워낙 제멋대로라 대하기 골치 아프기는 했지만, 그녀와의 비무는 천유하에게도 돈 주고도 살 수 없는 값진 경험이었다.

그런 양진아를 상대로 형운이 맞설 수 있을까?

그 답이 눈앞에서 펼쳐지고 있었다.

'저 녀석, 저렇게나 강해졌나?'

두 사람을 뒤따라가면서 천유하는 숨을 삼켰다.

비정상적으로 공방이 뚜렷한 격투였다.

폭풍처럼 공격해 가는 양진아의 창을 형운은 견고한 성채처럼 방어하고 있었다. 양진아의 창이 천유하의 눈으로도 따라가기 어려울 정도로 빠르게 가속하는데도 형운은 절대 자신의 간격 안으로 침범하는 것을 허용치 않는다.

'저 무공은 도대체 뭐지?'

천유하는 상대의 무공을 보는 것만으로도 그 요체를 꿰뚫어 볼 수 있었다. 아무리 심오한 무공이라도 눈으로 보고, 기파를 읽어냄으로써 머릿속에서 정보를 취합하고 그 속에 감춰진 묘리를 이해해 낸다.

하지만 형운의 움직임은 봐도 모르겠다. 전에 황궁에서 가신우를 상대로 했을 때도 그랬는데 지금은 그런 경향이 더 심해졌다. 딱히 기의 운용이 변화무쌍하거나 복잡한 것 같지도 않은데 어째서 꿰뚫어 볼 수 없는 것일까?

그 점은 양진아도 마찬가지였다.

"이익! 계속 방어만 할 거야? 이러면 내가 제풀에 지쳐 나가떨어지기라도 할 것 같아?"

아무리 공격해도 형운이 빈틈을 드러내지 않았다. 무엇보다 양진아는 자기 속도를 따라오는 동년배가 있을 것이라고는 상상도 해보지 못했다.

형운이 신경질을 냈다.

"죽일 듯이 창질하면서 할 소리냐? 이제 작작 좀 하지?"

"웃기지 마!"

양진아가 한층 가속했다. 한없이 가속된 감각 속에서, 그녀는 자신이 형운의 방어를 뚫을 수 없는 이유를 깨닫고 있었다.

'분명히 내가 더 빨라.'

전체적인 움직임은 양진아가 더 빠르다. 심지어 형운은 양진아의 움직임을 통찰해 내는 것 같지도 않았다. 떨어지는 속도를 보완하기 위해 미리 자세를 바꾸거나 움직임에 허와 실을 더해서 국면의 선택권을 가져가려는 시도를 못 하고 있는 것을 보면 분명하다.

그런데 반응 속도가 비정상적으로 빠르다.

'나를 상대로 후발선제(後發先制)라니! 통찰로 따라오는 것도 아닌 주제에! 말도 안 돼!'

무공에서 이야기하는 후발선제란 압도적인 속도 차가 있거나, 아니면 상대방의 움직임을 통찰하고 완급을 통해서 이뤄내는 것이다. 그렇지 않고서야 상대보다 늦게 움직여서 먼저 친다는 게 가당키나 하겠는가?

형운은 반응 속도 하나로 그 일을 해내고 있었다.

분명히 양진아가 공격하는 것을 보고 나서야 반응한다. 중간중간 변화를 섞어보면 그것도 변화가 일어난 후에야 반응해서 대응을 바꾼다.

그런데도 방어가 전혀 무너지지 않는다. 양진아 입장에서는 벽에다 대고 창을 찌르고 있는 기분이다.

'어떻게 이럴 수가 있지?'

아무리 봐도 모르겠다. 상대의 공격을 보고, 생각하고, 육체에 명령을 내리는 과정이 이렇게 짧을 수가 있단 말인가? 그동안 일월성신의 특성과 더불어 완성도를 높여온 감극도는 성운의 기재인 그녀가 보기에도 불가해한 무공이었다.

형운도 짜증 나기는 마찬가지였다.

'이 여자 뭐 이렇게 빨라!'

일월성신을 이룬 이후 누군가를 상대할 때 자기가 느리다고 생각해 본 적이 없다. 오로지 귀혁만이 예외일 뿐이다.

그런데 양진아는 정말 빠르다. 빠르면서도 정확하고, 그러면서 변화까지 다양하다. 감극도가 아니었다면 순식간에 패하고 말았으리라.

문제는 반격의 실마리를 못 찾겠다는 점이다. 양진아의 무기는 창, 즉 맨손으로 싸우는 형운보다 훨씬 공격 거리가 길다. 속도, 정확도, 그리고 변화까지 삼박자를 모두 갖춘 양진아의 창술은 방어는 할 수 있어도 예봉을 꺾어버리거나 안쪽으로 파고드는 것을 허락하지 않았다.

'무심반사경을 써버려?'

옆에서 보면 엄청나게 격렬한 싸움이지만 형운과 양진아 모두 정도를 지키고 있었다. 살수도 쓰지 않았고 기공파도 발하지 않는다.

이런 조건에서는 맨손으로 싸우는 형운이 창을 쓰는 양진아보다 불리할 수밖에 없다. 속도와 수 싸움에서 우위를 점할 수 없고, 힘으로 꺾어버리는 것도 쉽지 않은 상황에서는 무심반사경으로 상대의 통찰과 반응 속도를 압도하는 게 최선책인데…….

하지만 이런 아무짝에도 쓸모없는 싸움에서 비장의 수를 꺼내 보이고 싶지 않았다. 형운은 솟구치는 충동을 눌러 참으면서 철저하게 방어를 계속했다.

이렇게 되자 양진아의 인내심이 한계에 달했다.

'이익! 뭐 이렇게 짜증 나는 놈이 다 있어? 자존심 상하지만 힘으로 뚫어주는 수밖에!'

자존심 상하지만 이대로는 도저히 방어를 뚫을 수가 없다. 그런 결론을 내린 양진아는 속도와 기술, 두 가지로만 승부하겠다는 고집을 버리고 내력을 끌어 올렸다.

파파파파파!

창이 공기를 가르는 소리가 광포해졌다. 진기가 실리기 시작하자 투명한 기운이 창을 휘감고 공기를 찢어발겼다. 속도와 기술에 힘까지 더해서 형운의 방어를 깨부술 셈이었다.

그녀의 의도를 읽은 형운의 눈썹이 치켜 올라갔다.

'이 녀석이!'

형운도 내력을 끌어 올렸다. 일월성신인 형운의 마음이 일면 그 순간 기가 움직인다. 둘의 속도는 비등했고 기를 운용하는 기술은 양진아가 뛰어났지만, 한꺼번에 많은 기운을 움직이는 상황이 되자 형운이 확연히 빨랐다.

쾅!

폭음이 울리며 충격파가 원형으로 터져 나갔다. 형운과 양진아가 서로 반대편으로 튕겨 나갔다.

몸을 바로잡고 착지한 양진아는 잠시 동안 움직일 수가 없었다. 흑룡창이 부르르 떨리면서 손아귀가 찢어질 듯한 압력이 전해져 왔기 때문이다. 방금 전의 격돌에서 받은 충격을 완전히 해소하지 못해서였다. 양진아가 경악했다.

"이럴 수가⋯⋯."

"작작 좀 해! 비무하자더니 아주 사생결단을 내자고 덤비는군. 계속 이러면 나 진짜로 화낸다."

형운이 신경질을 냈다. 옷의 소매가 너덜너덜해져 있었다. 하지만 양진아는 말문을 잃었다.

그녀의 내공은 이미 6심의 경지에 달해 있었다. 대영수의 혈통이라 선천지기가 강대한 데다가 청해용왕대의 본거지에는 영약이 널려 있었기 때문이다. 지금까지 젊은 무인 상대로 내공에서 뒤져 본 적은 단 한 번도 없었다. 광세천교의 광요에게 습격당했을 때도 마찬가지였다.

그런데 형운에게는 단 한 수에 밀려 버렸다. 그것도 형운이 사정을 많이 봐줬다는 것을 알 수 있었다. 그렇지 않았다면 상대가 자기를 내공에서 압도할 거라고는 상상도 못 한 양진아는 내상을 입었으리라.

잠시 망연해져 있던 양진아가 눈을 부라렸다.

"…감히 나를 봐주고 있었단 말이지?"

"네가 세상이 자기를 중심으로 돌아간다고 생각한다는 건 아주 잘 알았는데 이제 그만 좀 하시지? 비무하자며? 그래놓고 내가 살수를 안 썼다고 비난하는 거냐?"

둘의 분위기가 한층 험악해졌다. 형운은 처음부터 양진아의 태도가 마음에 들지 않았다. 최대한 다치지 않고 끝내려고 노력했는데 저렇게 상황을 자기 본위로 해석해서 멋대로 떠들어대니 슬슬 인내심의 한계를 느낀다.

그때였다.

"음?"

양진아를 노려보던 형운이 고개를 들었다. 한 박자 늦게 양진아도 뒤를 돌아보았다.

우우우우우……!

저편에서 온몸을 자극하는 기운이 퍼져 나오고 있었다.

전광석화처럼 공방을 나누면서 두 사람은 이미 최초로 격돌

한 지점에서 백 장도 넘게 떨어진 곳까지 와 있었다. 이 기운의
진원지는 유적이 있는 곳이 분명했다.

"무슨 일이 벌어진 거지?"

형운과 양진아는 서로를 한번 노려보고는 곧바로 왔던 길을
되돌아갔다.

제36장
탐욕을 부르는 폐허

성운을
먹는자

1

유적의 문이 개방되었다.

현통문은 자파를 제외한 이들이 다가오지 못하도록 통제하면서 유적의 입구를 조사하고 있었다. 그렇게 며칠 동안 매달린 끝에 마침내 현통문의 기환술사들이 유적의 입구를 여는 데 성공했다.

현통문의 무인들은 주변의 다른 무리들이 달려들 것을 경계했다. 겨우 상황을 제압하고 문까지 열었는데 저들이 탐욕에 눈이 멀어서 달려든다면 또 한바탕 피바람이 불 것이다. 현통문도 그런 사태는 피하고 싶었다.

하지만 입구가 열리면서 벌어진 일은 그들의 예상을 완전히 벗어났다.

쿠구구구구······!

전신의 털이 모조리 일어날 정도로 강렬한 기운이 퍼져 나가더니 유적이 변화하기 시작했다. 입구 주변을 둘러싸고 있던 여섯 개의 기둥이 땅속으로 가라앉으면서 주변의 땅이 갈라지는 게 아닌가?

"지진이다!"

진동이 퍼져 나가면서 땅이 갈라지자 다들 비명을 지르며 도망치려고 했다. 하지만 이미 늦었다.

"아아악!"

격심한 진동이 일면서 균열이 나타나자 그 속으로 빠지는 이들이 속출했다. 그리고 주변의 산이 무너져 내렸다.

쿠르르르릉!

지하에 묻혀 있던 유적이 땅을 뚫고 밖으로 모습을 드러냈다. 입구, 즉 중앙에 있던 현통문 사람들은 메아리치는 사람들의 비명과 토사가 붕괴하는 굉음 속에서 유적의 진짜 모습을 볼 수 있었다.

유적은 커다란 원형의 벽이 겹겹이 둘러쳐져 있는 구조로 되어 있었다. 원래는 아주 가까이 붙어 있던 그 벽들은 입구가 열리자 바깥에 있는 벽일수록 위로 높이 솟구치면서 동시에 벽 사이의 틈이 넓게 벌어졌다. 그 결과 유적 위의 지반이 붕괴하면서 이런 참사가 벌어진 것이다.

"이게 도대체 무슨 일이란 말인가……."

현통문주는 아연실색했다. 이 유적의 정체는 도대체 무엇이란 말인가? 유적이 발견된 사례는 셀 수 없이 많지만 산을 통째로 무너뜨려 가면서 변형하는 경우는 들어본 적도 없다.

무엇보다 유적이라는 것은 과거의 건축물이다. 당연히 지금보다 열악한 건축 기술로 만들었을 것이다. 그런데 산의 일각을 붕괴시켜 가면서 거대한 변형을 일으키는 건물이라니? 옛날 사람들에게 이런 기술이 있었단 말인가?

하지만 현통문주는 곧 그 의문을 접었다. 그럴 여유가 없다는 사실을 깨달았기 때문이다.

"이런 젠장!"

솟구친 벽을 타고 사람들이 아래로 내려가고 있었다. 그리고 여기에서 봐도 벽과 벽 사이에 유적으로 진입할 수 있는 통로가 존재하는 것이 보였다.

"죽 쒀서 개를 준 꼴이라니! 서둘러! 우리도 진입한다!"

"문주님! 하지만 안에 어떤 위험이 도사리고 있을지 모릅니다. 마음은 이해하지만 여기서는 신중하게……."

"그러다가 안에 있는 보물을 빼앗기면 어떡할 셈인가! 이 유적을 봐! 이렇게 말도 안 되는 일이 벌어지는 유적이라면 안에 있는 것은 굉장한 보물임이 틀림없다!"

현통문주는 자신을 만류하는 부하들의 말을 일축했다. 당장 경쟁자들이 안으로 들어가고 있는 상황인지라 부하들도 도저히 신중론을 주장할 수 없었다.

2

형운은 한발 늦게 당도했다. 왔던 길을 되돌아가는데 갑자기 산사태가 덮쳐 왔기 때문이었다. 기겁해서 경공으로 산사태를 피한 다음 유적으로 돌아와서 일행들을 찾았다.

"다들 괜찮아요?"

"여러분들 덕분에 괜찮습니다."

감진오가 떨리는 목소리로 말했다. 별의 수호자 일행 중 무공을 모르는 것은 그뿐이었다. 하지만 그가 데려온 호위무사 둘은 갑작스러운 지진과 산사태에 대응할 만한 실력이 없었는지라 다른 이들이 구해주지 않았다면 토사에 파묻힐 뻔했다.

'말들은… 역시 다 잃었나.'

상황을 파악한 형운이 혀를 찼다. 하긴 산사태가 일어나는 와중에 말들까지 무사히 구해내는 것은 무리였다.

오량이 감진오에게 물었다.

"부단장님, 어쩌실 겁니까? 아무리 봐도 너무 위험해 보입니다만."

"위험하다는 것은 인정하지만, 그냥 돌아갈 수는 없습니다."

감진오가 고개를 저었다. 방금 전 죽을 뻔한 위기를 넘겼음에도 그는 흥분하고 있었다. 별 기대를 하지 않고 왔건만, 이 유적은 엄청난 보물이 아닌가?

"지금 일어난 일을 보시지요. 요즘의 기관장치로도 이런 일은 불가능합니다."

"하지만 실제로 일어났지 않습니까?"

"기관장치의 힘이 아니라 술법의 힘입니다."

"이게 말입니까?"

"정확히는 두 가지의 합이겠군요. 저 벽을 보십시오."

감진오가 사방에 솟구친 원형의 벽을 가리켰다.

그 벽은 단순히 석재를 다듬어서 만든 게 아니다. 벽면을 타고 빼곡히 문자와 문양이 새겨져 있는데 가만히 보면 희미해졌다 뚜렷해졌다 하면서 일렁거리고 있었다.

"이건 어쩌면 사람이 만든 유적이 아닐지도 모릅니다."

"사람이 만든 게 아니라면 누가 만든 건데요?"

형운이 의아해하며 물었다. 유적이라는 것은 말 그대로 역사적 사실의 자취다. 유적에는 여러 가지가 있지만 강호인들이 탐욕으로 눈을 빛내는 종류는 보통 뚜렷한 목적을 갖고 만들어진 시설물이게 마련이다.

그런 유적들의 목적은 보통 몇 가지로 나뉜다. 특정한 자격을 가진 자에게 전할 보물을 감추기 위해서, 혹은 후인에게 무공을 전하기 위해서. 그도 아니면 누군가의 자격을 시험하기 위해서.

이런 유적들은 먼 옛날 세상을 활보하던 영수나 요괴, 환마처럼 인간 외의 존재들이 주축이 되어 만든 경우와 후대에 인간들이 주축이 되어 만든 경우로 나뉜다. 하지만 어느 쪽이나 건축하는 데 필요한 노동력을 제공한 것은 인간이라는 공통점이 있었다.

감진오가 흥분한 목소리로 말했다.

"신수의 일족… 즉 천계의 유산일지도 모른다는 거지요."

"신수의 일족이 유적도 만들어요?"

"먼 옛날에는 신수의 일족들도 지금처럼 인세에서 철저하게 괴리된 것이 아니라, 다소 제약은 있을지언정 엄연히 세상의 일원으로서 살았던 것 같습니다. 기록이 별로 많이 남아 있지는 않습니다만……."

별의 수호자는 고대의 기록을 가장 많이 보유하고 있는 집단 중에 하나였다. 그들의 역사는 자그마치 1300년 전, 중원삼국이 건국되기 전까지 거슬러 올라가기 때문이다. 그렇기에 감진오는 그 시절에 대한 지식을 제법 많이 알고 있었다.

"그리고 신수의 일족이 중원삼국의 황실과 맹약을 나눈 운룡, 진조, 풍혼아만 있는 것은 아니지요. 지금은 신화와 전설로만 전해지는 수많은 신수들이 있습니다."

잠자코 듣고 있던 서하령이 물었다.

"즉 여기에는 고대 신수의 일족이 남긴 기보가 남아 있을 수도 있다는 거군요. 하지만 아무리 그렇다고 해도 굳이 위험을 감수할 필요가 있을까요? 경쟁자들이 없다면 모를까 지금은 너무 사람들이 많아요."

감진오의 설명을 다 듣고서도 별로 의욕을 보이지 않는 사람이 서하령만은 아니었다. 감진오를 제외하면 다들 웬만하면 그냥 손 털고 빠져나가고 싶어 하는 기색이었다. 실적도 좋지만 탐욕에 눈이 먼 자들이 득시글거리는 유적 안으로 들어가는 것은 위험이 너무 크지 않은가?

일행의 반응을 본 감진오는 답답했다. 사실 별의 수호자가 아닌 다른 집단이었다면 이런 분위기가 형성되지 않았을 것이다. 유적 안에 있을 기보를 향한 탐욕으로 기꺼이 위험을 감수하는 게 정상이었다.

하지만 별의 수호자는 그런 면에서 다른 집단과 분위기가 다를 수밖에 없었다. 조직의 뿌리라고 할 수 있는 성존이 살아 있는 신화로 존재하고 있는 데다가 천하에 그들이 만든 비약보다 뛰어난 영약은 없다. 그리고 중원삼국 건국 이전의 유적이라면 무공 측면에서는 별로 기대할 게 없지 않은가? 위험을 감수하고 보물을 얻어봤자 그로 인해 조직의 위세가 좌우되지 않는다.

일개 문파 정도라면, 보물을 손에 넣었을 경우 탐욕에 눈이 멀어서 조직을 배신하고 달아나는 일도 쉽게 일어날 것이다. 하지만 별의 수호자는 전 대륙을 상대로 사업을 전개하고 있는 어마어마한 규모의 조직이다 보니 어지간히 멍청하지 않고서야 그런 짓을 벌일 수가 없었다.

감진오가 일행을 설득했다.

"그렇다고 그냥 돌아갈 수는 없지 않습니까? 이 유적을 조사하고 가치 있는 것을 찾아내는 것이 제 일입니다. 위험한 상황이라는 것은 알겠지만 조사도 안 해보고 발길을 돌린다니 얼토당토않습니다."

틀린 말이 아닌지라 오량이 눈살을 찌푸렸다. 그의 임무는 감진오의 호위이지만, 당연히 감진오가 유적을 조사해서 어떤 실적을 올렸는지가 그에게도 영향을 끼친다. 유적에 들어가 보지도 않고 위험하다는 이유로 그냥 발길을 돌렸다면 좋은 소리 듣기는 어려울 것이다.

오량이 결정을 내리길 기다리던 형운이 흘끔 옆쪽을 바라보았다. 양진아를 포함한 천유하 일행이 어쩌고 있는지 보기 위해서였다.

저쪽은 결단을 내린 모양인지 솟아오른 유적의 벽에다가 밧줄을 걸고 아래쪽으로 내려가고 있었다. 천유하와 진규는 내키지 않는다는 표정을 짓고 있는 것으로 보아서 그들은 그냥 물러나고 싶었던 모양이다.

'자칫하면 안에서 저 녀석과 싸우게 될 수도 있는 건가?'

이곳에 모인 것은 정파라 칭하는 이들만이 아니다. 게다가 정
파라 한들 탐욕 앞에서 도리를 지킬 거라는 보장이 어디 있는
가?

안에서 어떤 일이 벌어질지 상상하면 내려가기 싫다. 그렇게
생각하는 형운에게 유설이 물었다.

"내려가는 거야?"

"오량 선배의 뜻에 달렸죠."

일행의 책임자는 어디까지나 오량이다. 형운에게는 선택권
이 없었다.

한참을 고민하던 오량은 결국 결단을 내렸다.

"알겠습니다. 그럼 일단 안으로 들어가 보지요. 하지만 결코
서두르지 말고 신중해야 합니다."

"물론입니다. 안에 무엇이 있는지조차 모르는 상황에서 다른
이들과 다퉈봤자 좋을 게 하나도 없으니까요."

감진오가 고개를 끄덕였다. 곧 일행은 어느 입구를 선택해서
내려갈지 논의하는 중에 유설이 말했다.

"이 안에 누군가 있어."

"네? 누군가라뇨?"

형운이 의아해하며 물었다. 유설이 고개를 갸웃했다.

"나도 확실히는 몰라. 근데 되게 오래된 누군가가 꿈을 꾸고
있는 것 같아."

"꿈을 꾼다? 잠들어 있다는 뜻이에요?"

"아마도?"

"아마도라뇨?"

"인간이 말하는 '잠들다'와는 좀 다를 수도 있는걸?"

"흠……."

영수나 요괴 같은 인간 외의 존재는 수면이라는 행위가 인간과는 좀 다른 의미를 갖는 경우가 있었다. 그 사실을 지식으로 알고 있기는 하지만 구체적으로 어떤 것인지는 모른다.

어쨌든 형운은 유설에게 들은 바를 모두에게 전했다. 하지만 유감스럽게도 오량의 결정은 바뀌지 않았다.

3

공기가 다르다.

형운은 유적 안으로 들어서는 순간 그렇게 느꼈다. 현통문에서 입구에 스무 명가량의 인원을 남겨두고 갔기에 일행은 가까운 곳에 있던, 벌어진 벽 사이의 틈 중에 하나를 골라서 안으로 진입했다.

형운의 체감상 이곳은 지상에서 불과 5장(약 15미터) 정도 아래에 위치한 곳이다. 하지만 그것만으로도 느낌이 확 달라졌다. 그저 조명 하나 없이 어둡고, 오랫동안 땅속에 묻혀 있었던 유적답게 지하 시설 특유의 퀴퀴한 공기가 감돌아서만은 아니었다.

서하령이 중얼거렸다.

"안쪽에 기환진이 적용되어 있네. 그렇다고는 해도 이렇게까지 기류가 다르다니… 마치 다른 세계에 온 것 같아."

형운도 똑같은 느낌을 받고 있었다. 입구 안과 바깥이 완전히 다른 세상인 것처럼 이질적인 기류가 느껴진다.

감진오가 말했다.

"천 년도 넘은 유적이니 당연한 일입니다. 그 장구한 세월 동안 온전한 모습을 보존하고 있다가 밖으로 드러났으니 그럴 수밖에 없지요."

"그렇군요. 일단은 이 기류가 어떤 영향을 미치는지부터 봐야 할 것 같은데요? 다들 어때요?"

"그냥 이질적이고 밀도가 높을 뿐이지 딱히 요기나 마기처럼 기의 운용에 문제를 일으키는 기류는 아니야. 전력에는 지장 없을 것 같아."

형운의 물음에 서하령이 몸 상태를 점검해 보고 말했다. 다른 사람들도 마찬가지였다.

다른 사람들의 답변을 다 들은 서하령이 마음에 걸리는 점을 말했다.

"곡정이와 나, 유설 님만 좀 다른 느낌을 받고 있는데… 영수의 혈통만 특정한 영향을 받는 것 같아."

"음. 유설 님이 말한 존재 때문 아닐까? 어쩌면 엄청 오래 산 영수일 수도 있잖아?"

"그럴 수도 있겠지만 영수라면 왜 이런 곳에 있지?"

"유설 님처럼 뭔가를 지키는 역할이라거나?"

"그게 제일 가능성이 높겠네. 하지만… 음. 아니야."

서하령은 뭔가 석연치 않은 느낌을 받았지만 지금 시점에서는 더 파고들 만한 단서가 없었다.

오량이 말했다.

"그럼 가보도록 하지. 일단 조명을 켜고……."

일반적으로 이런 곳에는 횃불을 켠다. 그러나 별의 수호자에서는 이런 곳에서 임무를 수행하는 무인들에게 기환술사들이 만들어낸 조명 도구, 기를 주입하면 빛을 발하는 야명주(夜明珠)를 지급하고 있었다. 공기를 태우지도 않는 데다가 약간의 기운만으로도 주변을 밝혀주기 때문에 대단히 유용한 기물이었다.

"부단장님께서 앞장서 주시지요."

"알겠습니다."

감진오가 준비해 온 도구들을 꺼내 들고 앞장섰다.

언뜻 보면 그를 호위하는 무인들을 제치고 그가 앞장서는 것이 이상해 보인다. 하지만 유적에는 어떤 위험이 도사리고 있을지 알 수 없었다. 기관이나 기환진으로 인한 함정이 있을 수도 있는 노릇이라 그런 것을 사전에 파악할 수 있는 재주가 있는 사람이 선두에 서야 한다. 무인들은 만약의 사태가 발생하면 곧바로 그를 지켜줄 수 있도록 바짝 붙어 있었다.

일행은 지루할 정도로 천천히 나아갔다. 어떤 위험이 있을지 모르니 당연한 일이다.

다른 사람들은 그렇다 치고 유설은 무척 지루해하고 있었다. 그녀가 심심해서 형운의 몸을 오르락내리락하면서 꼬물거리자, 형운이 서하령에게 속삭이는 목소리로 물었다.

"원래 이런 식이야?"

"뭐가?"

"엄청 느릿느릿하게 가고 있잖아. 경쟁자들이 잔뜩 있는데 이래도 되나?"

"이게 정석일 거야, 아마도."

"어째서 아마도야?"

"나도 잘 모르니까. 그냥 책으로 유적 조사할 때의 지침에 대해서 읽어봤을 뿐이고 직접 참여해 보는 것은 처음인걸?"

"음……."

"하하. 공자께서 지루하신가 보군요."

바닥을 살펴보던 감진오가 돌아보았다. 속닥거리는 목소리로 말했지만 워낙 이곳이 조용하다 보니 다 들렸던 것이다. 형운이 찔끔했다.

"아니, 딱히 그런 건 아니고… 그냥 유적에 들어와 보는 게 처음이다 보니 궁금해서요."

"음. 처음이신 분들이 많은 것 같으니 간단하게 설명을 할까요?"

"하지만 서둘러야 하지 않나요?"

"아닙니다. 그건 절대 해서는 안 되는 일이지요. 만약 이 유적이 뭔가 귀중한 것을 지키기 위해서 함정이 설치된 곳이라면, 함정은 딱 그런 심리를 이용하는 방식으로 작동합니다. 당장 눈앞에 보물이 보이는 상황이라고 하더라도 신중하게 한 발 한 발 확인하면서 나아가야 합니다."

감진오는 이미 많은 유적을 조사해 본 경험이 있었다. 위험해 보이지 않는다고 경거망동하다가 목숨이 날아간 사람들도 많이 보았기에 조급해할 만한 상황에서도 원칙을 철저히 지키고자

했다.

"원래 유적 조사라는 것은 하루 만에 뚝딱 끝내려고 달려들어서는 안 되는 일입니다. 안전한 길을 확보하면서 천천히 나아가고, 때로는 다시 돌아가서 식사와 수면을 취해가면서 충분한 시간을 들여야지요."

"경쟁자가 있다고 초조해해서는 안 된다는 거군요."

"그렇습니다. 다들 그 원칙을 못 지켜서 피를 보고는 하죠."

감진오가 쓴웃음을 지었다.

유적 조사에 임하는 자는 방대한 지식을 가져야 한다. 역사에 대한 것은 물론이고 기관학과 기환술에 대해서도 알아야 하기에 감진오는 기환술사로서의 공부도 해야 했다.

하지만 이런 방대한 전문성을 요구하는데도 별의 수호자 내에서 유적조사단의 입지가 너무 낮다는 것이 그에게 좌절감을 심어주었다. 게다가 황실 말고는 유적 조사를 전문으로 하는 조직을 운영하는 경우가 정말 희귀하기에 다른 선택지도 없다. 감진오가 위험하다는 것을 뻔히 알면서도 이 유적을 조사하자고 주장한 것은 결국 그런 현실을 개선하기 위한 실적이 필요하기 때문이었다.

다시 일각(15분)쯤 나아갔을 때였다. 마곡정이 코를 킁킁거렸다.

"앞쪽에서 피 냄새가 나는데?"

"피 냄새라고?"

"응. 그것도 오래된 피가 아닌 것 같아."

다른 일행은 아직 피 냄새를 맡지 못했다. 하지만 후각을 기감으로도 활용하는 마곡정의 후각이 탁월하다는 사실은 모두 잘 알고 있었다.

'진짜 개코다.'

모두 그렇게 생각했지만 굳이 말하지는 않았다.

어느 정도 더 나아가자 갈림길이 나왔다. 외곽으로 이어진 듯 보이는 통로는 일행이 들어온 것과는 또 다른 입구가 입구로 통해 있는 모양이었다.

여길 지날 때쯤에는 일행도 피 냄새를 맡을 수 있었다. 곧 야명주의 빛이 피 냄새의 근원을 밝혔다.

"음…….."

형운이 신음했다.

세 남자의 시체가 보였다. 날카로운 것에 관통당해서 절명했음을 알아볼 수 있었다. 하지만 셋 다 칼은 뽑지 못한 채로 죽었고 이들을 죽인 흉기도 보이지 않았다.

감진오가 말했다.

"오래된 유적은 기관장치가 세월에 마모되어서 제대로 작동 안 하는 경우가 많은데… 여긴 그토록 오랜 세월이 지났는데도 멀쩡한 모양이군요."

왜 감진오가 서둘러서는 안 된다고 한 것인지 절절하게 알 수 있는 광경이었다.

형운이 물었다.

"이 사람들이 다였을까요?"

"뭐가 말입니까?"

"이 세 명이 이들 일행의 전부였을까요?"

"흠······."

감진오가 잠시 생각에 잠겼다.

"그랬을 가능성이 높아 보입니다. 아니라면 아마 온 길을 되돌아갔거나, 우리가 온 길의 반대로 갔겠죠."

"이 함정을 뚫고 가진 않았을 거라고 보시는군요."

"네. 제가 듣기로 형운 공자의 내공이 굉장히 심후하다고 들었는데, 한 가지 부탁드려도 되겠습니까?"

"뭘 하면 되나요?"

"혹시 기공파로 앞쪽 통로의 바닥과 천장, 벽을 싹 훑어주실 수 있습니까? 파괴력은 한번 쓸고 지나가는 정도로 제약해서요."

"기관장치를 작동시킬 정도로만 하라는 거죠?"

형운은 쉽게 그가 말하고자 하는 바를 알아들었다. 귀혁이 기관장치가 있는 공간을 지날 때의 대응책으로 가르쳐 준 바가 있었기 때문이다.

감진오가 고개를 끄덕였다.

"그렇습니다."

"해보죠."

형운이 심호흡을 한번 하고는 내력을 끌어 올렸다. 투명한 푸른빛의 기류가 형운의 몸을 휘감더니 곧바로 정면을 향해 확장되어 갔다.

쉬쉬쉬쉬쉬쉭!

순간 섬뜩한 일이 벌어졌다. 벽돌의 틈새로 무수한 칼날들이 튀어나오는 게 아닌가?

"으아……."

형운은 모골이 송연해졌다. 광풍혼을 정면 10장(약 30미터) 정도까지 확장시켰는데 거기까지 수백 개의 칼날이 튀어나왔다가 다시 들어갔다. 그것도 바닥, 벽, 천장을 가리지 않고 불규칙한 궤도로 튀어나오는 데다가 단순히 벽돌의 틈새만이 아니라 벽돌을 쑥 뚫고 나온 것까지 있는 게 아닌가?

서하령이 중얼거렸다.

"골치 아프네."

"이거 한번 발동하는 걸로 끝나는 거 아니지?"

"그런 것 같아. 이 시체들만 봐도 그렇고."

방금 전에 튀어나온 칼날들은 이미 죽은 시체들까지 찌른 다음 다시 들어갔다. 자기가 한 일로 인해서 시체가 난도질당하는 것을 본 형운은 입맛이 썼다.

"…죽은 사람들한테 못할 짓을 한 기분인데."

"어쩔 수 없는 일이었어. 하지만 정말 골치 아프네. 부단장님, 이거 해제가 가능할까요?"

"음. 좀 어려울 것 같지만 시도해 봐야지요. 아무래도 기환술을 주로 삼고 기관장치는 최소한으로 줄여서 오랜 시간이 지나서 기능이 마모되는 것을 방지한 모양인데……."

"형운."

"음?"

"우리가 해제하자."

"…뭐어?"

"조금 전에 함정이 발동하는 것을 보니 충분히 대응 가능할 것 같은데, 어때?"

"아니, 무슨 무모한 소리를……."

거기까지 말하던 형운의 안색이 변했다. 자연스럽게 뇌리에서 방금 전에 함정이 발동할 때의 광경이 되살아났기 때문이다. 일월성신의 기억력이 그 순간을 완벽하게 뇌리에서 재생해 주고 있었다.

"…어, 되겠는데?"

그 말에 다른 일행들이 다들 황당해하며 형운을 바라보았다. 오량이 물었다.

"제정신으로 하는 소린가?"

"왜 그렇게 물어보시는지는 알겠는데, 될 것 같네요. 하령이랑 둘이서라면 뭐 요 앞부터 차근차근 부수면 되겠는데요? 함정 자체야 계속 작동한다고 해도 칼날을 부숴 버리면 무력화할 수 있을 테니까."

칼날의 개수, 그리고 튀어나오는 속도는 분명 무시무시했다. 함정의 존재를 모르는 상황에서 웬만한 무인이라면 꼬치 신세가 될 수밖에 없으리라.

"일단 몇 번 더 확인해 보죠."

형운은 그렇게 말하면서 똑같은 방식으로 함정을 자극했다. 이번에도 통로의 함정이 보이는 반응은 달라지지 않았다.

"한 번 더……."

"잠깐."

서하령이 그를 제지하고 나섰다. 형운이 의아해했다.

"왜?"

"이번에는 나랑 보조를 맞춰봐. 내가 신호하면 해."

"알겠어."

뭘 하려는 것인지는 모르겠지만 서하령이 이런 상황에서 쓸데없는 일을 할 리는 없다. 그렇게 판단한 형운은 언제든지 기공파를 전개할 수 있는 상태로 기다렸다.

그 앞에서 서하령이 기운을 끌어 올리더니 숨을 아주 깊게 들이마셨다. 그리고 왠지 전음으로 신호했다.

―해.

형운이 그 말에 따랐다. 광풍혼이 올올이 풀려나가면서 통로를 쓸고 지나가고…….

라아아아아……!

서하령의 입에서 흘러나온 노랫소리가 그 뒤를 따랐다. 음공이었다.

시간 차를 두고 조금씩 다른 음으로 쏟아지는 노랫소리는 마치 여러 사람이 함께 부르는 것처럼 울려 퍼졌다. 서하령의 기운이 실린 그 소리가 통로를 촘촘하게 두들기면서 표면적인 자극이 아닌, 벽 안쪽까지도 두들기면서 지나갔다.

이번에도 함정의 반응은 똑같았다. 노래를 마친 서하령이 말했다.

"좋아."

"아아, 그랬군."

형운도 그녀의 의도를 알아차렸다. 그녀는 혹시 형운이 한 것처럼 표면을 건드리는 정도가 아니라 인간의 체중만큼의 무게가 실렸을 때만 반응하는 함정이 숨어 있지 않을까 염려했다.

하지만 이번에 확인해 본 결과 그런 함정은 없는 것 같았다.

서하령이 말했다.

"부수자."

"그래. 내가 먼저 가지."

대담한 형운이 광풍혼을 확장시키면서 뛰어들었다. 서하령이 간발의 차이로 그 뒤를 따른다.

투카카카캉! 콰작! 쿠웅!

사방팔방에서 튀어나오는 칼날들이 모조리 부러져 나갔다. 광풍혼으로 함정을 자극하고, 튀어나오는 칼날들을 후려쳐 부러뜨리는 동시에 침투경을 발해서 칼날과 이어진 기관장치까지 부숴 버린다.

형운과 서하령은 세 번이나 통로의 함정이 작동하는 방식을 봤다. 칼날의 궤도와 속도를 모조리 파악하고 있었다. 오래된 기관장치의 특성상 매번 박자가 조금씩 어긋나지만 그 정도는 전혀 문제가 되지 않는다. 마치 모든 공격을 사전에 예지하듯이 피하면서 정확하게 표적을 파괴해 나간다.

"음. 이걸로 끝이네."

10여 장에 걸친 함정 통로가 풍비박산나기까지 몇 호흡 걸리지도 않았다. 그 광경을 본 감진오는 놀라서 입을 다물 수가 없었다.

"세상에."

수많은 유적을 조사해 본 그지만 이런 경우는 처음이다. 정녕 이것이 스무 살도 안 된 후기지수들의 실력이란 말인가?

다들 말문이 막힌 가운데 마곡정이 투덜거렸다.

"…나도 저 정도는 할 수 있는데. 잘난 척하긴."

물론 아무도 귀담아들어 주지 않았다.

통로 저편에서 형운이 말했다.

"그럼 계속 가보죠."

4

무인들이란 원래 대화를 나누기보다는 무력으로 해결하길 즐기는 종자들이다. 그 점은 정파라고 칭하는 자들이든 사파라고 칭하는 자들이든 별로 다를 바가 없었다.

그런 그들이 보물에 대한 탐욕으로 눈이 벌게진 채로 폐쇄된 유적 안으로 들어섰을 때 무슨 일이 벌어질지는 쉽게 예상할 수 있을 것이다. 천유하는 눈살을 찌푸렸다.

"정말이지 말이 통하는 작자들이 없군."

그의 발치에는 의식을 잃은 무인들이 쓰러져 있었다. 갈림길에서 만난 자들이 천유하 일행을 등 뒤에 두기 싫다면서 으르렁댔고 대화를 나눌 새도 없이 공격해 왔다. 그리고 순식간에 제압당해서 뻗어버렸다.

사실 천유하의 말은 상대편만을 가리키는 게 아니었다. 아군이라고 할 수 있는 삼검문도 마찬가지였다. 그들은 자기들만으로는 아무것도 할 수 없는 주제에 진규와 천유하를 믿고 위세 등등했다. 그들이 조금만 덜 거만하게 굴었어도 죽는 목숨의 수가 줄었을 텐데…….

천유하는 한숨을 참으면서 진규의 표정을 살폈다. 그가 삼검문을 도우러 온 것은 과거에 전대 문주에게 목숨의 은혜를 입은 바 있기 때문이었다. 하지만 전대 문주는 병상에 누워 있었고, 현재의 문주와 그 사형사제들은 탐욕에 눈이 먼 다른 이들과 하등 다를 게 없었다.

양진아가 물었다.

"또 살려둘 생각이야?"

그녀는 창에 묻은 피를 닦고 있었다. 좁은 곳에서 일어난 싸움이라 뒤로 물러나 있었는데, 천유하와 진규에게 밀려서 상황이 불리하다 싶자 그녀를 인질로 잡아보려고 한 놈들이 있었다. 그리고 접근하자마자 심장이 꿰뚫려 죽었다.

천유하가 말했다.

"싸움 중에 죽이는 거야 어쩔 수 없지만 이미 제압한 자들을 죽이고 싶진 않소. 점혈로 제압해 두지."

그는 점혈법에도 조예가 깊었다. 꼭 필요한 기술이라고 생각해서 공부해 두었기 때문이다. 손가락으로 의식을 잃은 자들의 기혈 몇 개를 골라 짚어서 한동안 깨어날 수 없는 상태로 만들어두었다.

"무르네. 아까 전에는 그나마 이해해 줄 여지가 있었어. 하지만 이놈들은 탐욕에 눈이 멀어서 다짜고짜 칼부림부터 하려고 한 녀석들이야."

유적 안으로 들어와서 시간이 얼마 지나지도 않았는데 벌써 두 번이나 다른 무리를 만나서 싸움을 벌였다. 위험천만한 함정을 만나서 우회하려고 하면 반드시 다른 이들과 마주하게 되었던 것이다.

첫 번째 분쟁 때는 그래도 상대가 비교적 온건한 태도로 나왔고, 눈치도 없이 달려든 몇몇 사람들을 제압한 시점에서 재물로 보상하고 물러나겠다는 항복 제안을 해왔다. 하지만 이번에는 이쪽과 대화를 하느니 죽이겠다는 흉흉한 의지가 노골적이라 용서할 여지가 없었다.

천유하가 말했다.

"그렇다고 해도 결정을 바꾸고 싶진 않소."

"흐응. 그런다고 이놈들이 고마워할 것 같아? 원한을 품고 어떻게든 해코지하려고 할걸."

"알고 있소."

"그 정도로 각오가 섰다면, 좋아. 네 결정을 존중할게."

양진아는 어깨를 으쓱하고는 한 걸음 물러났다.

천유하는 속으로 식은땀을 흘렸다.

'이들을 제압하는 게 조금만 늦었더라면…….'

다짜고짜 죽이려고 했던 만큼 꽤 실력이 있는 자들이었다. 삼검문도 한 명이 부상을 입었는데, 진규가 막아서는 게 조금만 늦었어도 목숨을 잃었을 것이다.

그런 이들을 상대하다 보니 통로 벽을 따라 달려서 양진아를 덮치는 것을 막지 못했다. 양진아가 일격으로 상대를 격살하기는 했지만, 그 순간 천유하는 은밀하면서도 모골이 송연해지는 위압감을 느꼈다.

'이 사람은 도대체 정체가 뭐지? 양 소저가 성운의 기재라고는 하나 청해용왕의 막내 제자일 뿐인데 호위로 이런 고수를 붙여주다니…….'

그 위압감의 정체는 해파랑이 흘린 기파였다. 천유하는 양진아가 다쳤거나, 상황을 종료하는 게 조금만 늦었다면 그가 상대를 몰살시켰을지도 모른다고 생각했다.

처음 만났을 때부터 지금까지 천유하는 한 번도 이 노검사의 실력을 꿰뚫어 보지 못했다. 분명한 것은 현재의 천유하는 절대로 그의 적수가 되지 못한다는 것이다.

일행은 횃불에 의지해 어둠을 밝히면서 계속 나아갔다. 그러다가 어느 순간 지하의 퀴퀴한 공기에 섞인 비릿한 피 냄새를 맡았다.

"한바탕했네."

양진아가 시큰둥하게 말했다. 그 말대로였다.

여러 길이 만나는 넓은 공간이었다. 그곳에 스무 명 가까운 무인들이 죽어 있었다.

"심하군……."

천유하가 숨을 삼켰다.

어떻게 된 상황인지 알 것 같았다. 이곳으로 이어지는 길은 다섯 개다. 그중에 한쪽은 함정이라 섣불리 들어섰던 한 사람이 꺼진 바닥으로 떨어져서 죽어 있었다.

아마도 각각 다른 길에서 온 이들이 함정이 없는 길을 두고 다투었으리라. 그때 양진아가 말했다.

"이거 현통문도들 같은데?"

"음. 그렇군."

과연 쓰러진 자들은 현통문도복을 입고 있었다. 하지만 그들만 있는 것은 아니었다. 현통문도가 아닌 시신들이 더 많았으며, 현통문도들의 시신은 한곳에 모아서 수습되어 있었다.

죽 한번 둘러본 양진아가 말했다.

"죽은 모양새를 보니 현통문과 다른 곳이 한바탕하고, 현통문이 다소 피를 보면서 그들을 제압하고, 제압한 자들을 함정의 유무를 조사하기 위한 제물로 썼어. 그리고 나머지를 도살해 버렸고. 그리고 또 다른 세력이 와서 길을 두고 현통문과 싸운 것 같은데?"

"…시체들을 보는 것만으로 거기까지 알 수 있소?"

"얼추 짐작해 보는 것뿐이야. 일단 현통문도들의 시신만 수습해 뒀다는 사실이 그들이 승자라는 사실을 알려주잖아? 그리고 시체들이 죽은 순서를 파악하고, 어떤 상황에서 죽었는지를 짐작할 수 있다면 나머지는 대충 답이 나와."

"……"

"함정에서 죽은 자만 해도 그래. 자기 의지로 들어갔다 예상치 못한 함정에 죽었는지, 아니면 칼로 위협당하면서 어쩔 수 없이 위험을 향해 걸어갔는지는 자세와 표정만 봐도 알 수 있지."

"대단하군."

"익숙할 뿐이야. 죽은 지 얼마 안 된 자들은 아직 기운이 사라지지 않고 남아 있으니까. 사자의 기운은 많은 이야기를 해. 그리고 천유하, 너도 이 정도는 알 수 있을걸. 죽은 자를 이런 식으로 보려고 하지 않아서 그렇지."

확실히 그 말이 옳았다. 양진아의 설명을 듣는 동안 천유하는 그런 방법이라면 자신도 할 수 있을 것 같다는 생각이 들었던 것이다.

문득 양진아가 물었다.

"어쩔 거야? 안쪽으로 통하는 길은 하나고, 이미 앞서간 녀석들이 있어. 만나면 온건하게 넘어갈 수 있을 것 같지는 않은데?"

"음……."

"기환술사도 없고, 함정을 조사하거나 해제할 수 있는 기술을 가진 인원도 없는 상황에서 계속 조사하기에는 좀 무리가 있는 유적 같은데?"

그 말대로였다. 하지만 결정권을 쥔 것은 천유하가 아니었다.

진규가 삼검문도들에게 말했다.

"그만 돌아가는 게 좋을 것 같네만."

"무슨 말씀을 하시는 겁니까?"

삼검문도들이 펄쩍 뛰었다.

"여기까지 사망자 한 명 없이 왔지 않습니까? 조금만 더 가면 굉장한 보물이 있을 겁니다."

"조금 전에 양 소저가 말한 대로, 우리에게는 기환술사도 없고 함정에 대응할 수 있는 기술을 가진 사람도 없네. 무력으로만 헤쳐 나갈 수 없는 곳이고 안으로 들어갈수록 분위기가 흉흉해질 것이야."

"길을 찾는 것은 앞서가는 다른 놈들을 따라가면 되지 않겠습니까? 보물을 있는 곳까지만 갈 수 있다면, 그다음에는 그놈들을 해치우면……."

"이노오옴!"

뻔뻔한 소리에 분노한 진규가 일갈했다. 찔끔한 삼검문도들에게 진규가 불을 토하듯이 분노를 쏟아냈다.

"인의와 협의를 추구해야 할 정파의 무인이라는 놈이 어찌 그런 소리를 할 수 있느냐! 자기 힘으로 어쩔 수 없는 상대에게 호가호위(狐假虎威)하는 것만으로도 모자라서 그런 소리를 해? 자기가 무슨 소리를 하는지는 알고 있는 것이냐?"

삼검문도들은 그야말로 흉악한 도적의 논리를 말하고 있었다. 남에게 먼저 찾게 한 다음 그들을 죽이고 빼앗으면 된다. 이것이 과연 정파의 무인이라는 놈이 할 소리란 말인가?

더 뻔뻔한 것은 그들에게는 그럴 힘도 없다는 사실이다. 은혜를 입어서 어쩔 수 없이 위험을 감수하고 이곳에 온 사람들에게 인간의 도리를 저버린 짓을 시키려고 하다니!

삼검문도는 정신이 번쩍 든 기색이었다. 하지만 그래도 탐욕으로 생긴 미련을 접지 못했다.

"하, 하지만… 이 유적은 애당초 우리 문의 영역에서 발견된 것인데 다른 놈들이……"

"시끄럽다!"

진규가 치졸한 변명을 일축했다. 그가 몸을 돌렸다.

"더 가고 싶으면 네 녀석들끼리 가도록 해라. 너희들 사부에게 입은 은혜가 있어 비호해 줬다만, 그것도 여기까지다. 나는 도리를 저버린 탐욕에 함께할 검을 가지지 못했느니. 유하야, 돌아가자!"

"네."

천유하는 미소를 지었다. 이래서 사부가 좋았다. 설령 문파의 이익에 반하더라도 올바른 길을 택해온 사부이기에 천유하도 그 등을 동경하며 좇아오지 않았던가?

그런데 그때였다.

우르르릉……!

유적 안쪽에서 굉음이 울려 퍼졌다. 일행이 서 있는 곳도 미미하게 진동한다.

'뭐지?'

천유하는 가슴이 덜컥했다. 단지 지하에 있는데 진동이 전해져 왔기 때문만이 아니다.

'소리가 전해지다니, 이상해.'

이 유적에 들어온 후로 지금까지 먼 곳에서 소리가 들려온 적은 한 번도 없었다. 통로가 얽히고설킨 지하 건축물이라는 것을 생각하면 소리를 지르거나 칼부림을 할 때 나는 소리는 전해졌어도 이상하지 않을 텐데, 직접 마주친 자들이 내는 소리 말고는 아무런 소리도 듣지 못했다. 이 기이함을 두고 천유하는 유적 내부에 펼쳐진 기환진의 효과이리라 예상했는데…….

두근!

그때 강렬한 자극이 기감을 엄습했다. 전신을 훑고 지나가는 기파의 강렬함에 심장이 강하게 고동친다. 순간 심장이 가슴 밖으로 튀어나오는 게 아닐까 싶을 정도였다.

"사부님, 이건……."

"살아 있는 존재가 발한 기파 같은데, 어떻게 생각하느냐?"

"제자의 생각도 같습니다."

유적 안쪽에 강대한 힘을 지닌 뭔가가 있다. 영수인지 아니면 다른 무언가인지는 알 수 없지만… 방금 전의 기파만으로도 엄청나게 위험한 존재임을 알 수 있었다.

직후 전혀 예상치 못한 사태가 벌어졌다.

차앙!

천유하는 거의 반사적으로 뒤돌아서면서 검을 날렸다. 그의 검이 새카만 창과 부딪치면서 불꽃이 튀었다.

"양 소저?"

양진아가 앞에 있던 삼검문도에게 창을 찔렀다. 직전에 그녀가 발하는 살의를 감지하지 않았더라면 결코 막을 수 없었을 것이다.

"무슨 짓을 하는 거요, 양 소저?"

양진아는 대답하지 않았다. 대신 무시무시한 기세로 창을 찔러왔다.

"큭! 모두 물러나십시오!"

천유하는 위험을 경고하며 양진아와 맞섰다. 횃불이 밝히는 어둑어둑한 공간 속에서 천유하의 검과 양진아의 창이 격렬하게 춤을 추었다.

'이곳에선 불리하다.'

다른 것은 몰라도 양진아는 속도 하나는 압도적이다. 천유하가 아는 그 누구도 그녀처럼 빠르게 움직이지 못한다.

게다가 여러 통로가 모인 이곳은 창을 쓰는 데 아무런 지장이 없을 정도로 넓었다. 어두워서 움직임을 통찰할 정보가 현저히 적은 지금, 무기의 길이 차이로 인한 거리의 이점에 속도마저 뒤떨어지면 양진아를 감당하기 어렵다.

파파파파파!

바람 가르는 소리가 울려 퍼졌다. 천유하는 순식간에 벽까지 밀려났다.

"유하야!"

진규가 깜짝 놀라서 끼어들려고 했다. 그러나 그때, 뒤쪽에서 섬뜩한 예기가 느껴졌다.

투학!

푸른 섬광이 어두운 공간을 베어낸다. 아슬아슬하게 그 일격을 막은 진규가 경악했다.

'엄청난 위력!'

날아들기 직전까지 거의 조짐조차 없었다. 그렇다는 것은 상대에게는 별로 힘을 싣지 않은 자연스러운 일검이었다는 뜻이다. 그런데도 손아귀가 찢어질 듯한 충격이 느껴졌다.

"이게 무슨 짓인가!"

진규가 검격을 날린 상대를 노려보며 외쳤다. 그는 바로 해파랑이었다. 두 눈에서 어둠 속에서도 선명하게 보이는 푸른빛을 흘리는 그가 두 번째 검격을 날렸다.

콰창!

진규가 받아쳤다. 충격을 버티지 못하고 두 걸음 물러난 진규의 등에서 식은땀이 흘렀다.

'고수인 거야 알고 있었지만 이 정도였다니. 엄청난 내공이군.'

진규의 내공은 6심이었다. 하지만 6심이라도 그 기반이 거목의 뿌리처럼 탄탄하며 각각의 그릇이 크고 단단하기에 내공으로 누군가에게 압도적으로 뒤져 본 적이 없었다.

하지만 해파랑이 아무렇지도 않게 내지른 검격을 받아내니 온몸이 진동한다.

'이런 고수와 싸우게 되다니, 아무래도 여기서 뼈를 묻겠군. 유하가 탈출할 길을 열어줘야 한다.'

결사의 각오를 굳히던 진규는 문득 의아함을 느꼈다.

해파랑이 공격해 오지 않는다.

'왜지?'

이쪽의 틈을 살피고 있는 것 같지는 않다. 해파랑의 기파는 강대하지만 이상하리만치 흐트러져 있어서 전혀 집중력이 느껴지지 않는다.

곧 진규는 해파랑의 표정이 고통으로 물들어 있다는 사실을 깨달았다.

"으, 으으으으윽……!"

숨 막힐 듯한 기파를 뿜어내는 그의 몸이 덜덜 떨리고 있었다. 당장에라도 검을 휘두를 것 같은 자세를 취한 팔이 부들부들 떨린다.

"해, 해파랑 님?"

그 뒤에서 다연이 하얗게 질린 얼굴로 그를 불렀다. 그녀 역시 상황을 이해하지 못하고 있었다.

해파랑의 입에서 야수가 그르렁대는 것 같은 목소리가 흘러나왔다.

"내, 내게서 떨어져라… 어서, 도망……! 앞에 오면, 적의가 느껴지면, 억누를 수가 없다……!"

띄엄띄엄 내뱉은 말이지만 의미를 알 수 있었다. 지금 그는 제정신이 아니다. 정신을 지배하려는 무언가와 필사적으로 맞서 싸우고 있었다.

'설마 조금 전의 그 기파와 관련이 있나?'

진규는 침을 꿀꺽 삼키면서 해파랑과 거리를 벌렸다. 그를 자극했다가는 끝장이다. 아마 이 자리에 있는 모두가 참살당하고 말리라.

그렇게 길을 열자 해파랑이 말했다.

"다연, 아가씨를… 쫓아가라……!"

"하지만 해파랑 님은……."

"아가씨가 중요하다! 아가씨는 나보다 훨씬 피가 짙어서 더 큰 영향을 받는다! 그리고 아직 수양이 부족하서서 이런 힘에 저항할 수 없단 말이다!"

그의 목소리가 지하 공간에 쩌렁쩌렁 울리자 삼검문도들이 가슴을 붙잡고 주저앉았다. 진규도 내력을 끌어 올려서 스스로를 방어해야 했다. 해파랑의 내공이 워낙 심후해서 통제되지 않는 기운이 실린 노성만으로도 내장이 진탕했던 것이다.

겨우 그 충격을 버텨낸 다연이 고개를 끄덕였다.

"…알겠어요. 조심하시길."

천유하와 양진아는 그새 통로 저편으로 사라진 후였다. 다연이 그 뒤를 쫓는 것을 본 진규는 정신이 번쩍 들었다.

'유하야!'

5

유적의 중심부에서 일어난 강대한 기파는 유적 전체를 휩쓴 것은 물론이고 바깥에까지 미쳤다. 산 위에서 유적을 내려다보고 있던 사람이 미소 지었다.

"엄청난데? 이거 미끼가 거물인 만큼 예상외로 물고기들이 많이 낚였군."

헝클어진 머리칼을 길게 기른 청년이었다. 20대 중반 정도로 보이는 그는 오만한 인상의 소유자였으며 검은 안대로 왼쪽 눈을 가리고 있었다.

"저 유적이 만들어진 시절의 무공은 걸음마 수준이었을 터. 그런데도 저런 거물을 인간의 몸으로 쓰러뜨려서 가두어두었다니 확실히 중원삼국의 시조들은 신화가 될 자격이 있는 초인들이었나."

재미있다는 표정으로 중얼거리는 그의 뒤에서 불쑥 그림자 하나가 나타났다. 금실로 태양을 닮은 문양을 수놓은 새하얀 옷을 입은 중년의 사내였다. 눈에서 섬뜩한 붉은빛을 발하는 야수 같은 인상을 가진 그가, 외모와는 전혀 다른 공손한 태도로 말했다.

"끝났습니다."

"아, 수고했어요, 유단. 괜히 내가 끌고 오는 바람에 칠왕인 당신이 저런 애송이들을 상대하게 되다니, 미안하군요."

"그렇게 생각하시면 앞으로는 호위들을 따돌리지 말아주셨으면 합니다만……."

혼살권(魂殺拳) 유단.

그는 광세천교의 칠왕 중 하나로 최근 몇 년간 강호에서 악명을 떨쳐 왔다. 현재의 칠왕 중 강호에 실체가 알려진 자가 몇 없는데 유단이 그중 하나였다.

처음부터 광세천교에서 길러진 인물이 아니라 위진국 북부에서 대살성이라는 소리를 들으면서 악명을 떨치다가 10여 년 전에 실종, 몇 년 전에 다시 모습을 드러냈을 때는 광세천교의 칠왕의 신분으로 활동해서 사람들을 놀라게 한 인물이다.

청년이 히죽 웃었다.

"하지만 이랬어야만 했어요. 우르르 몰려다니면 이목을 피할 수가 없거든요. 그리고 유단, 당신이 있는데 뭐가 걱정이겠습니까?"

"흑영신교 놈들이 냄새를 맡고 온 이상 안심해서는 안 됩니다, 위대한 그림자시여."

유단은 지극히 공손한 태도를 보이고 있었다. 눈앞의 청년은 칠왕인 그가 존대할 만한 신분의 소유자였기 때문이다.

"압니다. 지금 정리한 것은 정찰대에 불과하니까요."

유단의 뒤쪽에는 다섯 명의 시체가 널브러져 있었다. 흑영신교의 무인들이었다. 공교롭게도 광세천교와 흑영신교, 두 마교에서 같은 목적을 갖고 이곳에서 마주했던 것이다.

청년이 말했다.

"그래도 내가 본 미래대로라면 결국 원하는 것을 얻어 가게 될 거예요. 굳이 귀찮음을 감수하는 것은 좀 만나보고 싶은 사람이 있어서지요."

"누구를 만나보고 싶으신 것입니까?"

"곧 만나보게 될 테니 그때의 즐거움으로 남겨두도록 하지요. 일단 따라오세요. 조무래기들은 피해야 하니까."

"…그렇게 느긋하셔도 되겠습니까?"

청년은 유람 나온 사람처럼 느긋하게 걷고 있었다. 유단의 물음에 청년이 웃었다.

"믿음이 부족하군요."

"죄송합니다. 아직 연옥의 상식을 벗지 못했는지라……."

"하긴 뭐, 나도 예전엔 그랬으니까요. 당신에게 신뢰받기에는 아직 쌓아둔 게 없군요. 그러니까 이번 기회에 믿음을 심어주겠어요. 우리는 지금부터 경공을 안 쓰고 느긋하게 걸어갈 겁니다. 하지만 저들은 내가 원하는 곳에서 갈 때까지 절대 우리를 발견하지 못할 거예요. 장담하지요."

"음……."

유단은 미심쩍은 표정을 지으면서도 더 뭐라고 하지 않았다. 대신 다른 것을 물었다.

"그런데 저 유적에는 뭐가 있는 겁니까?"

"거물이지요. 중원삼국의 시조들이 때려눕혀서 봉인해 둔 존재입니다."

"중원삼국의 시조라고요?"

"기록에서 보고 유용한 패라고 생각해서 깨워두었습니다. 여기 모인 자들이 막지 못한다면 아마 꽤나 거창한 재앙이 세상에 풀려나겠지요."

"으음……."

"굳이 신경 쓸 거 없어요. 저건 어디까지나 세상의 이목을 집중시켜 두기 위한 미끼니까요. 저기서 무슨 일이 벌어지든, 얼마나 많은 피가 흐르든 우리는 원하는 것만 가져가면 됩니다."

청년은 차갑게 미소 지으며 산길을 걸어갔다.

6

유적 중심부에서 일어난 강렬한 기파는 유적에 있는 모든 이를 휩쓸고 지나갔다. 하지만 거의 대부분이 잠시 멈칫거렸을 뿐 특별한 변화를 겪지는 않았다.

문제는 그 대부분에 속하지 않는 자들이 속한 집단들이었다.

"큭!"

형운은 신음했다. 양손을 들어 공격을 막아낸 그의 방어 위로 손가락 하나가 날아든다. 거기에 반응해서 막아내는 순간, 마치 환상처럼 방어 사이로 또 다른 손가락이 파고들어 왔다.

"젠장!"

감극도가 반응해서 그것을 걷어냈다. 동시에 주먹이 벼락처럼 뻗어나가서 반격했다.

파앙!

강맹한 권격을 상대방은 깃털처럼 가볍게 흘려 버렸다. 그러면서 사뿐하게 뒤로 물러난다. 자신을 바라보는 호박색 눈동자를 보면서 형운은 전율했다.

"서하령! 정신 좀 차려!"

형운과 대적하는 것은 바로 서하령이었다. 넋 나간 표정을 지은 그녀는 누가 봐도 제정신이 아님을 알 수 있었다.

문제는 전투 능력은 건재하다는 것이다.

형운은 식은땀을 흘렸다. 지금까지 그녀와 몇 차례나 대련을 벌였지만 그것은 어디까지나 수련의 일환이었다. 항상 일정한 규칙을 설정해 두고 벌인 대련이었기 때문에 진지하게 실력을 겨뤄본 적은 없다고 봐야 할 것이다.

그래도 형운은 그녀의 무서움을 그 누구보다도 잘 알고 있었다. 일월성신을 이룬 지금도 그녀에게 우위를 점했다고 자신하지 못하거늘, 설마 이런 식으로 싸우게 될 줄이야.

뒤쪽에서 오량의 비명이 들려왔다.

"젠장! 마곡정 이 광견 같은 자식아! 정신 안 차릴 거냐!"

정신이 나간 것은 서하령만이 아니었다. 마곡정도 마찬가지였다. 영수의 피를 이어받은 자들은 유적 중심부에서 일어난 기파를 받는 순간 정신을 지배당했다. 그리고 거침없이 일행을 향해 살수를 날렸다.

첫 공격으로 감진오의 호위무사 하나가 중상을 입었다. 그것도 오량이 끼어들며 막아서 그 정도에 그친 것이다.

형운이 서하령 바로 옆에 있던 것은 행운이었다. 안 그랬으면 그녀의 첫 공격으로 누군가 죽었으리라.

그리고 혼란이 이어졌다. 오량과 양미준이 마곡정을 상대하는 가운데, 감진오의 또 다른 호위무사는 부상당한 동료를 끌고 거리를 벌리고 있었다.

콰하하하핫!

뒤쪽에서 냉기가 폭발했다. 마곡정이 날린 공격을 오량이 받아낸 여파이리라.

형운은 등 뒤를 얼어붙을 듯한 한기가 덮치는데도 꼼짝도 하지 않았다. 서하령에게서 눈을 떼서는 안 된다는 것을 알았기 때문이다.

드드드드!

그때였다. 격렬한 진동이 그 자리를 덮쳤다. 그리고 바닥이 서서히 기울어지기 시작했다.

"아악!"

감진오가 비명을 질렀다. 무인들은 다들 자세를 낮추면서 중심을 잡았지만 그는 그러지 못하고 넘어져서 주르륵 미끄러져 갔다.

제일 먼저 반응한 것은 형운이었다. 자신에게 적의를 쏘아 보내는 서하령을 무시하고 감진오에게 몸을 날렸다.

하지만 실수였다. 서하령은 망설임 없이 돌격해 왔다. 주변을 뒤흔드는 진동도, 바닥이 한쪽으로 기울어지는 상황도 그녀에게는 아무런 문제가 없는 것 같았다.

'이런!'

감진오를 붙잡은 형운이 흠칫했다. 실수다. 아무리 그라도 감진오를 붙잡고 등을 보인 이 상태에서 서하령의 공격을 막을 수 없다.

급한 대로 뒤차기로 서하령을 견제했지만 어림없었다. 서하령이 채찍처럼 휘어지는 발차기로 형운의 장딴지를 내려치고는 텅 빈 등을 향해 일장을 내지른다.

퍼엉!

하지만 그 순간 가려가 둘 사이로 끼어들면서 공격을 막았다.

"누나!"

형운이 놀라서 외쳤다. 가려는 이제 완전히 천장과 직각으로 기울어진 벽에 찰싹 붙은 채로 서하령을 노려보고 있었다. 겉보기로는 아무렇지 않아 보이지만 상대의 기운을 시각화해서 볼 수 있는 형운은 그렇지 않다는 것을 알았다.

"물러나요, 누나!"

급하게 일장을 막아낸 가려는 기의 운행이 흐트러져 있었다. 서하령의 공격은 쾌속함과 강맹함을 모두 갖추었는지라 미처 흘려내지 못하고 충격을 감당해야 했기 때문이다.

그그그그……!

그러는 동안에도 통로는 계속해서 변화하고 있었다. 바닥이 통로에서 직각으로 기울어진 후에도 멈추지 않고 계속 회전한다. 아예 뒤집어지고 있는 것이다.

'뭐 이따위 유적이 다 있어?'

아래쪽을 바라보니 무저갱이 따로 없다. 완전한 어둠이라 바닥까지의 높이가 얼마나 되는지, 아래쪽에 뭐가 있는지 파악하는 게 불가능했다.

감진오를 데리고 벽에 붙어 있던 형운은 고개를 돌려 무일을 찾았다. 다행히 아직 다들 야명주를 들고 있어서 위치 파악이 어렵지 않았다.

"무일!"

"네."

"부단장님을 보호해."

형운은 그렇게 말하고는 감진오를 집어 던졌다. 감진오가 비명을 질렀다.

"아아아아악!"

하지만 무일은 아무렇지도 않게 그를 붙들었다. 형운이 덧붙였다.

"위가 막혔으니까 벽을 타고 가면서 안전지대를 찾아봐. 바닥까지 얼마나 되는지 모르니까 되도록 내력은 아끼고."

"알겠습니다. 공자님께서는?"

"난 일단… 하령이를 막아야겠어."

형운이 위쪽을 바라보았다. 이미 바닥이 완전히 뒤집어져서 위로 빠져나갈 수가 없게 되었다. 다들 벽에 달라붙은 채로 마곡정과 대치하는 가운데, 가려와 서하령만 바닥, 아니, 이제는 천장이 된 그곳에 거꾸로 붙어서 격투를 벌였다.

쉬쉭! 쉬쉬쉬쉿!

바람 가르는 소리가 날카롭게 울려 퍼졌다. 야명주의 불빛만이 흐릿하게 비추는 어둠 속에서, 천지가 뒤집어진 채로 두 여성이 서로 닿지 않는 공방을 벌이고 있었다.

다들 그 광경에 할 말을 잃었다. 천장에 거꾸로 붙어 있는 것은 그 자체로 꽤나 심력을 소모하는 일이다. 위아래가 바뀐 상황이면 당연히 감각에 혼란이 온다.

그런데 가려와 서하령에게는 그런 것이 전혀 문제가 되지 않는 것 같았다. 마치 평지에서 싸우듯이 보법을 활용해 가면서 조용하면서도 격렬한 격투를 벌인다.

'내가 누나를 너무 낮추어서 보고 있었구나.'

형운이 침을 꿀꺽 삼켰다. 언제나 가까이서 보고 있었기에 가려의 실력에 대해서도 잘 안다고, 누구보다도 자신이 가장 그녀의 뛰어남을 인정한다고 생각했다.

하지만 그게 오만이었음을 알 수 있었다. 첫 번째 격돌에서 기의 운행이 흐트러졌고, 서하령이 그것을 다스릴 여유를 주지 않았음에도 가려는 밀리지 않았다. 서하령을 상대로 대등하게 맞서고 있었다.

신체 능력과 내공은 서하령이 명백히 위다. 기를 다루는 현묘한 기술을 놓고 봐도 그녀가 더 뛰어날 것이다. 그녀는 성운의 기재였으며, 이 장로의 손녀라는 신분 덕분에 온갖 뛰어난 신공 절학들을 열람하고 익힐 수 있었고, 귀혁의 가르침까지 받았으니까.

그런데도 가려는 상황의 이점을 십분 활용해서 그녀에게 대적했다.

가려는 어둠 속에서 싸우는 것도, 바닥이 아닌 입체적인 환경에서 싸우는 것도 전문적으로 훈련받은 몸이다. 또한 그녀의 은신술은 귀혁조차 감탄할 정도로 천재적이라 시야가 제약을 받는 이 상황은 그녀에게 유리하게 적용했다.

가려가 검을 휘두른다. 서하령이 검의 궤도를 미묘하게 비껴가면서 주먹을 내지른다. 하지만 서로의 동작이 결정됐다고 생각한 순간, 가려의 검이 그려내는 궤적이 살짝 비틀린다. 서하령이 공격을 포기하고 물러나면서 대신 발차기로 사각을 노린다. 그 순간 가려의 모습이 사라진다. 급격하게 아래쪽으로 꺼지면서 서하령의 시야에서 벗어난 가려가 그 자세로 천장을 쓸듯이 서하령의 발목을 노리고 검을 휘두른다……

둘은 호흡 소리조차 죽인 채로 고속의 공방을 벌였다. 빠르면서도 변칙적이고, 그리고 한 수에서 수십의 변화가 파생되는 공방은 어지럽기 짝이 없어서 이 어둠 속에서는 도저히 눈으로 따라갈 수가 없었다.

분명히 서하령이 더 빠르고, 더 강하다. 최소한 가려보다 반 박자는 더 빠르게 행동을 결정하고 있었다.

하지만 가려는 이 어둠과 거꾸로 붙어 있는 상황, 현묘하기 짝이 없는 은신술을 이용해서 그녀의 감각을 어그러뜨렸다. 모든 동작을 상대방의 주의를 원하는 곳으로 쏠리게 하는 데 이용하고, 그렇게 해서 생긴 감각의 사각지대로 기척을 자유자재로 조절하면서 빠져나가는 가려의 은신술, 아니, 은신술을 십분 활용한 근접 격투술은 이미 신기의 영역에 도달해 있었다.

크르르…….

모두가 가려와 서하령의 격투에 눈길을 빼앗겼을 때였다. 혼란 속에서 잠시 얌전해진 줄 알았던 마곡정이 움직였다.

"크아!"

짐승의 소리를 내는 마곡정의 푸른 눈동자가 흉흉한 빛을 발하고 있었다. 얼굴이 흉악하게 일그러지면서 송곳니가 튀어나온다. 그리고 어둠 속에서 얼어붙을 듯한 한기가 휘몰아쳤다.

"아아아아악!"

곧 비명이 울려 퍼졌다. 마곡정이 근처에 있던 자신의 호위무사를 후려갈겼던 것이다.

"칫!"

성운검대의 양미준이 벽을 박차고 날았다. 떨어지는 호위무사를 붙잡고는 허공을 박차서 낙하 속도를 줄이면서 대각선으로 낙하해 간다. 다행히 바닥이 끝을 모를 정도로 깊었기 때문에 그 상태로 반대쪽 벽에 달라붙을 수 있었다.

문제는 마곡정에게 당한 것이 한 사람만이 아니라는 것이다.

다들 벽에 달라붙어 있어서 대응력이 떨어지는 상황이었다. 그런 상황에서 마곡정은 마치 평지에 있는 것처럼 무시무시한 기세로 공격해 왔다. 다들 제대로 연계조차 못 하고 한 사람씩 나가떨어지고, 떨어지는 이들을 구하느라 전투에 참가할 수가 없게 되어버렸다.

"빌어먹을! 정신이 나간 주제에 뭐 이리 머리가 잘 돌아가!"

방금 전에 마곡정은 도를 뽑아 들어서 호위무사를 죽일 수도 있었다. 하지만 일부러 손톱으로 할퀴는 공격으로 부상만을 입혀서 양미준으로 하여금 그를 구하게 했다.

그 후로는 너무나도 수월한 각개격파였다. 호위무사들은 벽을 평지처럼 내달리는 그의 적수가 못 되었다.

비명이 메아리치는 가운데, 오량이 마곡정의 목표가 된 호위무사 앞으로 날아올라서 공격을 저지했다.

카앙!

두 사형제가 동일한 도법으로 격돌했다. 하지만 도끼리 맞물리는 순간, 북풍한설 같은 기운이 몰려와서 오량을 덮쳤다.

"흡!"

오량이 칼날에 불어넣은 기운을 폭발시켜서 마곡정을 밀어냈다.

그대로 마곡정을 허공에다 내던져 버릴 생각이었지만, 유감스럽게도 얕았다. 마곡정은 도를 벽에다 찍으면서 날아가는 것을 막았다.

그리고 곧바로 곡예를 부리듯이 몸을 회전시키면서 쏘아져 왔다. 오량이 요격하기 위해 도를 날리는 순간, 갑자기 기감이 허전해졌다.

'또 이거냐!'

은신술을 응용, 기감을 현혹하는 수법은 마곡정의 장기다. 눈앞에 뻔히 다가오는 상대를 보면서도 그 실체를 느낄 수 없어서 의심을 느끼게 만들고, 때로는 오히려 존재감을 과장해 가면서 과민한 반응을 유도한다.

여기에 마곡정은 한 가지 수법을 더했다. 어둠 속에서 마곡정의 모습이 셋으로 분화했다.

'역시 환신수격(幻身隨擊)으로 오는군. 그럴 줄 알았다!'

이 상황에서는 그야말로 최악의 공격이다. 야명주의 불빛에만 의존하는 어둑어둑한 상황 속에서 분신의 허와 실을 분간하는 것은 극도로 어려웠다.

"공자님!"

그에게 보호받은 호위무사가 비명을 질렀다. 오량의 도가 셋중 둘을 베어버렸으나 실체는 옆에서 빙글 돌며 달려들고 있었기 때문이다.

하지만 기우였다. 오량은 날카로운 도격을 날렸던 것이 거짓말이었던 것처럼 가볍게 도를 회수했다. 그리고 몸을 반만 돌린 채로 마곡정의 공격을 막아냈다.

"유감스럽지만 사제, 네 기술은 저 아가씨의 기술에 비하면

잔재주에 불과하다!"

오량은 가려에게 패한 후로 뼈를 깎는 노력을 해왔다. 기기묘묘한 가려의 기술에 맞서기 위해서 연마한 대응책이 마곡정의 수법에도 통용되었던 것이다.

기감을 현혹하는 마곡정의 수법은 야수적인 감각을 십분 활용한 것이라 쉽게 실체를 간파할 수 없다. 그러나 보는 것만으로 파악할 수 없다면 상대의 공격을 원하는 곳으로 의도함으로써 방어한다.

즉, 오량은 일부러 분신 중 일부에 주의를 기울이는 척해서 의도적인 빈틈을 만들었다. 그리고 힘을 실은 것처럼 위장한 공격으로 그 빈틈을 완성, 마곡정이 확신을 갖고 찔러 들어오는 순간 도를 회수해서 막아낸 것이다.

수백 수천 번이나 비슷한 상황을 상정하고 연습해 온 기술이었다. 마곡정의 공격도 완벽하게 막아냈다.

다만 지금은 오량이 미처 생각하지 못한 변수가 하나 있었다.

"이, 이런!"

바로 벽에 매달려 있는 상황이었다. 위에서 내려치는 마곡정의 공격이 가한 충격을 이기지 못하고 그대로 아래쪽으로 떨어져 내렸던 것이다.

"마곡정 이 빌어먹을 자식! 하여튼 사제 따윈 인생에 도움이 안 돼!"

마곡정과 오량이 서로 얽힌 채로 어둠 속으로 떨어져 갔다. 그것을 본 일행은 다들 모골이 송연해졌다.

하지만 문제는 그것만이 아니었다.

화아아아아아악!

불꽃처럼 이글거리는 섬광이 바람의 결을 따라서 휘몰아쳤
다. 그리고 급속도로 한 지점에 집결하더니 이윽고 거대한 날개
의 형상을 취하고 서하령을 감쌌다.

7

그 자리에 있던 자들은 모두 전율했다. 압도적인 기파가 그들
의 기감을 덮치고 있었다.

눈앞에서 일어난 현상이 뜻하는 바를 형운은 너무나도 잘 알
고 있었다.

'영수의 힘까지?'

평소의 서하령이라면 절대로 하지 않았을 행동이다. 하지만
이성이 완전히 날아간 그녀는 마곡정이 영수의 힘을 개방한 것
에 호응하듯이 자신의 본질을 개방했다. 지금까지와는 격이 다
른 무시무시한 기파가 쏟아져 나왔다.

'안 돼. 저 상태면…….'

서하령이 영수의 힘을 개방한 것을 본 적은 딱 한 번뿐이다.
하지만 얼마나 전율스러운 위력이었는지는 똑똑히 기억하고 있
었다.

잠시 정적이 내려앉았다. 모두들 숨을 죽이고 서하령을 바라
본다. 그리고…….

라아아아아아!

어둠 속에서 고음의 노랫소리가 울려 퍼졌다. 이 상황과는 어

울리지 않는, 넋을 잃을 정도로 아름다운 노랫소리였다.

형운이 깜짝 놀라서 외쳤다.

"하령이의 음공이다! 모두 귀를 막고 내력을 끌어 올려서 기맥을 보호해요!"

하지만 이미 늦었다. 무시무시한 기세로 쏟아진 서하령의 음공이 어둠 속에서 메아리쳤다.

"커억……!"

소리를 들은 모두 기의 운용이 흐트러졌다. 그리고 이런 상황에서 그것은 그야말로 최악이었다. 다들 벽에 붙어 있지 못하고 낙하했던 것이다. 내공이 뛰어난 양미준조차도 버티지 못하고 떨어졌다.

"이런!"

형운이 경악했다. 지금 이 순간에도 메아리치는 서하령의 음공은 파도처럼 겹겹이 쌓이면서 그 위력이 배가되었다.

형운은 이판사판으로 기운을 끌어 올렸다.

"유설 님! 귀를 막으세요!"

"으, 으으으응……!"

유설의 목소리가 덜덜 떨리고 있었다. 격이 높은 영수인 그녀조차도 이 아름다우면서도 흉악한 소리의 소나기 속에서 기맥이 진탕하고 있는 것이다.

형운은 그녀에게 더 많은 진기를 몰아주면서 숨을 크게 들이마셨다. 그리고 진기를 잔뜩 실어서 포효했다.

"카아아아아아!"

사자후(獅子吼)였다. 내공이 심후한 자라면 누구나 사용할 수 있는, 가장 단순하면서 위력적인 음공.

이 공간에서 쏟아지는 서하령의 음공은 재앙이나 마찬가지였다. 벽에 메아리치면서 위력이 더욱 배가되는 음공을 막는 방법은 두 가지, 서하령을 공격해서 소리를 끊거나 아니면 이쪽도 음공으로 맞서거나!

아아아아아……!

형운이 발한 사자후가 일순간 서하령의 음공을 압도했다. 그녀의 목소리가 멈추는 것과 동시에 형운이 벽을 박차고 아래로 달렸다.

—누나! 제발 버텨줘요!

동시에 가려에게 전음을 날렸다. 놀랍게도 그녀는 가까이서 음공의 직격타를 받고도 떨어지지 않았다. 그런 그녀가 서하령을 상대로 버텨주길 믿는 수밖에 없었다.

벽을 타고 달리는 형운이 가속한다. 끝없는 어둠 속에서 자유낙하하는 것보다 몇 배는 빠르게 달려서 추락하는 사람들을 앞질러 갔다.

'바닥은… 최소한 100장 이내는 아니야! 할 수 있다!'

형운의 감각이 확장되면서 100장(약 300미터) 너머의 아래쪽까지 파악했다. 이 어둠 속에서도 지형의 변화를 민감하게 감지해 낸다. 공간은 통로와는 다른 형태였다. 기본적으로는 사각형이지만 아래로 갈수록 넓게 확장되어 간다.

최악이다. 좁은 공간에서 추락하다가 이리저리 튕기는 것보다는 나을지도 모르지만 이래서야 의식을 차려도 벽까지 갈 수가 없다.

조금이라도 빨리 상황을 수습해야 한다. 형운이 눈을 부릅뜨면서 최고속으로 가속했다.

후우우우우!

푸른빛의 기류가 몸을 휘감고 어둠을 밝힌다.

'더 빨리!'

형운은 가장 위에서 떨어지던 호위무사를 지나쳤다. 어둠만이 보이는 무저갱으로 질주하는 것은 아찔한 공포를 불러일으키지만 주춤하지 않는다. 빠르게, 더 빠르게!

순식간에 형운이 모든 이들을 앞질러서 떨어졌다. 그리고 의식을 유지하고 있는 사람들을 발견했다.

"무일! 양 무사!"

"공자님?"

낙하하던 무일이 경악했다.

겨우 진탕했던 기맥을 다스린 그는 붙잡고 있던 감진오를 두고 고민하고 있었다. 아래로 갈수록 계속 공간이 넓어지면서 벽이 넓어진 지금, 그를 붙잡은 채로는 도저히 살 방법을 찾을 수 없다. 하지만 그를 포기한다면…….

동료를 포기, 아니, 살해하는 것이나 마찬가지인 선택을 두고 고민할 때 형운이 나타났다.

—내 지시에 따라줘! 모두를 구하려면 두 사람의 도움이 필요하니까!

형운은 전음으로 몇 가지 지시를 내리고는 무일을 향해 뛰었다. 무일은 내력을 끌어 올리면서 양발을 들었다.

그를 앞질러서 예상 낙하지점에 도달한 형운이 몸을 거꾸로 세웠다. 그리고 무일과 발바닥을 마주 댄 다음 힘껏 밀었다.

"으음!"

무일이 몸이 위로 솟구쳤다. 추락하다가 급격하게 상승하게 되자 그야말로 내장이 튀어나올 것 같은 부하가 걸린다. 하지만 미리 형운에게 상황을 들은 무일은 내공을 끌어 올려서 그 압력을 버텨냈다.

"크으……!"

벽에 달라붙은 그가 한숨 돌리는 동안, 아래쪽에 동일한 방법으로 빠져나온 양미준이 달라붙었다. 무일은 곧바로 벽을 타고 달리기 시작했다. 음공에 당하고 방금 전의 부하를 버텨내느라 기맥이 요동치지만 내상을 걱정해서 몸 사릴 때가 아니다.

'정말 끝을 알 수 없는 사람이다.'

형운이 구하러 올 거라고는 상상도 못 한 무일은 갈등하고 있었다. 바닥까지 얼마나 남은지 모를 상황에서 살 방법은 단 하나였다. 붙잡고 있던 감진오를 허공의 버팀목으로 삼아서 도약하는 것.

하지만 그랬다가는 감진오는 확실히 죽는다. 인간으로서 그런 짓을 해도 될지 망설이고 있는 사이 형운이 구하러 와준 덕분에 살았다.

'아무것도 타고나지 않은 사람이 이렇게 될 수 있다니… 그들이 나를 보낸 것도 이래서겠지.'

상념에 사로잡힌 무일의 아래쪽에서 소용돌이치는 푸른 섬광이 어둠을 불사르면서 퍼져 나간다. 형운이 광풍혼을 확장시켜서 공간을 지배하고 있었다.

후우우우우!

동시에 사람들이 추락하는 속도가 완만하게 늦춰진다. 허공 섭물은 불가능해도 광풍혼으로 공간을 지배하면 이 정도는 가능했다.

"으윽……!"

그리고 광풍혼으로 기맥을 자극받은 이들이 하나둘씩 의식을 차리기 시작했다.

"모두 감속해요!"

형운이 그들의 의식을 분명하게 일깨우기 위해 진기를 실은 목소리로 외쳤다. 그 말에 퍼뜩 정신을 차린 무사들은 몸을 펼치고 아래쪽으로 전력을 다해 기공파를 쏘아내면서 감속했다.

"아, 아아아아악!"

하지만 정신을 못 차리는 사람도 있었다. 아무리 무인이라고 해도 이런 상황에서는 공황 상태에 빠지는 게 이상하지 않았다.

"정신 차려요! 혀 깨물 수도 있으니 입 다무시고!"

경고한 형운이 그대로 사람들을 향해 쏘아져 나갔다. 그들을 허공에서 붙잡고는 자신의 진기를 불어넣어서 감싼 뒤 위로 비스듬하게 집어 던진다. 그렇게 집어 던진 사람 중 의식이 없는 부상자들은 무일과 양미준이 받아 들었다.

"후우!"

모든 이를 구한 형운은 자신도 감속하면서 벽에 달라붙었다.

"허어……."

다들 할 말을 잃고 형운을 바라보았다. 그 상황에서 모두를 구해낼 줄이야.

문득 형운이 아래쪽을 보더니 말했다.

"모두 천천히 내려가요. 바닥까지 한 80장(약 240미터) 정도니까 떨어지지 않도록 조심하고, 혹시 벽에 다른 통로나 길이 없는지 찾아보세요."

"바닥이 보이십니까?"

무일이 놀라서 물었다. 형운은 그 말에 대답하는 대신 위를 바라보았다. 의아해하던 무일은 곧 그 이유를 알 수 있었다.

저편에서 어둠을 밝히는 빛이 다가오고 있었다. 급속도로 가까워지고 있는 그것은……

"이런! 누나!"

서하령과 가려였다. 두 사람이 낙하하고 있는 것이다.

형운은 급하게 벽을 박차고 위로 날아올랐다.

8

가려의 기맥은 만신창이였다. 서하령과 천장에 붙어서 싸울 때는 대등하게 싸울 수 있었다. 하지만 그녀가 도중에 영수의 힘을 끌어내고 음공을 퍼부었을 때, 기적적으로 버텨내기는 했지만 내상을 입어버렸다. 거기에 그치지 않고 눈과 오른쪽 귀에 이상이 발생했다.

그 상태로는 도저히 서하령과 싸울 수 없었다. 심지어 그녀에게 유리하게 작용하던 어둠조차도 서하령의 등에서 일어난 빛의 날개 때문에 날아가 버린 상황이 아닌가.

이 상황에서 가려가 취할 수 있는 방법은 도주였다. 하지만 벽 쪽으로 몸을 날리자마자 서하령이 추격해 왔다. 공격을 막기는 했지만 충격이 방어를 꿰뚫고 몸통을 강타했다.

'공자, 님⋯⋯!'

형운이 자신을 믿고 버텨달라고 부탁했는데, 그럴 수가 없었다.

가려는 반쯤 의식을 잃은 상태로 추락해 갔다. 서하령은 급할 것 없다는 듯 그녀를 따라서 낙하해 왔다.

그렇게 얼마나 떨어졌을까? 가려는 몸을 뒤흔드는 충격을 느꼈다. 그것으로 꺼져 가던 의식이 되살아났다.

직후 다시 몸이 허전해진다. 그리고⋯⋯.

콰아아앙!

폭음이 울려 퍼지면서 공간이 격하게 진동했다.

가려가 거기에 의문을 느낄 새도 없이, 다시 무언가가 그녀를 붙잡았다.

"아, 아윽⋯⋯."

"누나! 괜찮아요? 정신 차려요!"

다급한 목소리가 귓가에 파고들었다. 그리고 따스한 기운이 기맥으로 밀려들어 온다. 실로 순수하기 짝이 없는 기운이 엉망진창으로 흐트러진 그녀의 기운을 조금씩 안정시켜 주었다.

"공자님⋯⋯."

"아! 다행이다. 정말⋯⋯⋯."

형운이 반색했다. 가려를 끌어안은 채로 몇 번이고 다행이라는 말을 반복하는 그의 목소리는 당장에라도 울음을 터뜨릴 것 같았다. 가려가 힘겹게 말했다.

"죄송합니다……."

"뭐가 죄송해요? 미안해요. 누나만 위험한 일에 밀어 넣고……."

그렇게 말하던 형운이 흠칫했다. 유설이 말했다.

"형운."

"…역시 그걸로 포기하길 기대하는 것은 무리였나."

형운의 목소리가 떨려 나왔다. 어둠 속이라 형운의 표정이 보이지 않았지만, 가려는 왠지 그가 괴로운 결단을 내리려 하고 있다고 느꼈다.

"…공자님?"

"누나, 있잖아요."

"가시면 안 됩니다……."

"……."

자신의 속내를 읽은 가려의 말에 형운이 잠시 머뭇거렸다. 하지만 곧 고개를 저으며 말한다.

"저밖에 없어요."

서하령이 여기까지 오기 전에 막아야 한다. 아까 전에는 다들 벽에 붙어 있었던 것이 오히려 행운이었다. 평지에서 음공의 세례를 받았다면 도망치지도 못하고 기혈이 들끓다 주화입마에 걸렸을 것이다.

하지만 지금 다시 서하령이 음공의 세례를 퍼붓는다면 손쓸 도리가 없다. 다들 내상을 입은 상태고 바닥까지는 아까보다 훨씬 가까웠으니까. 아니, 그 전에 무인이 아닌 감진오는 충격을 이기지 못하고 죽어버릴 수도 있었다.

"공자님……."

"그리고… 하령이를 저렇게 내버려 두고 도망칠 수도 없는 노릇이니까요."

형운은 그녀에게 보이지 않는다는 것을 알면서도 웃어 보였다. 가려가 물었다.

"…왜 늘 그러십니까."

가려에게는 형운의 얼굴이 보이지 않았지만, 형운에게는 가려의 얼굴이 보였다. 일월성신의 눈은 이 어둠 속에서도 사물의 윤곽을 꿰뚫어 볼 수 있었으니까.

형운을 올려다보는 가려의 시선은, 왠지 울 것 같은 표정을 짓고 있었다.

"왜 자기 몸부터 생각하지 않으시는 겁니까."

북방 설산에서 형운이 자신을 구하고 쓰러졌을 때, 가려는 영혼이 찢어지는 고통을 맛봐야 했다. 마음이 부서져서 모든 것을 포기한 채로 차라리 죽어버리고 싶다고 생각했던 그 황폐한 기분을 아직도 잊을 수 없다.

형운이 살아 돌아왔을 때의 감격은 이루 말할 수 없었다. 다시는 그런 일이 없도록 하겠다고, 무슨 일이 있어도 지켜내고야 말겠다고 다짐했다.

하지만 왜 형운은 이리도 타인을 위해 자신을 위험으로 내던지는 것일까? 조금만 이기적으로 굴어도 좋을 텐데, 어째서…….

형운이 쓴웃음을 지었다.

"미안해요."

가려는 당황했다. 형운이 자신을 꼭 끌어안았기 때문이다.

귓가로 형운의 숨결이 느껴진다. 가슴이 쿵쾅거리고 얼굴이 새빨갛게 달아올랐다.

더듬거리며 뭐라고 말하려던 그녀는, 곧 뭔가가 목뒤를 누르는 감각과 함께 의식이 꺼져 가는 것을 느꼈다.

'공자님……'

형운이 점혈로 그녀를 잠재운 것이다. 의식을 잃은 그녀를 잠시 동안 바라보던 형운이 말했다.

"이 정도는 용서해 줘요."

형운은 축 늘어진 그녀의 얼굴을 천천히 쓰다듬었다.

"무일, 누나를 부탁해."

"알겠습니다."

무일이 형운에게 다가와서 그녀를 받아 들었다. 좀 아래쪽으로 내려간 형운이 양손을 들더니 그대로 벽을 후려쳤다.

쾅! 쾅! 콰콰쾅!

섬광이 터지면서 벽이 깎여 나갔다. 형운이 벽에서 튀어나갈 것 같은 반발력을 버텨내면서 계속 깎아내는 타격을 가한 결과, 벽의 일부가 안쪽으로 움푹 파였다. 형운이 말했다.

"잠시 쉬어 갈 만한 정도는 될 거야."

바닥까지의 높이는 80장, 웬만큼 내공이 심후한 사람이라도 매달린 채로 내려가기에는 가혹한 높이다. 하물며 지금은 다들 진기의 흐름이 흐트러진 상황이 아닌가? 형운은 그 점을 염두에 두고 벽을 깎아낸 것이다.

"그럼."

형운은 벽을 타고 아래쪽으로 질주하기 시작했다. 저 아래쪽
에서 달려 올라오고 있는 서하령을 막기 위해서.

제37장

고대의 마(魔)

성운을 먹는자

아무리 서하령이라도 하늘을 날 수는 없다. 그렇기에 가려를 구출한 형운이 거리가 줄어드는 순간을 노려서 급습했을 때, 그것을 막고 아래쪽으로 가속해서 떨어지고 말았다.

하지만 그녀는 곧 기공파를 연달아 쏘아내면서 감속, 바닥에 떨어지기 전에 벽에 달라붙는 데 성공했다. 그리고 다시 벽을 타고 위로 상승하려던 그녀는, 갑자기 폭발하듯 샘솟던 힘이 급격하게 사그라지는 것에 당황했다.

'어째서?'

내면에서 솟구치던 힘이 다시 잠들었다. 그리고 머릿속에 그녀를 지배하는 목소리가 울렸다.

―이 힘의 주인은 위험하군. 잠재워 둬라.

영민한 서하령은 주인이 영수의 힘을 잠재운 까닭을 알아차렸다. 광령익조의 의식이 떠올라서 그녀를 지배할 가능성이 있었기 때문이다.

그녀는 진기의 흐름을 한번 점검하고는 다시 위로 상승했다. 그때 거대한 기파가 그녀를 자극했다.

'누구지?'

왠지 이 기파의 주인을 알고 있는 것 같은 기분이 든다. 하지만 고민할 새도 없이 위쪽에서 위험한 섬광이 번뜩였다.

콰콰콰콰콰콰!

서로 20장(약 60미터)도 넘게 떨어져 있는 상황에서, 상대가 기공파를 소나기처럼 쏘아대고 있었다.

유성혼이었다. 그녀가 다시 상승해 오는 것을 안 형운이 유성혼을 연달아 쏘아내서 그녀를 아래로 밀어내려고 하고 있었다.

이런 의도를 알면서도 어쩔 도리가 없다. 형운의 내공이 너무나도 압도적이라 화력으로 맞대응하는 것은 불가능했으며, 벽에 달라붙어 있는 상황에서는 운신의 폭이 너무 좁았다.

서하령은 순식간에 지상 10장(약 30미터) 높이까지 밀려났다. 그리고 무시무시한 속도로 달려 내려온 형운이 그녀를 덮쳤다.

"정신 차려! 서하령!"

서하령을 밀어내는 작업은 형운에게는 아찔할 정도의 집중력을 요구하는 작업이었다. 그녀에게 중상을 입히지 않기 위해서 형운은 위협은 하되 직격은 하지 않을 지점만을 노리고 유성혼을 쏘아냈던 것이다.

퍼엉!

마침내 둘이 격돌했다. 형운이 낙하하면서 내지른 일권을 서하령이 손바닥으로 받아낸다.

형운은 의아했다. 그가 아는 서하령이라면 절대 선택하지 않을 방어법이었기 때문이다. 내공의 격차가 이토록 큰데, 게다가 잔뜩 가속을 붙여서 낙하해 온 힘까지 실린 공격을 받아내겠다고?

하지만 주먹이 작렬하는 순간, 서하령이 살짝 힘을 뺐다. 형운은 공간을 관통할 기세로 내질렀지만 손바닥과 접촉하는 순간 반사적으로 그 타점에서 힘을 폭발시키려고 했다. 그런데 서하령은 그 순간을 완벽하게 포착해서 위력을 죽여 버리는 게 아닌가?

실로 기적적인 감각이다. 형운은 무인으로서 이 한 수에 전율했다.

"큭!"

두 사람이 서로 얽힌 자세로 허공에서 빙글빙글 돌았다. 그리고 어느 순간, 공기가 파열하는 소리가 울리면서 서로 반대편으로 날았다.

치이이이익!

형운이 벽을 따라서 미끄러진다. 벽을 타고 미끄러지던 두 사람은 마침내 바닥에 도달했다.

"정신이 나갔으면 좀 실력이 형편없어져야 하는 거 아냐? 이거 완전 최악일세."

형운이 긴장한 표정으로 서하령을 바라보았다. 그래도 영수의 힘은 거둔 것 같으니 다행이다. 그녀가 영수의 힘을 끌어낸 상태라면 형운의 강점, 즉 내공과 신체 능력조차도 우위를 점한다는 보장이 없었다.

'역시 영수의 힘을 개방했다가 다시 거두어들인 반동이 있군. 기가 약해.'

어둠 속에서 형운의 눈이 서하령의 기운을 보았다. 야명주의 불빛조차 없는 칠흑의 어둠 속이라면 그가 더 유리할…….

펑!

'…거라고 생각했는데!'

서하령이 기척도 없이 다가왔다. 가볍게 한 걸음 내딛는 것 같았는데 급속도로 거리를 좁히면서 원근감을 무너뜨리는 독특한 보법이었다.

'가려 누나의 은신술을 훔쳐 낸 건가! 저번에 배울 만하다느니 어쩌니 하더니만!'

어찌나 감쪽같았는지 기의 흐름을 시각화해서 보는 형운조차도 일순간 속아 넘어갔다. 감극도가 아니었다면 정통으로 맞았으리라.

어둠 속에서 두 사람의 손발이 현란하게 교차했다. 속도는 형운이 빠르다. 위력도 형운이 더 강하다. 하지만 공방의 합을 짜는 기술은 서하령이 압도적으로 위였다.

'가려 누나랑 수련하지 않았으면 당해 버렸을 거야.'

게다가 가려한테서 훔친, 은신술을 십분 활용하는 격투술은 이 어둠 속에서는 악몽 같은 위력을 발휘했다.

'그래도 가려 누나만은 못하다. 보여!'

일월성신의 감각이 사라질 듯 말 듯한 서하령의 기척을 붙잡는다. 그리고 감극도의 반응 속도가 워낙 빨라서 서하령은 형운의 사각으로 이동하지 못하고 있었다.

펴엉!

순간 폭음이 울리면서 방어한 형운의 손이 튕겨 나갔다. 서하령이 방어를 위해 접촉, 반발력을 일으키는 그 순간에 절묘하게 힘을 뺐다. 그리고 헛되이 힘을 방출해서 기가 흐트러지는 순간 다시 힘을 가해서 형운의 방어를 날려 버렸다.

흑영신교주를 상대로 썼던 반격의 극의였다. 반응 속도가 탁월한 형운의 강점을 역이용한 것이다.

"큭!"

형운이 아슬아슬하게 뒤로 물러나면서 추가타를 피했다. 그러자 서하령이 정확히 그가 물러나는 것과 속도를 맞춰서 앞으로 나선다. 양손이 어지럽게 춤추면서 형운의 방어 위를 난타했다.

후우우우우……!

형운은 감극도로 방어하면서 광풍혼을 일으켰다. 서하령을 상대하려면 격투술만으로는 안 된다. 기공파를 십분 활용해야 한다.

그런데 그때였다.

"어?"

형운의 눈이 경악으로 물들었다. 광풍혼이 일어나는 순간, 서하령이 주먹으로 형운의 방어 위를 강타했다. 형운이 막고 바로 반격하려는데 그 순간 절묘하게 앞으로 몸을 던져서 체중을 싣는다. 그러면서 강하게 침투경을 발하는 것으로 형운의 움직임이 잠시 주춤했다.

이 기술만으로도 놀라운데, 다음 순간 일어난 일은 형운을 기절초풍하게 만들었다. 서하령의 양손에서 일어난 푸른 기류가 형운의 광풍혼과 얽혀서 회전을 막아버리는 게 아닌가?

'광풍혼 봉쇄법?'

형운은 이 기술을 알고 있었다. 귀혁이 형운을 상대로 보여줬던 방법이기 때문이다.

'하령이가 광풍혼을 쓸 수 있었어?'

진정 놀라운 것은 그 부분이었다. 서하령이 쓴 방법은 귀혁이 보여줬던 것과 똑같다.

즉, 광풍혼을 이용해서 상대의 광풍혼을 봉쇄하는 방법이었던 것이다.

서하령은 상대의 무공을 보는 것만으로도 그 요체를 파악하는 천재다. 하지만 지금까지 광풍혼을 쓰는 모습을 단 한 번도 보여준 적이 없었다. 그런데 이 정도로 완벽하게 쓸 수 있었을 줄이야?

경악하는 형운의 아래쪽에서 서하령의 발차기가 날아들었다. 서로 접촉한 상태에서 유연하게 휘어진 궤적을 그리면서 시야의 사각을 노리는 발차기였다.

'이런!'

완전히 심리적으로 허를 찔리는 바람에 반응이 한발 늦었다. 심지어 양팔이 얽혀서 빼낼 수가 없었다.

투학!

형운이 뒤로 튕겨 날아갔다.

공기를 가르는 소리조차 들리지 않을 정도로 은밀한 발차기였다. 그러나 접촉하는 그 순간 집중된 진기가 폭발했다. 급하게 팔을 빼면서 어깨로 받아내지 않았더라면 머리통이 날아갔을 것이다.

"크윽……!"

옷의 어깨 부분이 찢겨 날아간 형운에게 서하령이 뛰어들었다. 형운이 그녀의 접근을 막기 위해 발차기를 날린다. 하지만 곧 형운은 그녀가 의도한 함정에 걸렸음을 깨달았다.

'아, 이런!'

전력으로 뛰어든다 싶었는데 딱 형운의 발차기가 닿지 않는 지점에서 멈췄다. 아니, 정확히는 거기서 미미하게 감속하면서 발끝에 힘을 모았다가, 형운이 헛발질을 하면서 자세가 흐트러지는 그 순간 급가속하면서 뛰어들어 왔다.

쾅!

형운이 빙글빙글 돌면서 나가떨어졌다. 완벽하게 허점을 찔렀다. 무심반사경이 아니었다면 정타를 맞았을 것이다.

'제, 젠장! 감극인가!'

이 감각은 위해극과 대련했을 때와 비슷했다. 서하령은 자신이 의도한 대로 상대방의 움직임을 끌어낸 다음, 그다음 동작으로 이어지기 전의 틈을 이용하고 있었다. 이미 개시한 행동이 완료되기 전이라서 빤히 보면서도 어쩔 수 없는 상황, 즉 감극(感隙)을 이용한 공격이다.

서하령의 움직임은 하나하나가 상대방의 감각을 흐트러뜨려 놓기 위한 의도를 담고 있었다. 동작의 크고 작음과 실제 이동하는 거리, 속도를 어긋나게 하는 보법부터가 그렇다. 그녀는 작게 한 걸음 내딛는 것 같은 자세로 맹렬하게 돌진할 수 있었고 반대로 크게 땅을 박차고 뛰어드는 것같이 보이면서도 실제로는 거의 나아가지 않을 수도 있었다.

'환허무궁보(幻虛無窮步)는 또 어느새 배운 거야? 역시 성운의 기재는 짜증 나!'

형운은 몇 년을 수련했는데도 아직 제대로 써먹지 못하고 있는 귀혁의 보법이었다. 동작은 물론이고 진기의 운용에 있어서도 실로 변화무쌍한 감각을 요구했기 때문이다.

'이대로는 안 돼. 침착하자. 우왕좌왕하다가는… 죽는다.'

형운은 필사적으로 마음을 다잡고 방어에 전념했다.

서하령의 기술이 탁월하기는 하지만 감극도에 바탕을 둔 형운의 격투술도 높은 경지에 올라 있다. 그럼에도 맥없이 당해 버린 것은 초반에 심리적인 허점을 찔러서 혼란에 빠졌기 때문이었다.

"그래. 사부님을 빼면 하령이, 네가 내 무공에 대해서 제일 잘 알겠지."

그녀는 늘 귀혁을 닮고자 하는 일념으로 무공을 연마해 왔다. 또한 귀혁의 제자는 아니어도 그의 가르침을 받아가면서 형운의 수련을 도왔다. 그러니 형운의 약점을 파악하고 있는 것도 당연하다.

형운과 서하령의 싸움은 감극도와 천라무진경, 한때 귀혁이 추구했던 두 가지 무공의 격돌이었다.

'심즉동(心卽動)의 감극도와 예지의 천라무진경… 서로가 추구하는 속도, 어느 쪽이 뛰어난지를 겨루는 셈이군.'

감극도가 추구하는 것은 사고를 빛처럼 빠르게 가속하고, 마음이 이는 순간 행동이 따르는 경지다. 모든 무인이 궁구하지만 인간의 육신을 가지고서는 도달할 수 없다고 하는 이상.

일월성신을 이룬 형운은 거기에 상당히 가까이 다가가 있었다. 감극을 극한까지 좁힘으로써 얻는 반응 속도는 강호를 다 뒤져도 그와 견줄 만한 이가 많지 않으리라.

형운은 예전에 서하령이 했던 말을 기억하고 있었다.

'언제나 잡힐 듯 말 듯해. 형상을 이루기 전의 기, 아직 무엇이라고 정의할 수 없는, 하지만 무엇이 될지 알 수 있는 그 단계의 기를 붙잡는다…….'

그것이 바로 천라무진경의 극의다.

오감을 기감으로 활용함으로써 기를 감지하는 능력을 극한까지 높인다. 그로써 얻는 것은 미래에 일어날 일에 대한 예지. 모든 현상을 완성되기 전에 앎으로써 현재를 앞서가는 속도를 얻는다.

현재를 좇는 감극도와 미래를 좇는 천라무진경, 과연 어느 쪽이 더 빠를 것인가?

"하지만 아무리 생각해도 이 조건은 내가 너무 불리한데……."

문득 형운이 투덜거렸다. 서하령은 들은 체도 않고 공격을 가해왔다.

서로의 손이 얽히는 순간, 형운이 옆으로 돌면서 반대 팔로 그녀의 팔을 붙잡으려고 했다. 하지만 서하령은 팔을 빼는 대신 오히려 깊숙이 뛰어들면서 어깨로 형운을 받아버렸다.

아니, 받아버렸다는 표현은 올바르지 않았다. 살짝 밀었는데 그것만으로도 형운의 균형이 무너졌다. 형운의 체중이 한 지점에서 다른 지점으로 이동하는 순간을 절묘하게 포착했기 때문이다.

투웅!

그리고 접촉한 상태에서 어깨로 촌경을 발해서 형운의 몸을 띄우고, 그 자세에서 팔을 살짝 구부리는 것만으로 팔꿈치 공격을 날렸다.

'동작이 작은 것도 정도가 있지! 이건 너무하잖아!'

촌경을 단발로 날리는 것도 아니고 연계기로 쓰다니. 심지어 형운이 무심반사경으로 막아내자 기다렸다는 듯이 몸을 돌리면서 구부린 손가락으로 몸을 할퀴는 게 아닌가?

"카악!"

형운이 비명을 질렀다. 칼로도 잘 베이지 않는 피부이거늘, 서하령이 할퀴자 종잇장처럼 찢어지면서 피가 튀었다.

펑!

인정사정없이 이어지는 발차기가 형운의 안면을 후려갈겼다. 무심반사경으로 막기는 했지만 자세가 불안정해서 방어를 뚫고 충격이 전해져 왔다.

"크윽……!"

라아아아아아!

자세를 다잡기도 전에 진기가 실린 노랫소리가 쏟아진다. 일순간 진기가 미묘하게 흐트러지고…….

쾅!

충격이 몸통을 관통한다.

'아, 이 녀석 진짜……!'

잠시 충격으로 정신이 아찔해졌다. 하지만 형운은 가까스로
쓰러지지 않고 버텼다.

"으으윽……!"

아픔을 참아내며 서하령을 노려본다.

서하령도 잠시 주춤해서 움직이지 못하고 있었다. 공격을 막
을 수 없다는 것을 안 순간, 형운이 방어를 포기하고 무심반사
경으로 맞치기를 시도했기 때문이다.

"퉤! 내가 너무 물렀군. 하령아, 나중에 날 원망 마. 어쩔 수가
없다. 네가 너무 세."

형운이 피 섞인 침을 뱉었다.

정신없이 밀린 이유는 서하령의 실력이 뛰어나서이기도 하지
만, 형운이 그녀를 다치지 않게 제압하려고 했기 때문이다. 하
지만 신나게 얻어터지고 나니 그 생각이 정말 오만하기 짝이 없
었다는 사실을 알 수 있었다.

"……."

"한 마디도 안 해주면 민망하잖아."

형운이 호흡을 가다듬었다. 일월성신의 강점은 육체도, 기맥
도 강철처럼 튼튼해서 이상이 생겨도 순식간에 회복된다는 것
이다.

'그래도 금간 뼈는 금방 안 낫는군.'

그렇게 두들겨 맞았어도 기의 흐름에는 아무런 이상도 없었다. 하지만 방금 전의 한 방으로 갈비뼈에 금이 가서 움직일 때마다 통증이 밀려왔다.

형운이 눈을 부릅뜨며 내력을 끌어 올렸다. 그러자 서하령이 곧바로 은신술을 써가면서 접근해 왔다.

서하령은 자기보다 내공이 뛰어난 자와 싸울 때 지켜야 할 철칙을 완벽하게 지키고 있었다.

첫째, 접근전으로 기공파를 발휘할 틈을 주지 않는다.

둘째, 작고 빠른 공방을 계속해서 큰 기운을 모을 시간을 주지 않는다.

셋째, 장기전으로 가지 말고 최대한 빠르게 끝낸다.

이러한 원칙에 입각해서 그녀는 거침없이 살수를 날리고 있었다. 감극도로 탁월한 방어 능력을 지닌 형운이 아니었다면 이미 목줄기나 심장을 내줬을지도 모른다.

"음?"

문득 형운의 표정이 묘해졌다. 어둠 저편에서 다른 사람의 기운을 감지했기 때문이다.

"천유하고 양진아?"

이미 한번 접한 기파이기에 쉽게 구분할 수 있었다. 당혹스러워하는 형운에게 서하령이 달려들었다.

"잠깐 기다려 보라고, 좀!"

형운은 정신없이 그녀의 공격을 받아내면서 뒤로 물러나기 시작했다. 그리고 기회를 봐서 외쳤다.

"천유하!"

2

천유하는 피투성이가 되어 있었다.

"헉, 헉……."

정신이 나가 버린 양진아와 공방을 벌인 지 얼마나 되었는지 모르겠다. 영수의 힘까지 일깨우고 무시무시한 속도로 맹공을 펼치는 그녀는 최악의 적이었다.

원래는 사부인 진규가 따라오면 합공해서 처리할 생각이었다. 하지만 다연이 따라온 시점에서 갑자기 그들이 있는 장소의 기관이 발동, 바닥이 뒤집어지면서 무저갱 같은 어둠 속으로 떨어져 버렸다.

양진아가 그곳에서도 멈추지 않고 공격을 계속하는 바람에 벽을 달려서 떨어지면서 계속 싸우다가 마침내 바닥에 도달했다.

둘이 공방을 벌이면서 이동하는 게 워낙 빨라서 다연은 뒤쳐져 버렸다. 그녀도 상당한 실력자로 보이지만 까마득한 높이의 벽을 타고 내려오려면 꽤 시간이 필요할 것이다.

'미치겠군.'

겉보기로는 곱상한 도련님처럼 보이지만 천유하는 어려서부터 여러 번 생사를 넘어서는 경험을 해왔다. 예령공주를 구한 그날부터 지금까지, 성운의 기재가 풍운을 끌고 다닌다는 말을 증명하듯이 계속해서 위험에 휘말렸고 그것을 이겨내면서 명성을 드높여 왔다.

하지만 이번에는 정말 죽을지도 모르겠다는 생각이 들었다.

'이제 와서 죽이기를 결단한다 한들 이길 수 있을까?'

핏! 피빗!

질풍 같은 창격이 천유하의 몸을 스친다. 방어가 완벽하지 못해서 조금씩 몸에 상처가 늘어나고 있었다.

지금까지 정신없이 밀린 것은 그녀를 죽이지 않고 제압하려고 한 탓이 컸다.

하지만 이제는 죽일 각오로 싸워도 승산이 별로 안 보였다. 모든 요소가 양진아에게 유리했기 때문이다.

한 점 빛도 없는 어둠을 꿰뚫어 볼 능력은 천유하에게는 없었다. 오감을 극도로 예민하게 가다듬고 기감을 활성화시켜서 대응하고 있을 뿐이다.

영수의 힘을 일깨운 양진아의 기파는 워낙 거세서 은밀함은 없다. 그 점은 천유하에게 행운이었다. 하지만 문제는 양진아의 속도가 그야말로 섬전 같다는 점이다. 원래부터 무시무시한 속도를 자랑하는 그녀였는데 영수의 힘을 일깨운 뒤로는 한층 더 빨라졌다.

대낮이었어도 보고 반응할 수 있을까 의심스러울 정도의 속도였다. 천유하가 아닌 다른 무인이었다면 아마 어둠 속에서 날아드는 초고속의 창격을 결코 방어하지 못했을 것이다. 전신이 피투성이가 됐지만 깊은 상처는 하나도 없다는 점은 천유하의 감각과 기술이 얼마나 뛰어난지를 증명해 준다.

하지만 그것도 한계가 있었다. 시야가 막혀서 다른 감각에 극도의 집중력을 퍼붓는 상황에서 계속해서 부상이 늘어가니 순식간에 체력이 떨어졌다.

'어떻게 해야 하지?'

아무리 양진아가 살수를 날리고 있다고 해도, 그것은 사악한 힘에 정신을 지배당해서지 본의가 아니다.

천유하는 양진아와 함께 지낸 시간들을 기억했다.

그녀는 정말 제멋대로라 상대하기 피곤했지만 호탕하고 유쾌한 사람이기도 했다. 그녀와 실력을 겨루면서 기량을 향상시켜 간 시간은, 짧지만 정말 충실하고 즐거운 시간이었다.

그런 그녀를 죽이고 싶지 않다. 죽이지 않고 그녀를 제압하려면 어떻게 해야 할까?

'생각해.'

천유하는 필사적으로 생각했다. 진정 자신에게 천명이 있다면, 하늘이 큰일을 하라고 재능을 주었다면 지금이야말로 그것을 써야 할 때가 아닌가?

그런데 그때였다.

"천유하!"

"…형운?"

어둠 저편에서 상상도 못 한 목소리가 들려왔다.

형운의 목소리가 이어졌다.

"들리면 내 목소리가 들리는 곳으로 이동해! 합류해서… 어?"

그렇게 외치던 형운이 의아해했다. 무슨 일이 벌어진 것일까? 천유하는 궁금했지만 의문에 집중할 여유가 없었다. 양진아가 다시 공격을 가해왔기 때문이다.

그리고 그 답은 금세 알 수 있었다.

"오량 선배! 선배도 이쪽으로!"

바닥까지 내려온 것은 그들만이 아니었던 것이다. 희망의 빛 줄기를 본 천유하의 집중력이 한층 예리하게 살아났다.

곧 그들은 어둠 속에서 조우할 수 있었다. 일부러 뒤로 물러 나면서 방어에 전념한 결과, 형운과 천유하의 등이 맞닿았다.

천유하가 숨을 삼켰다.

"서 소저도……?"

"최악이지. 하령이랑 곡정이가 그렇게 되어서 혹시나 했는데 역시나 저 여자도 그렇게 됐나?"

"마곡정도? 그럼 역시 영수의 피인가?"

"아마도."

잠시 대치 상태가 이어졌다. 형운과 천유하가 등을 맞대자 서 하령과 양진아가 머뭇거리며 공격을 멈췄기 때문이다.

문득 형운이 말했다.

"유설 님."

"응."

유설은 여전히 형운 근처를 맴돌고 있었다.

"유설 님은 괜찮으신 거죠?"

"응. 난 괜찮아."

"그럼 대체……."

영수인 유설은 괜찮고, 영수의 피를 이어받은 이들만이 정체 불명의 존재에게 심령을 지배당하고 있다. 도대체 무슨 일이 벌 어지고 있는 것일까?

천유하가 물었다.

"이제 어쩔 거지?"

"내게 생각이 있어. 일단 오량 선배까지 합류하고 나면……."

"큭!"

그때 오량의 목소리가 들려왔다. 아까 전에 마곡정과 얽혀서
추락했던 그도 무사히 바닥에 도달했던 것이다. 문제는 마곡정
도 같이 와서 싸우고 있다는 점이었지만…….

형운이 말했다.

"오량 선배, 반갑습니다."

"나도 그렇다. 형운 자네가 반가워 보일 줄은 상상도 못 했는
데."

"와, 노골적인데요?"

"그럼 자네 같으면 좋아하겠나?"

"하하하. 어쨌든 잘 버텨주셨습니다. 죽지도, 죽이지도 않
고."

"…자네는 내가 사제를 인정사정없이 베어버릴 인간으로 보
였나?"

"상황이 상황이다 보니, 어쩔 수 없을 수도 있겠다 싶었을 뿐
입니다. 사과드리죠."

"흥."

코웃음을 치는 오량에게 형운이 쓴웃음을 지었다.

솔직히 의외였다. 그동안 보아온 바로 오량과 마곡정은 별로
사이가 좋지 않았다. 그렇기에 목숨이 위험한 상황이 되면 죽이
지 않고 제압하기를 포기했을 수도 있다고 여겼던 것이다.

하지만 오량은 마곡정에게 살수를 펼치지 않았다. 오량의 실

력이 마곡정보다 위인지는 알 수 없지만, 그가 죽일 각오로 싸웠다면 마곡정도 무사하진 못했을 것이다.

형운이 말했다.

"자, 그럼… 이 상황을 어떻게든 해보죠."

오량이 온 방향에서 마곡정도 슬금슬금 다가오고 있었다. 역시나 영수의 힘을 일깨운 상태라 한기가 주변을 잠식한다.

문득 형운이 유설에게 전음으로 뭔가를 말했다. 뒤이어 천유하와 오량에게도 빠르게 전음을 날린다. 그리고 내력을 끌어 올렸다.

그것이 신호가 되었다.

서하령은 그냥 두고 보지 않겠다는 듯 곧바로 공격을 가해왔고 양진아와 마곡정도 한 박자 늦게 뛰어들었다.

"지금!"

형운이 다급하게 외치면서 몸을 돌렸다.

등을 맞대고 있던 셋의 위치가 순식간에 바뀌었다.

"본의는 아니지만 아까의 결판을 내지! 양 소저!"

형운이 양진아의 창을 튕겨내고는 품 안으로 쇄도했다.

"서 소저, 실례하겠습니다!"

천유하가 서하령을 향해 묵직한 검격을 날렸다.

상대가 바뀌지 않은 것은 오량뿐이었다. 하지만…….

"크릉?"

마곡정의 표정이 굳었다. 오량을 공격하려고 냉기를 일으키는 순간이었다. 그의 지배를 받아야 할 냉기가 고스란히 역류하면서 스스로를 덮치는 게 아닌가?

유설이었다. 형운은 유설에게 오량을 도와줄 것을 부탁했다. 그리고 빙령지킴이였던 유설은 냉기를 다루는 데 있어서 마곡정을 압도하는 능력의 소유자였다.

팽팽하게 맞서던 상황에서 당한 이 기습은 치명적인 빈틈을 야기했다. 그리고 사전에 이 상황을 귀띔받은 오량은 결코 기회를 놓치지 않았다.

"이제 좀 누워라! 사제!"

오량이 도를 얽어서 마곡정의 움직임을 막고는 발차기를 날렸다. 마곡정의 몸통에 발차기가 정통으로 꽂힌다. 그리고 오량이 곧바로 도가 얽힌 채로 자세를 바꾸면서 마곡정의 자세를 완전히 무너뜨리고…….

퍼억!

안면에 정통으로 일장을 꽂아 넣었다. 마곡정이 비명을 지르려는 순간, 절묘하게 침투경이 터지면서 뇌를 뒤흔들었다.

"언제고 한 번쯤 네 얼굴을 후려쳐 주고 싶었지. 성실하게 살다 보면 이런 기회도 오는 모양이다."

오량은 의식을 잃고 무너져 내린 마곡정을 점혈로 제압했다.

형운의 말을 들었을 때, 솔직히 속으로 뜨끔했다. 형운이 자신을 부를 때쯤에는 슬슬 인내심이 한계에 달하고 있었기 때문이다.

오량과 마곡정만이 아니라 풍성의 제자들은 별로 사형제 간의 정이 깊지 않았다. 서로를 가족처럼 여기는 게 아니라 장래의 성공을 두고 다투는 경쟁자로 보기 때문이다.

마곡정은 그중에서도 모난 돌이었다. 막내인 주제에 풍성이 눈여겨볼 정도로 재능이 빼어났고, 툭하면 여기저기 싸움을 걸어서 사고를 치고 다니니 좋은 눈으로 봐줄 수가 있겠는가?

그런데도 오량은 이런 상황에 맞닥뜨리고 나니 마곡정을 죽인다는 선택지를 쉽게 고를 수가 없었다.

"이 애물단지 녀석, 나처럼 물러 터진 놈이 상대였던 것에 감사해라. 다른 사형들이었으면 얼씨구나 하고 베어버렸을 거야."

그는 혼절한 마곡정을 내려다보며 투덜거렸다.

3

이 순간, 형운은 자신을 단련시켜 준 귀혁과 이현에게 감사했다.

예전부터 귀혁은 온갖 상황을 상정해 가면서 형운의 대응력을 강화시켜 왔다. 그리고 이현의 협력으로 이루어진 기환진 수련으로 형운은 동료와 함께할 때 서로의 능력을 적재적소에 활용하는 판단력을 길렀다.

그 훈련의 성과가 여기서 빛을 발했다.

유적에 들어오기 전, 양진아와 싸워본 형운은 그녀의 특성을 파악하고 있었다. 또한 천유하의 상태를 보고는 그가 어째서 계속해서 당해왔는지도 대충 유추해 냈다. 그 정보를 바탕으로 결단을 내린 것이다.

형운과 천유하가 상대를 바꾼 것은 양진아에게도 혼란을 던져 주었다.

천유하가 유추한 대로 그녀 역시 어둠 속에서 상대를 뚜렷하게 보는 능력은 없었다. 천유하와 마찬가지로 오감을 극도로 예민하게 가다듬고 기감을 활성화시켜서 상황을 파악할 뿐이다.

이 상황을 준비한 자와 예측하지 못한 자, 어둠을 꿰뚫어 보는 눈을 가진 자와 그렇지 못한 자.

그것이 명암을 가르는 열쇠가 되었다.

"여자를 때리는 놈은 되고 싶지 않았지만!"

형운이 뛰어들자 양진아는 당황하면서도 정확하게 창을 찔러 왔다. 그 속도는 실로 섬전 같았지만 허를 찔린 당혹감 때문에 예리함이 떨어졌다.

'빨라!'

등줄기를 타고 오한이 달려간다. 어둠 속에서 날아드는 창격은 아까 체험했던 것보다도 배는 빠르게 느껴졌다.

하지만 이것까지도 예상했던 바다. 형운은 처음부터 아낌없이 비장의 패를 꺼냈다.

무심반사경이 발동하면서 형운의 왼손이 양진아의 창을 걷어 낸다. 그리고 오른손이 아무런 예비 동작 없이 공간을 관통했다.

퍼어엉!

주먹은 닿지 않았다. 양진아는 허를 찔린 순간에도 놀라운 반응 속도로 방어 행동을 취했다. 무게중심이 앞으로 쏠리는 상황에서 발끝을 틀며 몸을 돌려서 멈춰선 것이다.

하지만 형운은 애당초 그녀를 맞출 생각이 없었다. 처음부터 준비하고 끌어 올린 진기가 주먹 끝에서 폭발, 순백의 기공파가 양진아를 강타했다.

"꺄악!"

양진아의 자세가 무너졌다. 그리고 무심반사경을 따라서 가속한 형운의 사고가 다음 행동을 결정한다. 뇌가 내린 명령이 극한까지 좁아진 감극을 건너는 것은 그야말로 찰나. 발차기가 빛살처럼 날아들었다.

"……!"

복부에 형운의 발차기를 정통으로 맞은 양진아는 비명조차 지르지 못했다. 그 앞에서 형운의 전신이 푸른 섬광을 발했다.

후우우우우!

광풍혼이었다. 서하령과의 싸움에서는 진기를 제대로 모을 시간도 없었다. 하지만 한 호흡의 틈만 있어도 형운의 심후한 내공은 막대한 위력을 끌어 올릴 수 있다.

하지만 형운이 진기를 모으는 한 호흡은, 양진아에게는 충격을 흩어버리고 자세를 바로잡을 틈이기도 했다. 그녀 역시 기적적인 감각의 소유자이며 대영수의 혈통으로 막강한 신체 능력을 지닌 존재이니까.

광풍혼을 일으킨 형운이 달려들었을 때, 그녀는 그보다 더 빠른 속도로 마주 달리고 있었다. 그러나……

"성가신 움직임부터 막아주지!"

구우우우웅……!

둔중한 소리가 울려 퍼지면서 갑자기 막대한 압력이 온몸을 짓눌렀다.

중압진이다. 내공을 전개한 형운이 있는 힘을 다해서 중압진을 펼친 것이다. 마치 물속에 들어온 듯한 압력으로 양진아의 움직임이 눈에 띄게 느려졌다.

직후 그녀가 내지르는 창과 형운이 몸을 던지며 뻗는 주먹이 교차했다.

퍼억!

형운의 주먹이 그녀의 몸통에 꽂혔다. 몸통을 관통하는 격통에 양진아가 입을 벌렸다.

'역시… 성운의 기재!'

형운의 가슴에 길게 베인 상처가 나면서 피가 튀었다. 중압진에 완벽하게 사로잡힌 양진아가 격돌의 순간, 창을 든 손만을 급가속시켜서 뻗어왔던 것이다.

마치 몸을 움직일 때 전체적인 균형감을 무시하고 팔만을 화살을 쏘듯이 발사하는 기괴한 움직임이었다. 형운이 완벽한 기회를 포착하고 몸을 내던진 순간, 즉 도저히 공격을 회수할 수 없는 순간에 날아든 역습에 하마터면 몸이 꿰뚫릴 뻔했다.

"부디 기억하지 마라!"

형운이 그녀의 뒤통수를 후려쳐서 의식을 끊어놓았다.

양진아가 무너져 내리는 것을 확인한 형운이 거친 숨을 토해 냈다.

"헉, 헉……."

그야말로 생사의 경계를 넘나드는 순간이었다. 설마 그 순간에 그런 역습을 가해올 줄이야. 이 정도 부상으로 그친 게 행운이었다.

형운은 한 번 진기를 순환시켜서 가슴의 부상을 지혈한 뒤 몸을 돌렸다.

천유하와 서하령이 격전을 벌이고 있었다.

'역시.'

서하령은 쉽게 제압되지 않았다.

허를 찔린 것은 양진아나 서하령이나 마찬가지였다. 하지만 아까 전에 양진아와 손을 섞어본 형운과 달리 천유하는 서하령의 무공에 대해서 아는 바가 별로 없었다. 그리고 천유하는 어둠 속을 꿰뚫어 볼 재주가 없는 데 비해 서하령은 천라무진경에서 어둠 속에서도 상대를 파악한다. 이러니 기습의 효과가 약할 수밖에.

결국 두 사람은 팽팽한 접전을 펼치고 있었다. 아니, 살수를 쓰지 않는 만큼 천유하가 밀린다.

티딩!

"큭!"

검끝이 떨리면서 천유하가 신음을 토했다. 서하령이 마치 천유하의 움직임을 사전에 다 알고 있었던 것처럼 허점을 위장, 검을 찔러오는 순간 검면을 가볍게 튕기면서 침투경을 흘려 넣었던 것이다. 그리고 천유하의 자세가 흐트러지는 순간 음공을 발한다.

라아아……!

기술적인 역량 면에서는 둘 다 놀라운 경지에 도달해 있었다. 서하령은 몇 수 나눠본 것만으로 천유하가 얕볼 수 없는 상대임을 파악한 것 같았다. 그래서 일단 기의 운행부터 흐트러뜨려 놓는 전술을 선택한 것이다.

하지만 그녀도 예상치 못한 것은, 아군이라고 할 수 있는 두 사람이 너무 빨리 제압당했다는 사실이다.

"거기까지야, 하령아!"

두 사람의 거리가 벌어지는 순간, 형운이 끼어들었다. 돌진해 오는 것만으로도 광풍이 휘몰아치면서 막대한 기파가 서하령을 압박한다.

아까 전과 달리 내공을 있는 대로 끌어 올린 형운의 공격에 서하령이 정신없이 밀려나기 시작했다. 그녀는 줄곧 형운이 일정 이상의 기운을 끌어 올리기 전에 봉쇄하고 있었다. 그것은 일단 이렇게 되고 나면 압도적으로 불리하다는 사실을 알기 때문이었다.

"영수의 힘을 끌어 올린 게 실수였어."

형운이 지적했다.

영수의 혈통에게 있어 영수의 힘을 끌어 올리는 것은 비장의 한 수다. 보통 상태보다 강력한 힘을 얻을 수 있지만, 그 힘을 휘두르는 데는 시간제한이 있었다. 그리고 일단 그 상태가 해제되고 나면 반동이 덮쳐 온다.

서하령은 다른 이들에 비해 그런 약점이 더욱 극명했다. 광령익조의 힘은 다른 영수의 혈통을 압도할 정도로 무시무시하지만 그 반동도 대단히 크다. 시간이 지날수록 서하령의 기는 감소하고 있었다.

'중압진······!'

형운은 그녀를 몰아붙이면서 중압진을 펼치려고 했다. 하지만 그 순간 그녀가 반전, 형운의 품 안으로 뛰어들면서 손가락으로 형운의 눈을 노렸다.

"큭!"

너무나도 절묘한 한 수에 중압진이 펼쳐지지 못하고 흩어져 버렸다.

'역시 단숨에 펼치게 놔두지는 않나!'

심령을 지배당하고 있는 주제에 형운의 무공에 대해서 너무나도 잘 알고 있다. 게다가 천라무진경으로 무슨 기술을 쓸지 낱낱이 꿰뚫어 보고 있으니 내공을 전력으로 끌어 올린 상황에서도 상대하기가 쉽지 않았다.

하지만 그렇다고 해도 이미 광풍혼이 가속해서 주변을 휘감고 있는 지금, 이 정도로는 중압진을 완전히 봉쇄할 수 없다. 중압진이 옅게나마 조금씩 퍼져 나가면서 그녀의 호흡과 움직임을 깎아내리라.

그리고……

"자존심 상하는군."

천유하도 놀고 있지 않았다. 옆에서 뛰어들면서 검격을 날린다.

형운이 말했다.

"휘말려 들지 않게 조심해!"

"걱정 마라. 네가 무슨 짓을 해도 완벽하게 맞춰주지!"

천유하가 코웃음을 쳤다.

전력을 다하는 형운은 누군가와 연수합격을 펼치는 데는 별로 적합하지 않았다. 일단 내력을 끌어 올려서 기공파를 쓰기 시작하면 필연적으로 주변을 휩쓸어 버리기 때문이다.

천유하는 한눈에 그 사실을 알 수 있었다. 하지만 이대로 물러나는 것은 자존심이 허락 못 한다. 오기로라도 형운과 손발을 맞춰서 서하령을 제압할 생각이었다.

형운은 감탄했다.

'이 녀석, 역시 대단하네.'

최대한 서하령에게만 공격을 집중한다 해도 자신의 곁에서 싸우는 것은 쉬운 일이 아니다. 하지만 천유하는 미친 듯이 휘몰아치는 기운을, 마치 조각배로 격류를 타 넘듯이 놀라운 솜씨로 균형을 조절해 가면서 형운과 연수합격을 펼쳤다.

게다가 그의 공격이 아주 절묘했다. 주력은 어디까지나 형운임을 인정하고 서하령의 움직임의 맥을 끊어가면서 허점을 만들어준다. 결국 서하령의 손발이 어지러워지기 시작했다.

그리고 결정타가 날아들었다.

콰하하핫!

서하령의 발밑에서 새하얀 냉기가 터진 것이다. 유설이었다. 형운이 광풍혼을 전개한 채로 맹공을 퍼부어서 서하령의 주의를 끌고, 전음으로 지시해서 결정적인 순간에 냉기를 터뜨렸다.

서하령의 자세가 완전히 흐트러졌다. 천유하가 뛰어들려는 순간, 형운이 전음으로 제지하면서 먼저 뛰어들었다.

쾅!

폭음이 울렸다.

"…역시, 호락호락 당해주지 않을 거라고 생각했지."

서하령이 그 순간에도 공격을 날린 것이다. 미리 예상한 형운이 무심반사경을 발동, 그녀의 장심에 자신의 장심을 맞대서 공격을 완벽하게 상쇄해 버렸다.

"이제 좀 자라, 서하령!"

그리고 옆으로 돌아간 천유하가 날린 공격이 서하령의 의식
을 끊어놓았다.

4

가까스로 서하령과 마곡정, 양진아를 제압한 세 사람은 겨우
한숨 돌릴 수 있었다. 다들 기력이 떨어져 있는 상황이라서 돌
아가면서 운기조식을 해서 기력을 회복하기로 했다.

별로 운기조식의 필요성을 느끼지 못한 형운은 두 사람을 위
해 호위를 서고 있었다. 그러면서 자기 머리 위에 올라가서 꼬
리를 살랑거리는 유설에게 물었다.

"근데 유설 님."

"응?"

"영수인 유설 님은 아무렇지도 않은데 왜 영수의 피를 이은
이 셋만 이렇게 된 거죠?"

"자기 힘을 통제하지 못해서야."

"네? 이 셋이요?"

납득할 수 없는 이야기였다. 셋 다 뛰어난 무인이거늘 자기
힘을 통제하지 못한다?

"그러니까… 영수로서의 부분?"

"…무슨 의미로 말씀하시는 건지 잘 모르겠어요."

"우웅, 인간이랑 영수가 섞여 있잖아?"

"그렇죠."

"근데 인간으로 살잖아?"

"네."

"그러니까 영수로서의 부분이 미숙한 거야."

"아……."

좀 이해할 수 있을 것 같았다.

영수의 혈통을 이은 자들은 평소에는 그 힘을 잠재워 두고 있다가 필요할 때 끄집어낸다. 즉 인간으로서의 부분에 비해 영수로서의 부분의 활동 시간은 압도적으로 짧은 것이다.

인간이 태어난 뒤로 사고 능력을 발달시키고, 몸을 쓰는 방법을 익히고, 마침내 자유롭게 걸어 다니고 언어를 구사하기까지 얼마나 많은 시간이 필요한지를 생각해 보라. 영수의 힘을 자주 일깨워서 통제하기 위한 훈련을 한다 한들 그 숙련도가 인간으로서의 부분에 아득히 못 미치는 것은 당연한 결과다.

유설이 말했다.

"지금도 목소리가 들려."

"목소리라뇨?"

"이 안에 있는 누군가의 목소리. 아주 오래되었고, 커."

"그게 영수의 피를 가진 이들을 지배한다는 건가요?"

"아마 영수라도 영격과 자아가 약하면 이 목소리에 복종할 거야."

"유설 님은 격이 높은 영수라서 괜찮은 거다 이거군요?"

"응."

유설이 살짝 우쭐해했다. 형운은 어둠 속이라서 그 모습을 볼 수 없는 것이 아쉬웠다.

하지만 유설은 곧 심각한 태도로 말했다.

"하지만 가까이 가면 안 될 것 같아."

"네?"

"지배당하지는 않지만… 무서워. 몸이 막 떨려."

유설은 겁을 먹고 있었다. 아직 보지도 않은 존재는 영수의 피를 이은 자의 심령을 제압해 조종하는 능력을 가졌을 뿐만 아니라 굉장히 두려운 느낌을 주고 있었다.

"하지만 걱정 마. 형운은 내가 지켜줄게."

"든든하네요. 하지만 괜찮아요. 지금까지처럼 지원만 해주시면 어떤 상대든 문제없을 거예요."

문득 형운의 시선이 어둠 저편을 향했다.

"누가 오는데… 아, 양 소저를 따라온 누나다."

형운은 다가오는 사람이 다연임을 알아차렸다. 형운이 그녀가 있는 방향을 향해 외쳤다.

"천유하와 양 소저는 이쪽에 있어요. 오세요."

그 말에 다연의 이동속도가 급속도로 빨라졌다. 형운이 손을 들자 거기에서 청백색의 빛이 일어나서 주변을 비추었다.

다연이 깜짝 놀랐다.

"아가씨?"

양진아가 의식을 잃고 쓰러져 있는 것을 보았으니 그럴 수밖에. 그녀가 경계심 어린 눈으로 형운을 바라보았다.

"소협은… 풍혼권이군요."

"네. 아까 전에 어떤 상태였는지는 아실 거고… 그래서 일단 제압해 두었어요. 점혈로 의식이 깨어나지 못하도록 해뒀을 뿐이고, 부상이 크지는 않으니까 너무 염려 마세요."

뒤늦게 다연은 천유하와 오량이 운기조식을 하고 있는 것도 발견했다. 워낙 경황이 없었는지라 양진아 말고 주위의 다른 것들이 보이지 않았던 것이다.

형운이 말했다.

"슬슬 다른 사람들도 내려올 시간인 것 같기는 한데… 그쪽 일행들은 어떻게 되었죠?"

"서로 갈라졌어요."

다연은 여기까지 온 경위를 설명했다. 형운이 고개를 끄덕였다.

"그랬군요. 그럼 따로 올라가는 길을 찾아서 합류해야 하나……."

이 광활한 어둠 속에서는 도대체 어디로 가야 할지도 막막했다. 올라가는 길이 있기는 한 것인지 의심스럽다.

하지만 그런 고민은 오래가지 않았다.

"…뭐지?"

운기조식을 하던 천유하가 눈을 떴다. 심상치 않은 기운이 기감을 자극했기 때문이다.

우우우우우……!

그것은 조짐에 불과했다. 뒤이어 일순 감각이 마비될 정도로 강맹한 기파가 그 자리를 휩쓸었다.

"윽……! 이건 아까 그거랑 같아!"

천유하는 이 기파가 아까 전, 양진아의 정신이 나갔을 때 느낀 기파와 동일한 것임을 알아차렸다. 아까 전보다 기파의 진원지에서 훨씬 가까워서 그런지 감각에 가해지는 자극이 훨씬 크다.

곧 그가 벼락처럼 움직였다.

팟! 파밧! 파바바바밧!

이 기파를 받은 서하령과 마곡정, 양진아가 깨어나려고 했던 것이다. 점혈로 막아둔 기의 운행이 외부의 자극으로 느슨해진 틈을 타고서.

하지만 천유하가 사전에 눈치채고 더욱 강하게 점혈을 가한 덕분에 최악의 사태를 막을 수 있었다. 형운과 천유하가 한숨 돌리고 있을 때, 어둠 저편에서 나른한 남자의 목소리가 들려왔다.

─호오. 그 기술은 뭐지? 아무래도 내가 잠들어 있는 새 인간들의 재주가 굉장히 발전한 것 같군.

육성 같기도 하고 전음 같기도 한… 묘하게 현실성이 느껴지지 않는 목소리였다. 하지만 그 목소리를 듣는 순간 형운은 소름이 돋는 것 같았다.

'뭐야, 이거?'

그저 목소리를 전해왔을 뿐인데 숨 막힐 듯한 위압감이 느껴진다.

목소리가 이어졌다.

─하지만 어설프다. 감히 그 정도로 내 뜻을 막고자 하느냐?

그 말과 동시에 그 자리에서 빛이 일었다.

우우우우……!

"큭! 뭐야?"

갑자기 일행 사이에서 빛이 솟구치더니 의식을 잃은 서하령과 마곡정, 양진아가 허공으로 떠올랐다. 다연이 당황해서 그녀를 붙잡으려고 했다.

"아가씨!"

하지만 손이 닿는 순간, 불에 닿은 듯한 열기가 느껴져서 비명을 지르며 물러날 수밖에 없었다. 세 사람이 허공에 뜬 채로 날아가기 시작했다.

"이런!"

형운이 급히 그 뒤를 쫓아서 달렸다. 천유하도 망설임 없이 따라간다.

추격전은 길지 않았다. 불과 20장(약 60미터)도 가기 전에, 형운은 낭떠러지가 기다리고 있다는 사실을 깨닫고 천유하를 제지했다.

서하령과 마곡정, 양진아는 그대로 허공을 가로질러서 한 지점에서 멈춰 서더니 마치 깃털처럼 서서히 낙하해 가기 시작했다. 그리고 그들을 기다렸다는 듯 아래쪽에서 불빛이 일어나 점점 환하게 주변을 비추었다.

직경과 깊이가 각각 10장(약 30미터) 정도씩 되는 원형의 구덩이가 파여 있었다. 형운은 그 속에서 낯익은 것을 발견했다.

"황실의 문장이잖아?"

하운국 황실의 문장, 구름과 용이 얽힌 문장이 푸르게 빛나고 있었다.

아니, 그것만이 아니다. 붉게 빛나는 위진국의 문장과 녹색으로 빛나는 풍령국의 문장도 보였다.

그것은 삼각형을 그리는 세 개의 기둥 위쪽에 그려져 있었다. 기둥이 희미한 빛을 발하면서 마치 사막의 모래가 흘러가듯이 반짝이는 빛의 입자들이 삼각형의 중심으로 흘러들어 간다.

그 한가운데, 돌로 만든 원형의 바닥 위에 한 남자가 서 있었다.

눈에 띄는 용모를 가진 남자였다. 수려한 청년의 얼굴에 붉은 눈동자, 그리고 은발을 길게 늘어뜨렸다. 입고 있는 옷은 이상해 보였다. 치렁치렁한 옷을 입고 있는데 그 양식은 형식이 본 적이 있는 듯 없는 듯 헷갈리는 데다가…….

'오래되어서 삭은 옷?'

형운은 곧 이질감의 정체를 깨달았다. 고급스러운 소재를 쓴 옷이겠지만 긴 세월을 버티지 못하고 삭아버리고 말았다.

'양식을 본 것 같기도 하고 아닌 것 같기도 한 것은 아주 오래 전 옷이라서 그런 거겠지?'

저 남자가 인간이 아니라는 것은 한눈에 알아볼 수 있었다. 일단 무절제하게 흩뿌리는 기파부터가 인간의 것과는 완전히 다르다.

'이건 요기! 요괴다! 근데 뭔가 좀 애매한데……?'

겉보기로는 인간의 모습을 하고 있지만 남자는 요괴가 분명했다. 하지만 그의 기파는 언뜻 요괴가 아니라 영수의 것으로 느껴지기도 했다. 두 가지의 기운이 혼재되어 있는 것이다.

'이럴 수도 있나?'

형운이 혼란스러워할 때였다.

유설이 덜덜 떨리는 목소리로 말했다.

"…영수를 먹어치운 요괴야. 그것도 아주 많이."

"네?"

형운이 깜짝 놀랐다. 영수를 먹어치웠다고?

남자가 차갑게 미소 지었다.

"맛있어 보이는 영수가 있군. 영수의 피를 이어받은 인간들만 있는 줄 알았더니 더 훌륭한 성찬(盛饌)이 있었을 줄이야. 게다가…….."

남자가 고개를 갸웃했다. 그의 시선은 형운에게 향해 있었다.

"넌 인간이 아닌가?"

"…그런데?"

"애송이, 하루살이 같은 인간 주제에 말이 짧구나."

그가 불쾌감을 드러내는 순간, 강맹한 기파가 쏘아져 왔다. 아까 전과는 달리 한곳으로 집중된 기파는 기감을 강타하는 것만으로도 인간의 숨통을 끊어놓을 수 있는 위력이었다.

하지만 소용없었다. 형운은 미리 진기를 끌어 올리고 있었다. 한없이 원기에 가까운 기운을 가진 일월성신을 외부의 기운으로 침범해서 어찌해 보려는 것은 어림도 없는 시도였다.

형운이 그를 노려보며 물었다.

"얼마나 잘나신 몸인지는 모르겠지만 거기 갇혀서 썩어갈 운명인 것 같은데… 그런 주제에 노려본다고 쫄 것 같아?"

속으로는 가슴이 조마조마하지만 절대 내색하지 않는다. 귀혁에게 가르침 받은 대로 한껏 허세를 부리면서 은발의 요괴를 도발했다.

그러면서 천유하와 전음을 주고받았다. 형운이 말했다.

─아무래도 저 요괴는 영수의 피를 가진 자들의 정신을 지배하는 것에 그치지 않고 물리적인 영향도 끼칠 수 있는 것 같은데…….

─그래 보이는군. 세 사람만 구해내서 빠져나가는 게 최선인데, 그게 가능할까?

─빼내는 것 자체는 가능할 것 같은데, 무사히 데리고 나갈 수 있느냐가 문제야.

─그래. 그리고 저 기둥에서 저 요괴에게 흘러들어 가는 빛, 저거 심상치 않은데? 그냥 놔두면 엄청 위험할 것 같다.

그러는 동안 은발의 요괴는 무시무시한 얼굴로 형운을 노려보았다. 인간과 달리 그저 표정을 일그러뜨리는 것으로 끝나는 게 아니라 얼굴 근육이 흉악한 악귀의 형상을 만들어낸다. 담이 작은 자라면 보는 것만으로도 오금이 저릴 얼굴이었다.

하지만 곧 요괴가 표정을 풀고 피식 웃었다.

"시간이 얼마나 지났는지는 모르겠지만 인간들이 나를 잊기에는 충분한 시간이었나 보군. 뭐, 나는 관대하니까 네 무례는 넘어가 주마. 이 정도로 맛있는 먹잇감이라면 앙탈을 부리는 것 정도야 용서해 줄 수 있지."

"…뭐?"

형운이 눈을 크게 떴다. 요괴가 혀로 입술을 핥았다. 마치 사냥감을 앞에 둔 맹수 같은 기색이었다.

"인간 주제에 이토록 맛있는 기운을 품고 있다니. 웬만한 영수는 비교도 안 되는 성찬이로다."

"……."

"그 옆의 인간도 상당히 맛있어 보이는군. 오랫동안 잠들어 있느라 배도 고프고 몸도 쇠약해졌는데 하늘이 내게 보양식을 준비해 주었구나. 하하하."

"우와……."

형운이 식은땀을 흘리며 천유하를 바라보았다. 천유하 역시 마찬가지 심정인지 시선이 딱 마주쳤다.

천유하가 물었다.

"당신은 누구지?"

"내 이름 말이냐? 들어봤자 모르겠지만, 맛있어 보이는 녀석이니 알려주도록 하마. 괴령이라 한다."

"괴령?"

"잠깐. 괴령이라면 설마 그 괴령?"

천유하와 형운이 깜짝 놀랐다.

스스로를 괴령이라 불린 요괴가 고개를 갸웃했다.

"나를 아는 게냐?"

대답하지 않고 잠시 멍청하니 그를 바라보던 형운이 말했다.

"생각해 보니 이 유적 건국 전에 만든 거라고 했지? 그럼 진짜 그 괴령이어도 이상할 게 없잖아?"

"하지만 신화대로라면 괴령은 세 시조들에게 죽지 않았나?"

"벌써 천 년도 더 전의 일이잖아. 기록이 얼마나 왜곡됐을지 알 게 뭐야."

"그것도 그렇군."

형운과 천유하는 혀를 내둘렀다.

괴령.

그것은 하운국 건국신화에 기록된 이름이었다. 신수의 일족과 신성한 수호의 계약을 나누고 중원삼국을 건국한 세 명의 영웅들의 삶은 그 자체로 모험과 투쟁이었다. 그들은 때로는 욕망에 사로잡힌 인간들과, 때로는 인간을 위협하는 인외의 존재들과 맞서 싸웠는데 그중에는 괴령이라 불리는 요괴의 존재도 기록되어 있었다.

기록에 따르면 괴령은 인간을 괴롭히고 죽이면서 그들의 비명을 즐겼으며, 인간이 아니면서도 선량한 마음을 지녀 연약한 인간들을 보살피는 존재들을 유린하고 그 피와 살을 탐했던 사악하기 이를 데 없는 요괴였다. 혼자이면서도 대륙 서방을 종횡무진 돌아다니면서 거대한 공포의 그림자를 드리웠던 그는 결국 중원삼국의 세 시조들과 싸워서 최후를 맞이했다고 전해지고 있었다.

"죽인 게 아니라 봉인해 둔 거였다니……."

형운이 숨을 삼켰다. 가만히 괴령과 그 주변에 있는, 중원삼국 황실의 문장이 빛나는 세 기둥을 바라보던 천유하가 말했다.

"대충 어떤 구조인지 알겠군. 이거 그대로 놔두고 갈 수가 없겠는데?"

"나도 알겠어. 저 세 기둥이 저 요괴의 힘을 나눠서 봉인하고 있는 거군. 그리고 봉인이 깨져서 봉인해 두었던 힘이 조금씩 다시 흘러들어 가고 있는 거고."

"정답이다. 요즘 인간들은 눈썰미가 좋군?"

두 사람의 말을 들은 괴령이 씩 웃었다. 이빨을 드러낸 채로 의기양양하게 말을 잇는다.

"도망치고 싶으면 얼마든지 도망쳐도 좋다. 어차피 여기서 빠져나갈 길을 찾기도 어렵겠지만, 설령 찾아서 빠져나간다고 하더라도 어차피 내가 이 빌어먹을 봉인에서 해방되고 나면 세상 끝까지라도 쫓아가 줄 테니까. 내가 너희의 냄새를 기억했으니 너희에게 안식의 땅은 없도다."

"…아니, 상황을 알고 나니 도망갈 마음도 사라졌어."

형운이 한숨 섞인 목소리로 말했다. 그리고 천유하를 바라보자 그가 씩 웃었다.

"서로 생각이 일치하는군."

"쟤네들이 괴물의 보양식으로 잡혀먹는 것을 방치해 둘 수도 없는 노릇이고……."

"뻔히 보면서 재앙이 세상에 나가도록 방치할 수도 없지."

"호오."

괴령이 눈을 치켜떴다.

"그 말은 설마… 네놈들이 나를 막아보겠다 이거냐?"

"바로 그 설마지. 넌 여기서 영원히 잠들어줘야겠어."

형운이 대답했다. 형운과 천유하, 두 사람은 신화 속의 요괴가 힘을 완전히 되찾고 세상으로 나가기 전에 처치하겠다고 결의한 것이다.

제38장
비운(悲運)

성운을 먹는 자

1

"기록에 따르면 괴령은 당시 인간의 힘으로 감당할 수 없는 거대한 힘을 가진 요괴였습니다."

한적한 숲길을 두 사람이 걷고 있었다. 왼쪽 눈을 안대로 가린 청년과 그를 호위하는 광세천교의 칠왕, 혼살권 유단이었다.

"중원삼국의 세 시조는 초인이었다고 기록되어 있지만, 그건 어디까지나 무공이 걸음마 수준이었던 고대의 이야기지요. 지금의 기준으로 보면 그들이 품은 기운은 아무리 높게 봐준다고 해도 지금의 강호의 지역 명사들 정도였을 겁니다."

"상식적인 이야기긴 하지만, 기분이 묘해지는군요. 그 말씀 대로라면……."

"그래요. 무공만을 기준으로 삼는다면 당신이 그들보다 강할 겁니다. 인류의 무력은 기심법의 발명 이전과 이후, 그리고 성존 이전과 이후로 나뉜다고 해도 과언이 아니니까요. 기심법이 발명된 후 지금 수준에 이르기까지 아득한 역사가 쌓여온 거지요."

"기심법이야 그렇다 치고… 성존이 그 정도로 영향이 컸습니까?"

"그가 없었으면 별의 수호자라는 조직이 없었을 겁니다. 연단술은 지금보다 훨씬 열악했을 것이고, 그리고 비약이 이렇게 일반적으로 보급되지도 못했을 거예요. 우리 교의 비약도 근본을 따져 보면 죄다 별의 수호자에서 비롯되었지요."

청년이 쓴웃음을 지었다. 그리고 말을 잇는다.

"고대의 기록을 뒤져 보면 당시에 비약이라고 나타난 것들 중에 진품을 찾기란 지극히 어려운 일이었다고 합니다. 그래서 당시의 무인들은 지금에 비하면 참 수준이 열악한 심법에만 의존해서 내공을 키워야 했고 자연에서 나는 영약에는 어마어마한 가치가 있었지요."

물론 지금도 자연에서 나는 영약에는 큰 가치가 있다. 하지만 고대만큼 희소가치가 높지는 않다. 자연상의 영약보다 더욱 뛰어난 비약들이 존재하며, 전 대륙에 걸쳐 사업망을 구축한 별의 수호자를 비롯해서 다양한 연단술사 조직들이 그것을 판매하기 때문이다.

"말이 좀 다른 곳으로 샜군요. 중원삼국의 시조들은, 당시 기준으로 볼 때 초인적인 무인이었을 뿐만 아니라 온갖 기연을 통해서 특별한 능력을 얻은 이들이었죠. 그 힘으로 괴령과 맞섰지만 결국 제압하는 데 그쳤고 죽일 수는 없었다고 합니다. 이유는 알 수 없지만 신수의 일족은 괴령을 직접 손댈 수 없었기에, 결국 세 시조가 그를 제압한 뒤에 봉인하는 데만 손을 보탰다더군요."

그렇게 말하면서 청년은 산보라도 하듯이 비탈길을 따라서 걸어 내려가고 있었다. 그런 그의 옆에서 비명이 들려왔다.

"크악!"

그리고 피 보라가 일면서 또 다른 이의 비명이 이어졌다.

하지만 청년은 눈 하나 깜짝하지 않았다. 심지어 죽어가는 자들을 쳐다보지도 않는다.

그에 비해 유단은 긴장하고 있었다. 비명이 들릴 때마다 당장에라도 손을 쓸 수 있는 태세를 취했다.

청년이 피식 웃었다.

"신경 쓰지 않아도 된다고 했잖아요? 긴장 풀고 편하게 있어도 됩니다."

"으음. 그게 쉽게 되지 않는군요."

"이런 이런. 당신의 믿음을 사기란 쉽지 않군요. 뭐 좋아요. 그것도 재미있겠지요."

그러는 동안에도 산 곳곳에서 죽음의 비명이 울려 퍼지고 있었다. 유단은 뭔가에 홀린 듯한 기분이었다.

지금 죽어가는 것은 모두 흑영신교도들이었다. 그 죽음의 원인은 이 일대에 펼쳐진 기환진이었다. 유단이 호위하는 청년이, 이곳에 원래 펼쳐져 있던 기환진을 손대어서 조작하는 것만으로 그들을 추적해 온 흑영신교도들은 가까이 와보지도 못하고 하나둘씩 죽어나갔다.

짙은 죽음의 향취가 퍼져 나가는 가운데, 유단이 의아해하며 물었다.

"하지만 말씀대로라면 이건 황실과 관련된 유적 아닙니까?"

"그렇지요."

"그것도 시조의 유적인데… 어째서 황실이 나서지 않는 겁니까?"

"기록과, 위치와, 누가 만들었냐의 문제죠."

"네?"

"황실에서는 괴령이 백 년 후에 나타난다고 알고 있을 겁니다."

"이미 알고는 있는 겁니까?"

"시조들이 후인들이 해결해 주길 바라며 봉인한 것이니까요. 당연히 알고는 있지요. 하지만 때가 되지 않았을 뿐."

"음……."

"그리고 이 유적이 나타날 위치는 원래는 여기가 아니었습니다. 원래는 천계와 인계의 틈새를 이용해서 격리 공간을 따로 만들어서 거기다 던져두었다가 봉인이 풀리면 일정한 위치에 나타나도록 설정해 두었죠. 근데 우리가 그걸 좀 비틀어서 이 시기, 여기에 나오게 만든 겁니다."

"그런 일이 가능하다는 게 상상이 가질 않는군요."

"나도 구체적으로 어떻게 그럴 수 있었던 건지는 모르겠습니다. 교주께서 쓸 수 있는 패가 이런 게 있는데 써보겠냐고 하시길래 하나 골라잡은 거라."

"……."

"우리도 감춰둔 저력이 꽤 있으니까 마교 소리 듣고 있는 거지요. 흑영신교는 아주 이번 세대에 끝장을 볼 기세로 비축해 놨던 걸 다 퍼붓고 있는 중이고. 아, 그리고 마지막으로… 이 유적은 지금 중원삼국의 황실을 가호하는 신수의 일족들이 만든 게 아닙니다."

"음? 하지만 중원삼국의 시조들이 봉인했다고 하지 않았습니까?"

"그렇지요. 괴령을 쓰러뜨리는 과정은 인간의 손을 빌려야 했기 때문에 그들이 싸운 겁니다. 뭐, 신수와 그 일족들이 인세에서의 활동에 이런저런 제약을 받는 거야 당연한 일이니까요. 어쨌든 이 유적을 만들고 봉인을 준비한 것은 지금은 현세에 관여하지 않는 다른 신수의 일족인 거죠."

그러다 보니 유적은 외견상 중원삼국의 황실과 관련이 있어 보이지 않았다.

애당초 광세천교에서는 이런 조건을 다 고려해서 이번 일에 미끼로 투입한 것이다.

청년은 즐거워하면서 말했다.

"난 궁금합니다. 저 안에는 머나먼 고대에서 미래로 보내는 전언(傳言)이 들어 있어요."

"전언이라고요?"

"자신들의 시대에 끝내지 못한 것을 끝내달라는 전언. 그들은 그저 괴령을 봉인해 두기만 한 것이 아닙니다. 백 년 후에는 자연스럽게 봉인이 풀렸을 것이고, 그때가 그들이 준비한 괴령의 종말이었겠죠."

"그 결과는 보이시지 않는 겁니까?"

"흥미롭게도, 안에 너무 많은 기운과 운명이 혼재해 있어서 직접 들여다볼 수가 없어요. 그리고 난 원래 가까운 일은 잘 보지만 먼 일을 내다보는 것은 좀 서투른 편이고."

우르르릉……!

그때 땅속 깊숙한 곳에서 굉음이 울리면서 유적 주변이 지진이라도 난 것처럼 뒤흔들렸다. 산봉우리 하나를 사이에 둔 산길을 산보하듯이 걸으면서 청년이 말했다.

"광요를 쓰러뜨린 흉왕의 제자와 성운의 기재들. 과연 그들이 중원삼국의 시조들이 후대에 맡긴 위업을 이룰 수 있을까요?"

2

형운은 심호흡을 한번 한 뒤에 구덩이 아래로 뛰어내렸다. 그리고 하운국 황실의 문장이 그려진 기둥 위에 사뿐하게 올라선다. 뒤이어 천유하가 위진국 황실의 문장이 그려진 기둥 위에 올라섰다.

우웅…….

그러자 기둥이 미미하게 진동하면서 묘한 느낌이 들었다.

'음?'

형운이 의아해하며 발밑을 내려다보았다. 기둥으로부터 미미한 기운이 전달된다.

'의념? 이 봉인을 만든 사람들의 사념이 잔류해 있는 건가?'

타인의 의식, 그 파편이 느껴진다. 하지만 너무나도 미미해서 의미를 이루지 못하고 보통 사람이라면 눈치채지도 못할 정도의 자극을 가할 뿐이다.

형운은 일단 잡념을 접어두고 괴령을 바라보았다.

"당신의 질문에 대답하지. 당신이 여기 갇힌 지는 대충 천 년쯤 지났어."

"천 년이라. 하루살이인 인간들은 가늠조차 못 할 정도로 긴 시간이구나. 본의 아니게 잠든 사이에 내 나이가 두 배 가까이 늘어나 버렸군."

"그리고 그동안의 변화는 아마 당신이 상상한 것을 훨씬 뛰어넘을걸. 장담하지. 우리가 당신을 그냥 두고 가서 당신이 온전한 힘을 찾고, 그다음에 밖으로 나간다고 하더라도… 당신은 인간의 손에 죽어."

그 말에 괴령의 눈썹이 꿈틀거렸다.

"애송이가 제법 말재간이 있구나. 내 속을 긁는 솜씨는 인정해 줄 만해."

"사실을 말할 뿐이야. 당신이 여기에 봉인되었을 때, 인간의 무공과 기환술은 걸음마 단계였지. 그 후 얼마나 많은 발전이 있었는지 천 년 동안 썩어버린 그 머리로 상상할 수 있을까?"

형운은 귀혁에게 배운 무공의 역사를 떠올리며 오만한 표정을 연기했다. 괴령이 피식 웃었다.

"하하하. 이거 참. 천 년이나 잠들어 있다 보니 인간 애송이가 나를 우습게 보는 경우를 다 겪는군. 그럼 너는 왜 굳이 위험을 감수하고 지금 나를 막으려고 하는 거냐?"

"결과적으로 네가 죽긴 하겠지만, 엄청난 피해가 날 테니까. 그런 걸 그냥 두고 볼 수는 없지."

"거참 오만함이 하늘을 찌르는구나. 애송이, 네놈이 인간이 맞는지 의심스러울 정도의 기운을 가졌다는 것은 인정하겠다만……."

순간, 지금까지 한 발짝도 움직이지 않은 괴령이 움직였다. 몸이 앞으로 기울어졌다 싶었는데 다음 순간에는 형운을 덮치고 있었다.

쾅!

폭음이 울리며 형운이 벽으로 튕겨 나갔다.

괴령이 깜짝 놀랐다.

"그걸 막다니?"

"제법 빠르긴 한데? 하지만 양 소저보다도 느려. 아직 잠이 덜 깨서 힘이 안 나시나?"

형운이 턱을 치켜들며 괴령의 신경을 긁었다. 괴령의 표정이 일그러졌다.

"이놈! 가벼운 손짓 한 번 막아낸 것 갖고 우쭐해서 어쩔 줄 모르는구나! 이 어르신의 무서움을 보여주마!"

그오오오오오!

괴령의 뒤에서 거대한 괴물의 환영이 일어났다. 얼굴은 뱀을 일그러뜨린 것 같고 등에는 날개가 있으며 발톱은 호랑이의 그것을 닮은 기괴한 형상이었다.

하지만 그것도 잠시였다. 곧 괴물의 형상이 사라지면서 괴령이 이를 갈았다.

"젠장! 아직도 본신으로 돌아갈 수 없는가?"

"…그렇군. 요괴의 본모습으로 돌아가는 것을 봉인당한 건가?"

형운이 중얼거렸다. 인육 맛을 본 요괴들 중에는 인간으로 변신할 수 있는 둔갑술을 쓸 수 있는 것들이 있었다. 하지만 아무리 강력한 요괴라도 인간 모습일 때는 본신일 때보다 힘이 저하된다.

형운이 벽을 박차고 날아올랐다. 동시에 몸을 휘감은 광풍혼이 가속하며 불타는 듯한 푸른 섬광이 주변을 환하게 밝혔다.

후우우우우!

괴령은 형운의 낙하를 기다려 주지 않았다. 형운이 막 낙하를 시작하는 순간 땅을 박차고 도약, 한순간에 형운과 격돌했다.

"윽?"

그리고 형운과 그가 허공에서 격돌하는 순간, 유령처럼 접근해 온 천유하의 검이 그의 몸을 가르고 지나갔다. 삭아버린 옷이 찢어지면서 하얀 불꽃이 튀었다.

'불꽃이 튀어?'

천유하가 깜짝 놀랐다. 무쇠도 썰어버리는 검기(劍氣)를 일으켜 몸통을 베었거늘, 마치 바위를 긁은 듯한 느낌과 함께 불꽃이 튀었다.

"이놈!"

괴령이 천유하를 노려보았다. 그리고 살의를 발하면서 벼락처럼 손을 뻗어온다. 요괴의 모습으로 돌아가지는 못했지만 손만이 변화해서 호랑이의 그것처럼 날카로운 손톱이 튀어나와 있었다.

쾅!

하지만 형운과 얽힌 상태에서 천유하를 치려고 한 것은 실로 어리석은 행동이었다. 형운은 뻔히 보이는 허점으로 정권을 찔러 넣었다. 폭음이 울리면서 괴령이 바닥으로 나가떨어졌다.

"뭐가 이리 단단해?"

형운이 주먹 끝에 느껴지는 반발력에 눈을 크게 떴다. 두꺼운 철판을 두드려도 이런 느낌은 들지 않을 것이다.

심지어 괴령은 그것을 맞고도 지상에 닿기 직전 빙글 몸을 돌려서 착지했다.

그리고 마치 고양이처럼 몸을 웅크리면서 충격을 죽인 다음 뒤로 미끄러지듯 뛰는 게 아닌가?

다음 순간, 괴령의 모습이 시야에서 사라졌다.

'빨라!'

맞고 나가떨어질 때의 충격을 죽이는 것에 그치지 않고 그 힘을 역이용해서 가속했다. 야생동물 같은 탄력으로 바닥과 벽을 타고 달려 나가는 괴령의 움직임이 너무 빨라서 형운조차도 시야에서 놓쳐 버렸다.

그리고 형운이 미처 고개를 돌리기도 전에, 괴령이 그 뒤에
나타났다. 먹잇감을 포착한 괴령이 흉악한 미소를 짓는다.

'건방진 인간 애송이! 잡았다!'

괴령은 마치 정지한 시간 속에서 혼자서 움직이는 것처럼 무
시무시하게 가속했다.

그의 힘 대부분이 저 기둥들에 봉인되어 있기는 하지만 육신
의 힘은 거의 그대로였다. 그리고 그가 마음먹고 달리면 그 속
도는 그야말로 질풍이라 감히 따라올 수 있는 자가 없었다.

"아니?!"

완벽하게 뒤를 잡고 뒷목을 부수려는 순간, 형운이 거짓말처
럼 몸을 숙이면서 반응했다. 죽 뻗는 뒤차기로 괴령의 복부를
노리고, 괴령이 그것을 막는 순간…….

쾅!

그대로 도약하면서 몸을 회전시키며 선풍각을 작렬시켰다.
마치 이 움직임만 시간을 가속시킨 것처럼 빨라서 괴령은 그대
로 얻어맞고 벽까지 날아가 처박혔다.

"이노옴! 아프잖느냐!"

나가떨어진 괴령이 분노했다. 그것을 본 형운이 어처구니없
다는 듯 중얼거렸다.

"세상에. 정통으로 들어갔는데?"

시야가 따라가지 못한다 해도 감극도는 잡아낸다. 감극도가
지배하는 영역 안으로 들어오는 순간, 뇌가 그 존재를 인식하고
사고가 극한까지 가속하면서 대응책을 결정한다.

그리고 무심반사경을 더한 연계기가 머리통을 후려쳐서 끝장

냈다고 생각했는데…….

"금강불괴(金剛不壞)인가? 어떻게 그걸 맞고 멀쩡하지?"

천유하도 혀를 내둘렀다.

괴령의 육체는 손과 발이 짐승의 그것과 닮게 변형한 것을 제외하면 인간과 별로 다를 바가 없다.

그런데 끔찍하게 단단해서 검기에 맞고도 긁힌 상처도 안 나고, 형운이 정통으로 머리통을 후려갈겨도 별로 타격을 입지 않은 것 같았다.

괴령이 헝클어진 은발을 쓸어 넘기며 말했다.

"크, 머리가 울리는군. 애송이 주제에 큰소리칠 만한 실력을 갖췄…….

그리고 괴령의 모습이 다시 사라졌다.

"…군!"

말이 끝나는 순간, 그는 벽을 타고 달려서 천유하의 등 뒤를 점했다. 그리고 천유하가 돌아보기도 전에 그 머리통을 날려 버리려고 호쾌하게 손톱을 휘둘렀다.

펑!

하지만 손톱 끝이 천유하의 머리털에 닿는 순간, 순백의 기공파가 빨랫줄처럼 날아와서 그의 팔을 후려갈겼다. 직후 형운이 쏘아진 화살처럼 날아와서 주먹을 날린다.

"흥!"

괴령이 그 주먹을 막아냈다. 폭음이 울리면서 두 사람의 몸이 뒤흔들렸다.

그리고 반격을 가하려고 팔을 들어 올리는 순간, 광풍혼을 휘감은 형운의 양손이 소나기처럼 괴령을 난타했다.

두두두두!

괴령이 비명을 지르며 나가떨어졌다. 형운은 철판을 두드린 것 같은 감각을 느끼면서 중얼거렸다.

"…이놈 뭔가 이상한데?"

"고맙다. 황천 갈 뻔했군."

그때 천유하가 십 년 감수한 표정으로 말했다. 괴령의 질주가 너무 빨라서 따라가지 못했다. 형운이 끼어들지 않았다면 어이없이 죽었으리라.

형운이 전음으로 말했다.

─저놈 뭔가 이상해.

─무슨 의미로 말하는지 알 것 같군. 하지만 인간이 아니고 요괴라는 걸 생각하면 당연하지 않나?

─그런가?

─무예를 익힌 요괴가 있기야 하겠지만… 인간 모습으로 어지간히 익숙해질 정도로 지내면서 수련하지 않고서야 저런 게 당연하지.

천유하는 단번에 형운이 느끼는 이질감의 정체를 파악했다.

괴령은 거리의 막싸움꾼처럼 싸우고 있었다.

이 점이 형운을 혼란스럽게 했다. 괴령의 질주는 기겁할 정도로 빨랐지만 그뿐, 접근전에서 보이는 손발의 움직임은 초심자가 따로 없었다.

눈에 보이는 적을 강하게 후려갈긴다. 그뿐이다. 힘을 주기 위해서 몸을 열고 팔을 당겼다가 휘두르니 빈틈투성이가 되는 데다가 예비 동작이 커져서 비효율적이다.

하지만 그건 어디까지나 무공을 극한까지 연마한 형운의 입장에서 볼 때나 그런 것이다. 저 요괴는 육체적인 능력이 인간을 아득히 초월하는 데다가 인간 모습으로 둔갑해 있는 것이 일종의 장난질에 불과하다. 그런데 인간의 형상으로 극한의 싸움을 위한 무예를 힘들여 수련했다면 그게 더 이상한 일 아니겠는가?

괴령이 으르렁거렸다.

"이놈들, 정말 짜증 나는구나!"

"내가 하고 싶은 말이다. 쓸데없이 단단하네, 진짜."

"흥! 잘 싸운다는 거야 인정하겠다만 인간 주제에 내 몸에 상처 하나 낼 수 있을 것 같으냐!"

괴령이 재차 달려들었다. 이번에는 쓸데없이 뒤로 돌아가려고 하지 않고 정면으로 돌격해 온다. 그런데도 너무 빨라서 손이 닿는 간격을 침범당할 때까지 제대로 인식조차 못 했다.

하지만 감극도의 간격 안으로 들어오는 순간, 형운의 의식이 가속한다.

'돌진만 비정상적으로 빨라. 전체적인 움직임은 양 소저 수준이다.'

가속한 의식이 괴령의 움직임을 포착했다. 괴령은 형운 앞에 오자마자 속도를 줄이지도 않고 손톱을 휘둘러 오고 있었다. 하지만 형운이 그것을 튕겨내면서 등으로 그의 몸을 받아서 넘겨 버리자 그대로 허공으로 솟구친다.

"으윽?"

괴령이 당황했다.

뒤를 잡은 후 정확히 때리기 위해 발을 멈췄더니 공격이 막혔다. 그래서 이번에는 아예 속도를 안 줄이고 돌격했는데 설마 이런 식으로 방어할 줄이야?

대각선으로 쏘아져 올라간 그가 벽에 달라붙었다가 몸을 돌렸다. 그러자 눈앞에 형운이 나타났다.

"헉!"

기겁하는 그에게 형운의 공격이 폭포수처럼 쏟아졌다. 급히 손을 들어 막았지만 한두 발을 막았을 뿐, 형운은 너무나도 쉽게 그의 손발을 걷어내고 텅 빈 머리와 몸통에 주먹을 난타했다.

'때려달라고 사정을 하는구만, 정말!'

경이로운 질주 속도를 제외하면 괴령의 움직임은 양진아, 정확히는 영수의 힘을 일깨운 양진아와 비슷한 수준이다. 하지만 양진아와 달리 움직임은 막싸움꾼이나 마찬가지로 어설프기 짝이 없다 보니 경이로운 속도조차도 빛을 잃었다.

콰콰콰콰콰!

폭음이 울려 퍼지면서 뒤쪽 벽이 터져 나갔다. 거기에 달라붙은 괴령의 몸을 치는 충격을 받은 벽이 버텨내지 못한 것이다.

'젠장! 뭐가 이리 단단해!'

등 뒤의 벽이 터져 나가는데도 괴령의 몸뚱이는 버텨내고 있었다. 쉬지 않고 두들겨 대는데도 뼈가 부러지는 느낌조차 나지 않는다.

쿠구구구궁······!

"형운!"

천유하가 비명처럼 외쳤다.

그 말에 형운이 퍼뜩 정신을 차리고 뒤를 돌아보았다. 놀랍게도 형운이 난타로 인해서, 넓은 원형으로 파여 있던 구덩이의 벽이 모조리 붕괴하고 있었다. 하마터면 허공에 떠 있던 세 사람이 붕괴에 휘말릴 뻔한 것을 천유하가 아슬아슬하게 구해내었다.

그러면서 천유하는 형운의 힘에 전율했다.

'완전 괴물이 되었군! 도대체 내공이 얼마나 되는 거지? 우리 나이에 저런 내공을 이루는 게 가능하긴 한 건가?'

그야말로 산도 부수는 거력이다. 형운 역시 아직 스무 살도 안 된 청년이거늘 도대체 어느 정도의 내공을 지닌 것인가?

그때였다.

쾅!

섬광이 폭발하면서 형운이 허공으로 솟구쳤다.

"보자 보자 하니까 방자함이 하늘을 찌르는구나!"

깎여 나가듯이 위쪽 지반이 붕괴, 벽 안쪽에 파묻혔던 괴령이 포효했다. 무시무시한 위압감이 어린 포효가 공간을 찌렁찌렁 울린다. 그로 인해서 아직 붕괴하지 않은 부분까지 버티지 못하고 무너져 내렸다.

쿠르르릉······!

"이런."

그것을 본 괴령이 퍼뜩 정신을 차렸다.

그동안 형운이 무너진 벽의 잔해 위에 착지했다. 소매가 찢어지고 입가에서 피가 흐르고 있었다.

"크으, 제법 센데?"

형운이 찢어진 입술에서 흐르는 피를 슥 닦아내었다. 잠시 한눈팔다가 황천 갈 뻔했다.

괴령의 몸은 그렇게 두들겨 맞고도 부서지지 않았다. 형운처럼 입술이 터지고, 코피가 흐르는 정도였다.

괴령이 으르렁거렸다.

"크르르… 인간 주제에 내 몸에 상처를 내? 그것도 맨손으로? 그놈들보다 더하구나."

"그놈들이라면?"

"나를 봉인한 그 건방진 놈들 말이다!"

괴령이 재차 뛰어들었다. 서로 벽의 끝과 끝에 있는 상황이라 거리는 10장(약 30미터) 이상. 이번에는 형운도 그가 뛰어드는 순간을 포착하고 마주 달려들었다.

꽈광!

허공에서 천둥 같은 굉음이 울려 퍼지면서 공간이 뒤흔들렸다. 형운과 괴령이 서로 반대편으로 튕겨 나갔다가 재차 돌격한다. 이번에는 괴령 쪽이 월등히 빨랐다.

"핫!"

하지만 허공을 달리듯이 덮쳐 온 그의 공격을 형운이 종이 한 장 차이로 피하면서 턱을 올려쳤다. 그리고 그 반동으로 몸을 돌리면서 무릎차기로 명치를 올려 치고, 그대로 일장을 뻗어서 심장을 후려갈겼다.

그리고…….

벼락이 쳤다.

새하얀 섬광이 거친 궤적을 그리면서 괴령을 가르고 지나갔다.

"…뇌격세."

천유하가 중얼거렸다. 검을 휘두른 자세 그대로 정지한 그의 몸에서 연기가 피어오르고 있었다.

기심에 담긴 기운을 극도로 가속시키면서 증폭, 한 점에 모으고 모았다가 일순간에 쏟아내면서 한계를 초월한 일격을 날린다. 이것이야말로 진규에게 우격검이라는 별호를 선물한 조검문의 비기였다.

평소에는 격투를 벌이는 와중에 조금씩 기운을 모아서 적절한 순간에 개방하지만, 이번에는 그야말로 한계치까지 모았다가 최강의 일격을 날렸다. 천유하가 발할 수 있는 최대치의 기운을, 극한까지 예리하게 응축하여 공간을 베는 이 공격을 정통으로 맞은 이상 아무리 괴령이라도…….

"그르르르……."

"…말도 안 돼."

천유하가 경악했다.

괴령이 일어나고 있었다.

멀쩡한 상태는 아니다. 몸통이 붉은 혈선이 그어져서 피가 쏟아진다. 하지만 그것도 잠시였다. 근육에 힘을 주는 것만으로 상처가 닫히면서 출혈이 멈추고, 눈으로도 알아볼 수 있을 정도로 빠르게 상처가 나아간다.

"내 몸을 갈라? 이런 애송이들이? 인간 따위가?"

괴령은 망연하게 중얼거렸다. 자신에게 일어난 일을 믿을 수 없다는 듯이.

"…있을 수 없는 일이야."

그가 중얼거렸다.

"신기(神器)조차 갖지 못한 인간이 감히! 내 몸에 상처를 내다니! 있을 수 없는 일이다! 크아아아아아아!"

드드드드드……!

포효가 울려 퍼지면서 공간이 뒤흔들렸다. 그것을 보면서 천유하는 불길한 변화를 발견했다.

─형운, 느껴지나?

─무슨 말을 하고 싶은지 알 것 같아.

형운도 식은땀을 흘리고 있었다.

인체를 완벽하게 파괴하기 위해 급소를 노리는 공격을, 사람이 아니라 산이라도 부술 위력으로 날렸다. 거기에 천유하의 혼신의 힘을 다한 일격이 제대로 들어갔다.

그런데 괴령은 더 강해지고 있었다.

"시간을 끌면 끌수록 불리하다는 건가……."

형운은 입술이 바짝 마르는 것을 느끼며 혀로 핥았다. 등줄기를 타고 공포가 달리고 있었다.

괴령을 둘러싸고 있던 세 개의 기둥은 무너진 벽의 잔해에 파묻혀 버렸다. 그런데도 거기서 나온 빛의 입자들이 괴령의 몸으로 흘러들어 가고 있었다.

그것은 봉인된 괴령의 힘이다. 시간이 지나면 지날수록 그는 본래의 힘을 되찾게 된다.

지금도 이 정도인데 힘을 되찾는다면? 봉인되어 있는 기운이 어느 정도나 되는지는 모르겠지만 도저히 감당할 수 없는 괴물이 완성되는 것만은 분명하다.

격분하던 괴령이 문득 입을 벌렸다. 형운이 기겁했다.

"피해!"

천유하는 거의 반사적으로 옆으로 뛰었다. 직후 그가 있던 공간을 한 줄기 광선이 가르고 지나갔다.

천유하는 간담이 서늘해졌다.

'이게 아까 형운을 날려 버린 공격의 정체인가?'

순간 옆에서 폭음이 울렸다.

천유하가 놀라서 옆을 바라보니 한번 피했던 광선이 허공에서 튕겨서 꺾이면서 형운을 후려갈겼다. 그리고 거기서 다시금 휘어지면서 천유하에게 날아들었다.

쾅!

천유하는 아슬아슬하게 그것을 받아넘겼다.

'양 소저와의 대련이 아니었더라면……!'

등줄기를 타고 오싹한 공포가 내달린다. 지난 한 달간 양진아의 무시무시한 속도를 경험하지 않았더라면 제대로 반응조차 못 하고 직격당했으리라.

"으윽……!"

하지만 완벽하게 받아넘기지는 못했다. 왼팔이 시큰거리는 게 아무래도 뼈에 금이 간 것 같다.

형운도 내장이 진탕하는 충격을 진정시키고 있었다. 광선이 너무 빨라서 그도 양손을 교차해서 막는 게 고작이었다.

"스으으으……."

그 앞에서 괴령이 숨을 들이마신다. 그러자 형운이 천유하를 강타하고 흩어졌던 기운 중 일부가 숨결을 따라서 그에게 되돌아왔다.

고위 요괴만이 갖는, 이미 방출한 요기를 뜻대로 통제하여 다시 되돌리는 기술이다. 인간의 무공으로 치면 아무런 움직임 없이 의념만으로 체외의 기를 통제하여 갖가지 현상을 일으키는 것과 같은 경지다.

형운이 입술을 깨물었다.

'몸을 다루는 기술은 엉망진창이면서 기를 다루는 기술은 완숙의 경지인가? 유설 님이 말한 경우의 반대로군.'

유설은 말했다.

영수의 혈통을 이어받은 인간은, 인간으로서의 부분은 능숙하지만 영수로서의 부분은 미숙하다고.

괴령은 그 반대다. 인간의 형상을 한 몸을 다루는 기술은 미숙하기 짝이 없지만 요괴로서의 능력을 사용하는 데는 능숙하다.

괴령이 차가운 눈으로 두 사람을 보며 말했다.

"이제야 좀 할 만하군. 흠. 아무래도 이 빌어먹을 봉인은 단계적인 모양이다. 어느 정도 기운이 돌아오니 요기를 제대로 쓸 수 있는걸?"

"큭……."

"자, 그러면……."

그가 발 딛고 있던 잔해가 폭발한다. 그리고 그의 모습이 사라졌다.

형운과 천유하는 반사적으로 방어에 집중했다. 하지만 괴령은 그들을 노리고 있지 않았다.

"꺅!"

안절부절못하며 주변을 맴돌고 있던 유설이 그에게 붙잡혀 버렸다.

"제법 영양분이 풍부해 보이는 계집이로군. 잘 먹겠다."

"유설 님!"

형운이 비명을 지르며 뛰어들었다. 하지만 거리를 반도 좁히기 전에 괴령의 모습이 사라졌다. 그리고 뒤쪽에서 섬광이 날아들었다.

"젠장!"

형운이 주먹을 후려쳐서 막아냈지만 그 순간 광선이 꺾이면서 땅에 튕기고, 다시 꺾이면서 종횡무진 공간을 질주한다. 폭발이 연달아 일어나면서 형운과 천유하가 날아가 버리고 괴령이 광소를 터뜨렸다.

"크하하하하하!"

3

오량은 숨을 삼켰다.

눈앞에서 일어나고 있는 싸움은 그가 대응할 수 있는 수준을 넘어섰다. 괴령도, 거기에 맞서 싸우고 있는 형운과 천유하도 이미 그가 대적할 수 있는 수준을 훨씬 초월하고 있었다.

'괴물 녀석들……'

몸이 떨렸다. 동시에 분한 마음이 들었다.

오량은 철이 들기도 전에 무공에 입문했다. 오량의 부친은 한때 별의 수호자 내에서 제법 높은 평가를 받던 무인이었다. 하지만 부상으로 인해서 은퇴할 수밖에 없었고 그래서인지 장남인 오량에게 거는 기대가 컸다.

그래서 오량은 걸음마를 떼자마자 심법을 배워야 했다. 또래 아이들이 아무 생각 없이 뛰어놀 때 벌을 서듯이 기마자세를 몇 시진이고 유지해야 했고 자세를 교정받으면서 수백 번씩 기술을 연마해야 했다.

그렇다고 부친을 원망하지는 않았다. 그런 가혹한 영재교육을 받았기에 인재육성계획에서 풍성 초후적의 눈에 들어서 제자가 될 수 있었으니까.

풍성의 제자가 된 후로도 수련을 게을리했던 적은 없다. 사형들이 빼어나긴 했지만 자신도 충분히 오성의 자리를 노려볼 수 있다고 생각했다.

그런 야심이 무너진 것은 형운에게 패한 후부터였다.

그때부터 오량의 인생은 내리막길이었다. 예전보다 더 혹독하게 스스로를 연마했건만, 아무런 보상도 얻지 못했다.

그래도 포기하지 않았다. 자신을 가로막던 벽을 넘기 위해 불철주야 노력했다. 지금의 시간이 시련일지라도 언젠가는 보상이 있을 것이라고 믿으며……

"젠장……"

현실은 잔혹했다. 오량은 눈물이 날 것 같았다.

저쪽에서 필사적으로 싸우고 있는 형운도, 그리고 성운의 기재라는 천유하도⋯ 어쩌면 이리도 그에게 절망을 던져 주는가? 보면 볼수록 속에서 추한 감정이 꿈틀거렸다. 정신이 나간 마곡정과 싸웠을 때처럼 사악한 충동이 고개를 들고 있었다.

'다 여기서 죽어버리면⋯⋯.'

그러면 자신에게도 다시 기회가 오지 않을까?

어차피 자신은 끼어들 수 없는 싸움이다. 그렇다면 차라리 이 자리를 피하는 게 도와주는 일이리라.

그런 유혹에 시달리면서도 오량은 발길을 떼지 못했다. 그때였다.

"오량 공자님."

들어본 적이 있는 목소리가 그의 정신을 일깨웠다. 그가 흠칫 놀라며 뒤를 돌아보자 무일이 보였다.

"일이 어떻게 된 겁니까?"

그새 다른 일행들도 내려와 있었던 것이다. 무일뿐만 아니라 안색이 창백한 가려, 여전히 혼절해 있는 감진오를 비롯한 일행들이 보였다.

오량은 잠시 멍청하니 그들을 바라보았다. 무일이 의아해하며 그를 불렀다.

"⋯공자님?"

"아, 아아. 괜찮네. 지금 상황은⋯ 다들 일단 최대한 먼 곳으로 피신하는 게 좋겠어."

"네?"

"저기에 휘말려 들면 안 되니까. 자칫하다간 두 사람에게 방해가 된다."

오량은 간략하게 상황을 설명했다. 그리고 잠깐, 아주 잠깐 고민하다가 말했다.

"무일 자네는 다른 사람들과 함께 피신하게. 그리고 양 무사."

"네."

"움직일 만한가?"

"우리 중에 제일 멀쩡한 사람이 저인 것 같습니다만."

양미준이 피식 웃었다.

"그럼 자네와… 음. 그쪽 소저의 방명을 물어도 되겠소?"

오량이 다연을 보며 물었다. 다연이 대답했다.

"다연이라고 합니다."

"그렇군. 나는 오량이라고 하오. 다 소저, 협력하지 않겠소?"

다연은 그가 무엇을 제안하는지 알아들었다. 그녀가 고개를 끄덕였다.

"제안에 감사합니다. 저도 아가씨를 구해야 하니까요."

"뜻이 일치하는군."

오량은 서하령과 마곡정, 양진아를 구해내려고 하고 있었다. 싸움을 지켜보다 보니 저 셋이 형운과 천유하에게 약점으로 작용할 가능성은 충분했다.

오량과 두 사람은 재빨리 세 사람이 쓰러져 있는 곳으로 향했다.

세 사람은 형운에 의해 무너진 괴령이 있는 곳의 잔해 위에 쓰러져 있었다. 아까 전에 형운의 공격으로 이곳이 무너질 때 천유하가 피신시켜 둔 그대로였다.

"다행히 깨어날 조짐은 안 보이는군. 하지만 돌다리도 두드려 보고 건너는 게 낫겠지."

오량은 다시금 마곡정을 점혈했다. 양미준과 다연도 그를 따라서 다른 두 사람을 점혈한다.

곧바로 그 자리를 뜨려던 오량은 문득 기이한 느낌을 받고 주변을 둘러보았다. 양미준이 물었다.

"왜 그러십니까?"

"음……."

오량은 대답하지 않고 감각을 자극하는 느낌에 집중했다. 그리고 그 정체를 깨달았다.

'저 기둥들인가?'

무너진 벽의 잔해 위로 기둥의 위쪽이 살짝 솟아나 있었다. 회오리바람을 품고 있는 늑대의 모습을 형상화한 풍령국 황실의 문장이 녹색으로 빛나고 있는 기둥이었다.

우웅…….

기둥에 가까이 가자 변화가 일었다. 공기가 미미하게 진동하면서 감각에 와 닿는 자극이 강해진다. 오량은 그 이유를 깨달았다.

'내 기파에 반응하고 있다.'

잔해에 파묻혀 있어도 기둥은 괴령을 향해 빛의 입자를 흘려보내고 있었다. 그런데 그것과는 별개의 현상이 일어나는 게 느껴진다. 오량은 본능적으로 자신의 기운이 그 현상을 증폭할 수 있음을 알았다.

'괜찮을까?'

그의 기파에 반응, 더 강해진 자극은 이곳에 남아 있는 타인의 의념인 것 같았다. 사악한 느낌은 들지 않지만 과연 이걸 자극해도 되는 것일까?

뒤에서는 여전히 폭음이 연달아 울리고 섬광이 번쩍였다. 형운과 천유하가 괴령을 상대로 필사적으로 분투하고 있다는 증거였다.

양미준이 물었다.

"오량 공자? 왜 그러십니까?"

"양 무사."

"네?"

"부탁하지. 나 대신 곡정이를 부탁하네. 다 소저와 함께 이곳을 벗어나게."

"무슨 말씀을 하시는 겁니까?"

"지금부터······."

오량이 심호흡을 한번 했다.

"생각난 일을 해보려고 하는데, 이게 길이 될지 흉이 될지 모르겠어. 그러니까 일단 두 사람은 떠나게."

"하지만······."

"사실 방금 전까지만 해도 좀 비겁하게 살고 싶다는 충동에 시달리고 있었네."

오량이 쓴웃음을 지었다.

"근데 누군가의 시선을 받게 되니까 그럴 수가 없더군."

어차피 보는 사람도 없으니까 괜찮지 않은가?

그런 생각이 오량의 내면에서 일어난 사악한 충동을 부채질했다.

하지만 별의 수호자 일행들이 도착하자 오량은 그런 고뇌에서 벗어날 수 있었다.

이 얼마나 줏대 없는 소인배란 말인가? 타인의 시선 때문에 신념조차 오락가락한다니.

하지만 그것도 나쁘지 않다. 그로 인해 돌이킬 수 없는 유혹에 굴하지 않았으니 기꺼워할 만하지 않은가?

"24년이라. 인생을 논하기에 별로 긴 세월은 아닌지도 모르지. 하지만 내게는 평생이었다. 이유가 뭐였든 간에 평생 동안 쌓아 올려온 산을, 한순간의 유혹으로 무너뜨리지 않을 수 있었어. 기왕 이렇게 되었으니 끝까지 가봐야겠다네."

"……"

"가주게나. 혹시 일이 잘못되면 절대 맞설 생각 하지 말고 도망치게. 헛된 저항을 하기보다는 저놈에 대해서 최대한 빨리 알리는 게 좋을 테니까."

"말과 행동이 따로 논다는 생각 안 드십니까?"

"그렇기는 하군."

오량이 피식 웃었다. 남에게는 비겁하게라도 살아남으라고 말하는 주제에 자기는 비겁하기 싫다고 죽음의 위험 속으로 뛰어들려고 하고 있지 않은가?

양미준이 말했다.

“흠. 이런 때니까 말하는 거지만… 전 오성의 제자들은 하나같이 운 좋게 대박을 터뜨린 주제에 자기가 잘난 줄만 아는 인간들만 모여 있다고 생각했습니다. 근데 형운 공자와 오량 공자를 보니 생각이 달라지는군요.”

“내가 살아 돌아가면 어쩌려고 그런 막말을 하나?”

“그 정도로 쩨쩨한 분은 아닌 것 같아서요.”

“누가 장로회 직속 아니랄까 봐 아부하는 솜씨가 제법이군. 기왕이면 형운은 빼고 나만 이야기했으면 만점을 줬을 텐데.”

“제가 좀 솔직해서 말이죠. 무운을 빌겠습니다.”

양미준은 서하령과 마곡정을 들고, 다연과 함께 그 자리를 떠났다. 그들이 구멍 밖으로 나가자 오량은 심호흡을 한번 하고는 기둥에 손을 댔다. 그리고 진기를 일으키자…….

—먼 훗날의 당신에게 부탁한다.

눈앞이 새하얘지면서 씁쓸해하는 청년의 목소리가 들려왔다.

4

“헉, 헉, 헉…….”

천유하는 숨을 몰아쉬고 있었다.

그의 내공은 결코 얕지 않았다. 5심의 경지에 도달한 후, 실전에서 내력이 바닥을 드러내 본 경험이 없었다.

하지만 괴령과 싸우다 보니 순식간에 힘이 바닥났다. 내력이 고갈되자 체력도 점차 회복이 늦어진다.

'이대로는 짐이 되겠어.'

괴령이 너무 빠르다. 근접해서 격투를 벌일 때는 형운이 아직도 그를 압도한다. 그런데 일단 거리를 벌리고 질주하기 시작하면 눈으로도 따라갈 수가 없었다.

게다가 진짜 금강불괴라도 되는지 어지간히 묵직한 일격이 아니면 견제조차 되지 않는다. 견제할 때도 진기를 잔뜩 불어넣어야 했고 그러다가 허점이 드러날 때마다 온 힘을 다해 공격을 때려 넣다 보니 순식간에 내력이 소모되었다.

"이야아아아!"

형운이 절규했다. 또다시 근접 격투에서 괴령의 허점을 포착, 무시무시한 강타를 연달아 퍼부었다.

섬뜩해질 정도의 위력이었다. 허공에서 산 몸뚱이를 치는데 공간이 쩌렁쩌렁 울린다.

쾅!

괴령이 땅에 처박혔다. 하지만 보통 사람이었으면 수백 번도 더 죽었을 연타를 받고도 괴령의 몸에는 긁힌 상처가 났을 뿐이다.

그를 향해 형운이 유성처럼 낙하한다. 광풍혼이 뒤에 압축되었다가 일거에 분사되면서 무시무시하게 가속이 붙었다.

꽈과광!

폭음이 울리며 지축이 뒤흔들렸다.

천유하는 이 충격으로 이 지하 공간이 무너지지 않을까 진심으로 걱정했다. 그 정도로 강맹한 일격이었다.

그런데 그 직후 섬광이 폭발한다.

형운이 충격으로 솟구쳐 오르고, 허공에서 무수한 광점이 나타나면서 섬광이 종횡무진으로 내달린다. 괴령이 입으로 뿜어낸 섬광이 형운을 강타, 마치 공처럼 옆으로 튀었다가 광점에 맞고 다시 튕기는 식으로 그를 난타했다.

"이까짓 거!"

형운이 포효했다. 사자후가 허공의 광점을 흩어버리고, 직후 응축된 광풍혼이 일거에 풀려나오면서 괴령의 섬광을 날려 버렸다.

"후우, 후……."

형운이 숨을 골랐다. 천유하와 달리 아직도 내력이 남아도는지 금세 호흡이 안정되었다.

놀랍도록 심후한 내공이다. 하지만 형운도 지쳐 있었다. 강철처럼 단단한 육신 곳곳에도 상처가 나서 피가 흘렀다.

"크큭, 강해! 인간이라고 생각할 수 없을 정도구나! 하지만 언제까지 버틸 수 있겠느냐?"

형운의 공격으로 파인 구덩이 속에서 괴령이 걸어 나온다.

그도 멀쩡한 모습은 아니었다. 전력을 다한 형운의 공격에 몸여기저기 상처가 생겼다.

하지만 그것도 걸어 나오는 짧은 시간 동안 다 나아버린다.

"빌어먹을 재생력……."

형운이 이를 갈았다.

금강불괴가 아닐까 의심스러울 정도로 단단한 육체에 어떤 상처든 순식간에 나아버리는 재생력까지 가졌다. 게다가 시간이 지나면 지날수록 강해지기까지 한다.

'이런 적을 쓰러뜨릴 수 있을까?'

형운은 이미 쓸 수 있는 수는 다 써봤다. 천유하를 잠시 물러나게 하고 광풍혼을 전개, 유성혼으로 난타해 보기도 했고 근거리에서 붙잡고 중압진으로 사로잡은 다음 필살의 일격을 날려 보기도 했다.

하지만 소용없다. 무슨 수를 써도 괴령의 몸에 경상 이상의 타격을 주지 못했다. 게다가 그것조차도 금세 재생되어 버리니······.

절망이 몰려온다. 일월성신의 눈이 괴령의 상태를 파악하고 있었다. 그의 기운이 더더욱 강해지는 게 보여서 더욱 절망스럽다.

'젠장. 내가 조금만 더 강했다면······.'

형운은 자신의 무력함을 한탄했다. 내공이 7심을 넘었건만 기술이 거기에 따라가지 못한다. 기술도 그에 어울리는 경지였다면 괴령의 몸을 파괴할 방법이 있었을 것을······.

이제 괴령은 분노조차 하지 않는다. 점차 여유를 보이고 있었다.

"흠. 아직도 본신으로는 돌아갈 수가 없군. 뭐, 서두를 이유도 없으니······."

"그 전에 끝낼 거다."

"그럴 수 있었으면 벌써 끝냈어야지. 가련하구나. 하지만 정말이지 내 이해를 넘어서는군. 도대체 무슨 수를 썼기에 인간의 몸에 이토록 많은 기운이 존재하는 거지? 저쪽 애송이도 비교적 작긴 하지만, 그 세 놈들과 필적하는 수준인데…….."

"…….."

즉 내공이 5심의 경지인 천유하조차도 이미 고대에 초인이라 불렸던 세 영웅과 비견할 만한 기운을 가졌다는 뜻이다. 천 년 간 기심법은 그만큼 크게 발전했다.

그렇다면 한 가지 의문이 생긴다.

'도대체 시조님들은 무슨 수로 이놈을 제압한 거야?'

형운과 천유하의 내공 차이는 어마어마하다. 기심의 차이는 불과 두 개 차이지만, 원래 기심법은 기심이 하나 늘 때마다 그 위력이 기하급수적으로 상승한다. 체내에 담아둘 수 있는 내력의 총량이야 기심만큼 상승할 뿐이지만 기의 증폭량과 소모된 힘이 회복되는 속도는 압도적으로 차이 나는 것이다.

즉 괴령의 말대로라면 형운의 힘은 중원삼국의 건국 시조들을 아득히 능가한다는 결론에 도달한다. 그런데 그들이 제압해서 봉인한 괴령을, 그것도 아직 제대로 회복되지도 않은 상태인데도 쓰러뜨릴 수가 없다니?

"형운."

떨리는 목소리가 들려왔다.

형운이 돌아보니 유설이 바들바들 떨고 있었다. 아까 전에 구해내기는 했지만 그녀는 여전히 겁에 질려서 어쩔 줄 몰라 했다.

"미안해. 내가, 내가 도움이 되어줘야 하는데……."

그녀가 울먹였다. 형운이 애써 미소 지으며 말했다.

"유설 님은 안심하고 구경이나 하세요. 저놈 면상을 날려 버릴 거니까."

"크크큭······."

괴령이 웃음을 터뜨렸다.

"이거 참. 느긋하게 식사하려면 일단 네놈을 짓이겨 놓아야겠는데··· 배가 고픈데 맛있는 것들이 눈앞에서 알짱거리니 힘들긴 하구나."

"그냥 죽는 게 어때? 영원히 배고파서 괴로울 일은 없을 텐데."

"슬슬 깨달을 때도 되지 않았느냐? 앙탈 부려봤자 소용없다. 네놈을 보니 인간이 강해졌다는 게 허풍이 아니라는 것은 알겠다만 그래 봤자다."

"자신감이 하늘을 찌르는데?"

"너를 보고 확신했도다. 인간은 강해졌을지 모르나 나를 어찌할 정도로 강해지진 않았고, 신기는 잃어버린 모양이구나."

"신기?"

형운이 눈살을 찌푸렸다.

천유하가 말했다.

"신기라면 황실에 대대로 내려오는 운룡검(雲龍劍) 말인가?"

그 말에 괴령이 흠칫했다.

"그게 아직 남아 있단 말이냐?"

"···정답이었나 보군."

운룡검은 운룡과 그 일족이 건국 시조와 신성한 맹약을 나눌 때 그 증표로 준 물건이다. 황실에서 보관하고 있으며 대관식을 치를 때 말고는 모습을 드러내지 않는 전설적인 기보로 알려져 있었다.

괴령의 표정이 변했다.

"빌어먹을. 그게 남아 있다면, 설마 다른 두 신기도 남아 있느냐?"

"내가 대답해 줄 것 같냐?"

"흠. 이러면 어떠냐? 내 질문에 답하면 나도 네 질문에 답하마."

"…이제 아주 그냥 다 잡은 고기 취급 하는 거냐?"

"나쁘지 않은 거래일 텐데? 나는 현세의 정보가 필요하고, 너희에게는 숨 돌릴 틈이 필요할 테니."

그 말대로였다. 형운은 그렇다 치고 천유하에게는 잠시라도 호흡을 다스릴 수 있는 시간이 절실했으니까.

형운은 잠시 망설이다가 대답했다.

"좋아. 그러지."

"그럼 먼저 묻지. 다른 두 신기도 남아 있느냐?"

"남아 있다. 중원삼국의 황실에서 각각 보관하고 있지."

"중원삼국? 그게 뭐냐?"

"우리 차례인 것 같은데? 유설 님이 왜 이렇게 겁에 질려 있지?"

형운은 아까부터 그 점을 의아하게 여기고 있었다.

유설은 빙령지킴이로서 오랜 세월을 존재해 온 영수다. 겉보기로는 영수 모습일 때나 인간 모습일 때나 귀엽기 짝이 없지만 싸움에 익숙한 존재라는 뜻이다. 그런데 왠지 괴령 앞에서는 겁에 질려서 아무것도 못 하고 있었다.

괴령이 시큰둥한 표정으로 대답했다.

"내 이름을 아는 주제에 그런 것도 모르느냐?"

"당신에 대해서 별로 기록이 자세히 남아 있질 않아. 인간한테 천 년이 얼마나 긴 시간인 줄 알아?"

"하긴 고작 백 년 전의 일도 모르는 게 인간이었지. 그 계집이 나를 두려워하는 것은 당연하다. 작은 토끼가 호랑이 앞에 서면 어떻게 되느냐?"

"…뭔 말을 하고 싶은지는 알 것 같다만, 유설 님을 작은 토끼에 비유하는 건 좀 아닌 것 같은데?"

"그 계집과 나의 관계가 그와 비슷하다는 뜻이다. 나는 하늘의 기운을 받아 신수로 각성할 운명을 손에 넣은 마수와 대요괴의 자식. 날 때부터 모든 짐승의 포식자로서의 자리를 약속받은 존재이니라."

"흠……."

대충 말하고자 하는 바는 알아들었다. 구체적인 이유까지는 모르겠지만 자연계의 포식자와 피포식자의 관계가 괴령과 일반 영수 사이에 적용되는 모양이다. 영수의 혈통을 이은 인간을 지배하는 것도 같은 맥락일 터.

괴령이 말했다.

"내 차례로군."

"아, 중원삼국이 뭐냐는 질문이었나? 그건……."

"그건 되었다. 이름을 듣고 생각만 해봐도 알 수 있는 문제니. 그보다 바깥에는 너희만큼 강한 인간이 많느냐?"

"많지."

형운은 생각할 것도 없다는 듯 대답했다. 그 말에 괴령이 형운의 눈을 유심히 바라보더니 고개를 끄덕였다.

"거짓말이 아니로군. 워낙 애송이들이라 나이 먹은 것들이 더 강할 수도 있겠다고 생각은 했지만… 확실히 인간이 강해지긴 했나."

괴령이 생각에 잠겼다. 형운은 질문을 던질까 말까 하다가 일단 상태를 두고 보았다. 그때였다.

―형운.

오량이 전음을 날려왔다. 형운은 놀란 내색을 하지 않고 자연스럽게 전음으로 물었다.

―오량 선배, 왜 거기 있어요?

―신기다.

―네?

―그놈을 쓰러뜨리려면 신기가 있어야 한다.

―그건 알아요. 저놈이 자기 입으로 떠들었다고요. 하지만 황실에 있는 신기를 가져올 수도 없는 노릇인데…….

―신기는 여기 있다.

―네?

형운은 그 말에 상황도 잊고 놀란 내색을 하고 말았다. 그러자 생각에 잠겨 있던 괴령이 눈을 부라렸다.

"뭔가 꾸미고 있었나 보군. 들리지 않게 속닥거리는 능력이라도 있느냐?"

낭패였다. 괴령의 반응을 보니 전음을 알아보는 능력은 없는 것 같다. 하지만 영수들 중에는 소리를 내지 않고 뜻을 전함으로써 대화를 나누는 능력을 가진 것들도 있었기에 괴령은 과거의 경험에 비추어 형운 일행의 상황을 눈치챘다.

"시간 끌어가면서 알아낼 만한 것도 남지 않은 것 같으니… 일단은 네놈들부터 죽여서 먹고 나서 생각하기로 하마."

"크……."

형운이 다시 광풍혼을 가속시키며 전음을 날렸다.

―제가 이놈을 막는 동안 천유하에게도 신기에 대해서 알려 주세요. 그리고 신기를 꺼내는 겁니다.

―알겠다. 버텨줘라.

―여태까지 버틴 거 보면 몰라요? 빨리 하기나 해요.

형운은 건방진 소리를 날리고는 괴령에게 한 걸음 다가섰다. 괴령이 씩 웃으면서 턱을 쓰다듬었다.

"인간 애송아. 네게 아주 불행한 소식이 있다."

"뭐지?"

"방금 한 단계가 더 풀린 것 같구나."

"뭐?"

형운이 눈을 크게 뜨는 순간이었다.

짜르르릉!

시퍼런 뇌격이 작렬했다. 천둥소리가 울려 퍼지면서 새하얀 벼락이 어둠을 불태운다.

"크크큭!"

괴령이 기분 좋게 웃으면서 숨을 들이마신다. 그러자 흩어지던 뇌격이 그의 숨결에 빨려 들어갔다.

"제법 강하다는 것은 인정한다만 뇌전의 힘 앞에 하찮은 인간 따위는……."

괴령은 끝까지 말을 잇지 못했다. 흩어지는 뇌격 속에서 푸른 섬광이 소용돌이치고 있었기 때문이다.

"확실히 아프군. 피할 수도 없고."

형운이 이를 갈았다. 확실히 뇌격을 쓸 거라고는 생각 못 했다. 일순간 기맥을 타고 전격이 흐르는 바람에 눈물이 날 정도로 아팠다.

"하지만 뇌격을 쓴다는 걸 안 이상 쉽게 당하진 않아."

그리고 휘몰아치는 광풍이 한기를 띠기 시작했다. 형운의 빙백기심이 최고조로 활성화, 주변의 공기가 급속도로 차가워지면서 공기 중의 수분이 응결된다. 이 어둠 속에서 광풍혼의 빛을 반사해서 보석처럼 빛나는 얼음 파편들이 휘몰아치면서 시야가 희뿌옇게 변해간다.

괴령이 이를 드러내며 웃었다.

"깜찍하군. 이까짓 걸로 내 뇌전을 막아보겠다?"

"다 막을 필요도 없어. 어디 해보시지."

조금 전의 뇌격은 광풍혼이 일차적으로 위력을 상쇄시키고, 일월성신의 순수한 기운이 나머지를 녹여 버렸다. 보통 인간이라면 기맥이 불타 버리면서 죽음에 이르는 타격을 입었겠지만 형운은 약간 저릿저릿한 정도였다.

'하지만 얼마나 막을 수 있을까? 오량 선배, 뭔 수를 쓰는 건

지는 모르겠지만 빨리 어떻게 좀 해봐요!'

형운이 터져서 피가 흐르고 있는 입술을 핥았다. 괴령은 점점 강해져 간다. 기운에 비하면 상승폭이 완만하기는 하지만 육체 능력도 상승하고 있었다.

"언제까지 나를 때릴 수 있을지 보자꾸나!"

눈으로 따라잡을 수 없는 돌진 속도가 더더욱 빨라졌다. 그뿐만이 아니다.

"큭!"

손발의 움직임도 확연히 빨라졌다. 이제는 그에게 뒤나 옆을 잡히면 다음에 날아드는 공격은 감극도의 반응 속도로도 아슬아슬하게 막을 수 있었다.

'아니, 그 정도는 아니야. 그게 아니라……'

괴령과 공방을 벌이면서 형운은 한 가지 사실을 깨달았다.

'내가 느려졌어.'

형운은 감극도로 인해서 시간의 흐름을 파악하는 데는 절대적인 감각을 지녔다. 그렇기에 알 수 있었다.

계속된 공방으로 육체가 지치고, 내력이 소모되면서 움직임이 느려지고 있다. 그에 비해 괴령은 조금씩이지만 더 빨라지고 있다 보니 그 격차가 크게 느껴지는 것이다.

둘 다 일반인은, 아니, 웬만한 무인들이라도 눈으로 따라올 수 없을 정도로 초고속의 세계에서 싸우고 있다. 그러다 보니 고작 천분의 일 차이라도 벌어지기 시작하면 체감상으로는 크게 느껴진다.

그래도 아직은 형운이 위였다.

"크헉!"

괴령이 비명을 지르며 나가떨어졌다. 하지만 그를 추격하던 형운은 새하얀 충격에 휩싸였다.

'뇌격인가!'

아까 전의 섬광도 빨랐다. 하지만 뇌격은 기운이 일어났다 싶은 순간에는 이미 맞은 뒤였다. 도저히 피할 수가 없다.

"크크큭, 인간들은 이런 걸 두고 살을 주고 뼈를 취한다고 하던가?"

괴령이 웃었다. 그가 받은 타격도 강렬했다. 하지만 형운도 이제까지와는 비교도 할 수 없는 타격을 받았으리라.

"제기랄······."

형운이 욕설을 내뱉었다. 확실히 타격이 컸다. 공격에 대비하고 있던 아까 전과 달리 이번에는 의식이 온통 공격에 쏠려 있었다. 전혀 생각지도 못한 일격을 받아서 기맥에 이상이 발생하고 있었다.

'안 돼······.'

형운은 몸이 저릿저릿한 걸 느끼며 이를 악물었다. 이래서는 반응 속도가 늦어진다. 괴령을 상대로 취할 수 있는 유일한 이점이 사라져 버리고 만다.

그때였다. 괴령의 표정이 굳었다.

"이 기운은… 설마!"

그가 깜짝 놀라서 형운의 뒤쪽을 바라보았다. 그가 처음 있던 장소, 즉 세 개의 기둥이 있던 장소였다.

우우우우우······!

그곳에서 세 가지 색의 빛이 솟구치고 있었다.

괴령이 비명처럼 외쳤다.

"어째서 신기가 여기 있는 거냐!"

"어……."

형운이 고개를 들었다. 그 순간, 하늘로 솟구쳤던 세 줄기 빛 중 하나가 휘어져서 형운에게 떨어졌다.

―머나먼 미래의 사람에게 전한다.

왠지 분해하는 기색이 실린 청년의 목소리였다. 그 목소리가 잠시 머뭇거리는 것 같더니 짜증을 냈다.

―아, 젠장. 점잖은 척하려니 닭살 돋네. 그냥 부탁 좀 하자.

형운은 순간 지금 상황도 잊고 웃어버리고 말았다. 이것은 분명히 중원삼국을 건국한 세 시조 중 한 사람, 이 빛의 색으로 봐서 하운국의 시조 자운이리라. 신화로 기록된 영웅이 남긴 목소리인데 마치 옆집 형처럼 친근한 느낌이 들었다.

―거 우리가 진짜 열심히 했거든? 근데 아무리 해도 그놈을 반쯤 죽은 상태까진 만들어줄 수는 있는데 죽일 수는 없더라. 신기를 써도 원정(原精)을 파괴할 수가 없어서 어쩔 수 없이 봉인해서 미래의 사람들에게 맡기기로 했어. 젠장.

형운은 여기에 신기가 있는 이유를 깨달았다. 그저 대책 없이 괴령을 봉인해 둔 게 아니었던 것이다.

—내 핏줄이 1200년 후까지 이어지고, 신기까지 보관하고 있다면 최선이겠지만 그렇게 먼 훗날의 일까지는 누구도 장담할 수 없지. 그러니 우리 신기의 힘 일부를 나누어서 이곳에 같이 봉해둔다. 여기에 1200년 동안 이 유적이 비축한 힘이 더해지면 괴령을 끝장낼 수 있을 거야. 우리가 무능해서 후인들에게 쓸데없는 짐을 지게 해서 미안하다.

형운은 그가 부끄러운 듯 웃고 있다고 느꼈다.

—진명 녀석이 그러더군. 아마 후대의 사람들은 우리보다 훨씬 지혜롭고 강할 거라고. 재수 없기는 하지만 똑똑한 녀석의 말이니까 맞을 거라고 기대한다. 우리가 남긴 재앙의 찌꺼기 따위는 가뿐하게 치워 버려. 무운을 빈다.

진명이라면 위진국의 시조다. 형운은 신화 속의 이름을 자연스럽게 부르는 그 목소리에 웃어버리고 말았다.

그리고 시야가 회복되면서, 눈앞에 눈부신 빛이 보였다.

'이것이……'

형운은 손을 들었다. 양손에 불타오르는 청백색의 기운이 맺혀 있었다. 그곳에서 일어나는 것만으로도 주변의 모든 것을 위압해 버릴 것 같은 기운.

하늘에서 내려왔다고 하는 신성한 힘, 신기(神氣)였다.

5

신기가 사람에게 깃들며 원래의 주인들이 남긴 목소리를 전
한 것은 찰나였다. 그야말로 눈 깜짝할 새였는지라 괴령조차도
아무것도 할 수 없었다.

형운의 하운국의 신기가, 천유하의 손에 위진국의 신기가, 오
량의 손에 풍령국의 신기가 들려 있었다. 세 사람은 그저 명하
는 것만으로도 자연의 섭리를 복종시킬 수 있는 그 힘에 전율했
다.

'이것이 신의 힘인가.'

이것은 그야말로 기적의 힘이다. 인간이 무공과 기환술, 그리
고 문명의 발달로 탄생시킨 모든 도구는 궁극적으로 이 힘을 재
현하고자 한다고 해도 과언이 아니다.

동시에 천유하는 한 가지 문제를 깨달았다.

'아직 100년도 더 남았잖아?'

위진국의 시조, 진명은 차분하게 사정을 설명했다. 그리고 그
의 설명과 현재를 대조해 본 천유하는 뭔가가 잘못되었음을 깨
달았다.

이 유적이 본래 신기가 있는 하운국 황실 부근에서 나타나야
했으며, 그것이 지금으로부터 100년도 더 지난 후였어야 한다는
사실을 알게 된 것이다.

'시조들이 괴령을 죽이지 못한 것은 신기를 다루는 인간의

힘이 부족하여 괴령의 원정까지 파괴할 수 없었기 때문. 1200년이라는 시간은, 천계 일부를 이용한 격리 공간에 이 유적을 둠으로써 신기의 힘을 충분한 수준까지 키워내기 위한 시간이었다. 그렇다면 100년만큼의 힘이 부족하단 뜻.'

만약 이 추측이 맞다면 신기를 들어도 괴령을 쓰러뜨릴 수 없다.

그저 괴령을 때려눕힐 수 있는 것만으로는 안 된다. 지금은 그를 다시 봉인할 방법도 모르지 않는가?

하지만 그의 고민을 모르는 형운은 웃고 있었다.

"좋아. 이제 해볼 만하겠는데?"

"큭……."

괴령의 얼굴에 낭패감이 떠올랐다. 설마 세 시조가 신기의 파편을 남겨두었을 줄이야? 한없이 금강불괴에 가까운 그의 몸도 신기에 맞으면 큰 타격을 입는다.

형운이 말했다.

"검이었으면 좀 난감했을 텐데, 이건 신기(神器)가 아니라 거기에 깃들었던 신기(神氣)군. 덕분에 내가 원하는 형태로 쓸 수 있어서 좋지만 너를 쓰러뜨리고 나면 사라진다니 아쉽네."

그 말대로 형운에게 주어진 신기는 사용자의 의념에 따라 적합한 형상을 고르는 기운이었다. 형운은 신기를 양 주먹에 덧씌웠으며 천유하는 검에, 오량은 도에 덧씌웠다.

괴령이 으르렁거렸다.

"흥. 신기를 손에 넣었다고 의기양양해하기는. 달라진 건 없다. 과연 네놈들이 나를 붙잡을 수 있을까?"

그 말에 형운의 표정이 굳었다.

확실히 신기를 손에 넣었다고 해서 괴령을 쓰러뜨릴 수 있다는 보장은 없다. 지치고 부상 입은 몸이 극적으로 회복되는 것도 아니니까.

천유하가 전음을 날렸다.

—형운, 문제가 있어.

—나도 알아. 하지만 해볼 수밖에 없잖아.

—아니, 우리가 지쳐 있다는 게 문제가 아니야. 신기의 위력이 100년만큼 모자라.

—뭐?

의아해하는 형운과 오량에게 천유하가 자신이 깨달은 문제를 전했다.

형운과 오량의 표정이 굳어버렸다. 그 말대로라면 신기를 손에 넣어봤자 승기를 잡을 수 없다는 말 아닌가?

천유하가 말했다.

—하지만 희망이 없는 것은 아니야.

—뭔데?

—너다, 형운.

—무슨 뜻이야?

형운은 천유하의 말뜻이 짐작이 안 가서 물었다. 천유하가 대답했다.

—나나 오 공자는, 괴령의 말대로라면 시조님들과 내공의 차이가 별로 없어. 하지만 넌 다르다.

천유하는 그들이 설정한 1200년이라는 시간은, 그들 자신의 힘을 기준으로 삼았다고 판단했다.

지금이야 천유하나 오량이 그들과 비슷한 수준이지만 당시에는 초인이라 불릴 정도로 압도적인 성취였을 것이다. 그러니 후인들이 자신들을 훨씬 넘어설 것을, 짐작하고 기대하기는 했겠지만 확신하진 못했을 터.

형운의 내공 성취는 그들의 수준을 훨씬 넘어섰다. 7심, 아니, 거기에 빙백기심을 합쳐 7.5심의 경지이며 일월성신의 특성상 일반적인 7심 내공보다 더욱 심후하다.

─네 힘이라면, 모자란 100년 치를 메울 수 있을 거야.

─그렇군. 만약 그 예측이 틀리면?

─우리 다 여기서 죽는 거지.

"하핫."

형운이 전음이 아닌 육성으로 웃음을 터뜨렸다. 그리고 천유하를 돌아보지 않고 말했다.

"그럼 우리가 이기겠군."

"뭘 근거로 확신하지?"

"바로 너."

"음?"

"천유하, 넌 천명을 받은 성운의 기재잖아. 천명을 받은 놈이 신기까지 손에 쥐었는데 설마 여기서 고꾸라질 운명이겠냐?"

"……."

"뭐, 성운의 기재가 워낙 거센 풍운에 휘말려 사망률이 높다지만 최소한 여기가 네 죽을 자리는 아닌 것 같다."

"아주 나보고 죽으라고 고사를 지내지?"

천유하가 투덜거렸다. 하지만 그도 웃고 있었다.

형운이 말했다.

"그럼 어디 한번 해볼까? 지금까지처럼 무식하게 치고받는 일은 내가 맡지. 나머지는 재주 많은 두 사람이 해줘."

그리고 형운이 괴령에게 돌진했다.

6

괴령은 주저하고 있었다.

싸울 것인가, 아니면 도망칠 것인가?

그의 몸은 금강석보다도 단단하다. 하지만 신기는 그의 몸을 파괴할 수 있다.

괴령은 강대하고 존귀한 자들의 자식으로 태어났으며, 무수한 영수와 요괴를 먹어치웠기에 몸에 막대한 기운이 응집되어 있다. 그 밀도가 높기에 쉽게 파괴되지 않으며, 또한 파괴되더라도 원래 육체를 구성하고 있던 기운에는 압도적인 구속력을 발휘해서 상처를 재생해 버리는 것이다.

하지만 신기라면 능히 그 결합을 파괴할 수 있다. 신기에 맞을 때마다 육체가 파괴되는 것은 물론이고, 그렇게 파괴된 부분에서는 마치 인간이 부상을 입었을 때 같은 손실이 일어나게 된다.

'도망친다?'

지금까지의 공방에서, 형운은 계속해서 그를 압도해 왔지만 그의 질주를 따라오지는 못했다. 그렇다면 위험을 피해 도망치는 게 상책이다.

하지만 그는 그런 선택을 하지 못했다.

봉인에서 돌아온 힘은 아직 2할 정도뿐이다.

즉 이곳에서 도망친다는 것은 원래 그의 것이었던 막대한 힘을 포기한다는 것을 의미한다.

게다가…….

'인간 따위에게?'

빌어먹을 인간 셋에게 패해서 봉인당하기 전까지는 온 세상에 공포의 대상으로 군림해 왔던 그다. 세상 모든 것이 그의 먹잇감이었고 하고자 하면 못 할 것이 없었다.

그런데 먹잇감에 불과한 인간이 무서워서 도망을 친다?

있을 수 없는 일이다.

'이놈들에게 날 봉인할 수단 따위는 없다.'

신기를 가진 자와의 싸움은 힘들고 고통스러우리라.

하지만 과거에도 그를 봉인했을 뿐, 결국 죽이지는 못했다. 신기를 남겨두었다는 사실에는 놀랐지만 이번에는 상황이 그에게 더 유리하다. 인간들은 이미 지쳤고, 새로 합류한 놈은 그렇게 대단해 보이지 않고, 설령 저놈들이 그를 제압한다 한들 봉인을 다룰 줄은 모르는 것 같으니까.

마음을 굳힌 그에게 형운이 돌진해 왔다.

후우우웅!

주먹이 허공을 가른다. 한 박자 늦게 괴령이 뒤로 물러났기 때문이다. 보이지도 않는 속도로 멀어져 가던 그는, 채 20장(약

60미터)도 나아가기 전에 마치 늪에 빠진 듯한 저항감을 느꼈다.

'역시.'

괴령은 한 가지 가설을 떠올리고 실험해 보았다. 그것은 저 봉인이 풀리지 않는 한 자신이 이곳에서 빠져나갈 수 없을지도 모른다는 사실이다. 과연 거리를 일정 이상으로 벌리니 봉인이 그를 강력하게 붙잡았다.

덕분에 망설임이 깨끗하게 사라졌다. 괴령은 다시 땅을 박차고 형운에게 돌진했다.

콰하핫!

공기가 갈라지는 소리가 울리며 핏방울이 튀었다.

형운이 회심의 미소를 지었다.

"좋았어!"

신기가 깃든 수도로 괴령의 몸을 가르자 거죽이 찢어지면서 피가 튀었다. 지금까지와는 달리 확실하게 타격이 들어간 것이다.

"크아!"

괴령이 통증에 눈을 부라리며 뇌격을 날렸다. 하지만 입을 벌리고 뇌격을 발하는 그 순간,

쫘과광!

오히려 그 뇌격이 그에게 되돌아왔다.

"…신기를 그놈들처럼 다룰 줄 아는 건가?"

괴령이 당황했다. 뇌격을 되돌리는 기술은 과거의 싸움에서도 당해본 적이 있었다. 바로 위진국의 시조, 진명의 신기가 지

닌 힘이었다.

천유하의 검에 깃든 신기는 신수 진조의 힘이다. 의념만으로도 뇌격을 자유자재로 다룰 수 있었다.

파지지직!

주변에 무수한 뇌격의 선이 질주하기 시작했다. 천유하가 검을 휘두르는 궤적을 따라서 달려가는 뇌격이 어둠을 환하게 불태우면서 울부짖는다.

뇌명이 울려 퍼지며 무시무시한 힘이 괴령을 강타했다. 아무리 괴령이라도 뇌격의 속도를 따라잡을 수는 없었다. 속수무책으로 난타당했다.

문득 불타오르는 뇌광 속에서 뭔가가 불쑥 튀어나왔다. 눈부신 섬광이 온통 시야를 가득 채운 상황이라 천유하는 알아차리는 게 늦었다.

"컥!"

마치 창처럼 날아든 뭔가가 천유하를 강타했다. 반사적으로 신기를 확장시켜 막기는 했지만 뼛속까지 울리는 충격이 전해졌다.

"인간 애송이 주제에 재주가 뛰어나군! 신기를 쥔 지 얼마나 됐다고 이 정도로 다루는 거지?"

형운도 그 점에는 동감이었다.

'신기를 손에 넣자마자 특성을 이해하고 다루는 법을 파악했단 말야?'

형운은 그저 신기를 양손에 둘러서 타격용 무기로 쓰고 있을 뿐이다. 아직 이 힘으로 뭘 할 수 있는지는 전혀 감을 잡지 못했다.

그런데 천유하는 신기를 손에 넣자마자 놀랍도록 능숙하게 사용해 냈다. 어떻게 저럴 수가 있단 말인가?

휘리리리……!

흩어지는 뇌격 속에서 무수한 은빛 선이 춤추기 시작했다. 그것을 본 형운이 경악했다.

"머리카락?"

괴령의 은발이 길게 늘어나서 수십 개의 채찍처럼 춤추고 있었다. 바람을 가르는 소리와 함께 날아든다.

펑!

형운이 그것을 막고 날아갔다.

'큭! 직격당했다간 박살 난다!'

무시무시한 위력이었다. 길게 늘어난 머리카락의 무게와 강도가 상당한 데다가 휘둘러지는 속도가 장난 아니다. 일반인이 맞는다면 아마 산산조각 나고 말 것이다.

"크……!"

내력을 끌어 올려 충격을 흩어낸 천유하가 말했다.

"역시 이 정도 뇌격으로는 결정적인 타격은 못 줘! 형운, 너밖에 없다!"

"알아!"

춤추는 머리카락이 워낙 무시무시해서 피하는 것만으로도 아슬아슬했다. 형운은 머리카락 채찍을 정면으로 받지 않고 교묘하게 흩어내면서 조금씩 거리를 좁혀갔다.

'집중해라.'

아까 전에 뇌격에 맞은 타격 때문에 몸의 반응이 둔해졌다. 조금이라도 집중력이 흩어졌다가는 순식간에 당하고 말 것이다.

그때였다. 오량이 심호흡을 한번 하더니 안쪽으로 뛰어들었다.

"오량 선배?"

자살행위다. 그의 실력으로는 도저히 이 머리카락 채찍의 난무를 돌파할 수 없다.

그렇게 생각한 순간이었다.

"하아아앗!"

오량이 기합을 외치며 검을 휘둘렀다.

그의 주변에서 돌풍이 휘몰아치면서 머리카락들을 밀어내었다.

그리고 검격의 궤적을 따라서 보이지 않는 진공의 칼날이 날아가서 괴령을 후려갈겼다.

성운의 기재는 아니라 하나 오량 역시 기재라 불리는 남자다. 금세 신기의 특성을 파악하고 자신이 쓸 수 있는 방법을 찾아낸 것이다.

"가라! 형운!"

오량이 외쳤다.

형운은 즉시 그 말에 따랐다. 비틀거리는 괴령을 향해 뛰어들어서 신기를 휘감은 주먹을 날린다. 무방비 상태로 드러난 괴령의 심장에 주먹이 작렬……

'아니?!'

…했어야 했다.

하지만 마지막 순간, 괴령의 몸이 옆으로 움직이면서 주먹을 비껴내었다. 완전히 피하지는 못했지만 몸을 할퀴듯이 긴 상처를 만들어냈을 뿐, 심장을 부수지는 못했다.

섬뜩한 목소리가 들려왔다.

"그렇게 나올 줄 알고 있었다."

형운은 함정에 빠졌다는 사실을 깨달았다.

괴령은 이미 세 시조와 싸우면서 신기의 특성을 다 파악해 둔 상태다. 신기를 쓴다면 어떤 식으로 나올지 충분히 예상하고 있었다.

살을 주고 뼈를 취한다. 괴령은 주저 없이 그 전법을 선택했다. 오량의 신기에 당한 척하면서, 자유자재로 움직이는 머리카락을 이용해서 마지막 순간에 몸을 피했다.

쾅!

그리고 혼신의 일격을 때려 넣느라 허점이 드러난 형운의 몸통에 괴령의 무릎이 들어갔다. 숨이 턱 막히는 순간, 지근거리에서 입을 벌린 괴령의 뇌격이 꽂히고 주먹이 얼굴을 후려갈긴다.

"형운!"

피를 뿌리며 날아가는 형운을 본 천유하가 비명을 질렀다.

하지만 그건 실수였다.

괴령은 멈추지 않았다. 형운을 날려 버리자마자 천유하에게 뛰어들었다.

한 박자 늦게 그 사실을 알아차린 천유하는 기겁하면서 뇌격을 뿌려냈다. 하지만 이미 괴령은 그의 코앞까지 다가온 채였고……

'이런……!'

뇌격을 휘감은 검격이 빗나가면서 강렬한 충격이 덮쳐 왔다.

'이런, 바보 짓을……!'

몸통뼈가 모조리 박살 난 것 같은 격통 속에서, 천유하는 스스로의 실수를 자책했다. 형운의 도움이 없다면 그는 도저히 괴령의 속도를 따라갈 수 없다. 약자 주제에 한눈을 팔다니 이 얼마나 어리석단 말인가?

신기의 힘으로 뿌려낸 뇌격이 공격의 위력을 감소시켜서 즉사는 면했다. 하지만 그뿐이다.

'아, 안 돼…….'

그렇게 천유하를 쓰러뜨린 괴령은 굳이 숨통을 끊어놓는 데 집착하지 않았다. 몸을 덮친 뇌격을 떨쳐 낸 다음, 곧바로 오량을 노린다.

후우우웅!

하지만 공격이 빗나갔다.

괴령이 이를 갈았다.

"이놈! 거기까지 할 수 있느냐?"

"분신은 꽤 익숙해서 말이지!"

오량이 그렇게 말하며 공격을 날렸다. 풍혼아의 신기는 돌풍을 일으키고, 진공의 칼날을 날리는 것 말고도 허상을 만들어내는 묘용이 있었다.

퍼엉!

근거리에서 오량의 검격을 받아낸 괴령이 뒤로 날아갔다. 오량의 검에 깃든 신기 때문에 팔이 피투성이가 되었다.

"버러지 주제에!"

괴령이 격노했다. 그가 질주하며 오량을 덮친다.

하지만 허상이다. 오량은 계속해서 위치를 바꾸면서 수십 수백 개의 허상을 생성하고 있었다. 광풍이 휘몰아치면서 그의 기척과 채취를 가리기에 괴령도 허상과 실체를 분간하지 못했다.

"형운! 일어나!"

오량이 외쳤다. 그 목소리도 사방팔방에서 울려 퍼졌기에 정확히 어디서 나는 건지 파악할 수 없다.

괴령은 격분해서 허상을 하나씩 치워 나갔다. 그 속도가 너무 빨라서 오량은 식은땀을 흘리고 있었다.

"너밖에 없다! 젠장! 넌 이대로 쓰러질 놈이 아니잖냐! 내 인생을 이 지경까지 몰아놓은 주제에 그렇게 픽 쓰러져 버리면 어쩌라고!"

누가 들으면 웃을 것 같은 소리다. 하지만 오량의 진심이기도 했다.

"크아아아아!"

결국 화를 참지 못한 괴령이 포효했다. 그러자 그의 입에서 뿜어져 나온 뇌광이 폭발하면서 주변을 휩쓸었다.

'이런 젠장……!'

오량이 눈을 크게 떴다.

'형운.'

캄캄한 어둠 속에서, 형운은 누군가의 목소리를 듣고 있었다.

'일어나, 형운.'

이건 자신이 알고 있는 목소리다. 형운은 몽롱한 의식으로 그렇게 생각했다.

그 목소리는 필사적으로 형운을 부르고 있었다. 하지만 형운의 의식은 점차 어둠 속으로 가라앉을 뿐이다. 너무 힘들어서 잠들어 버리고 싶었다.

그때 다른 목소리가 이어졌다.

'형운! 일어나!'

가라앉던 형운의 의식이 꿈틀거렸다.

'너밖에 없다! 젠장! 넌 이대로 쓰러질 놈이 아니잖냐! 내 인생을 이 지경까지 몰아놓은 주제에 그렇게 픽 쓰러져 버리면 어쩌라고!'

이 말을 하는 사람을 자신은 알고 있다.

좋아하는 사람이냐 하면, 아니다.

소중한 사람이냐 하면, 역시 아니다.

하지만 왠지 그를 무시할 수가 없었다.

문득 몸이 흔들리는 게 느껴졌다.

'흔들려?'

조금 전까지는 완전히 사라져 버린 감각이었다. 정지해 가던 사고가 다시 움직이고, 육체의 감각과 이어지는 순간 형운의 의식이 어둠 저편으로 부상했다.

왠지 얼굴에 축축한 감촉과 서늘한 느낌이 동시에 찾아들었다. 형운은 설산여우의 모습을 한 유설이 자신의 얼굴을 핥으며 진기를 흘려 넣고 있었다는 사실을 깨달았다.

'어, 잠깐……'

형운이 눈을 뜬 것을 본 유설이 멈칫했다.

"형운……!"

울먹이는 목소리였다. 여우의 모습인데도 눈에서 당장에라도 눈물을 쏟을 것만 같다.

"유설 님, 저기……"

그 말은 직후 울려 퍼진 폭음에 묻혀 버렸다. 깜짝 놀라서 몸을 일으키려던 형운은 덮쳐 오는 격통에 다시 쓰러졌다.

"윽……!"

"누워 있어. 움직일 수 있는 상태가 아냐."

그 말대로였다. 괴령에게 역습을 당한 형운의 몸은 도저히 일어날 수 있는 상태가 아니었다.

그래도 형운은 일어났다. 유설이 경악했다.

"형운?"

"……"

형운은 대답하지 않았다. 죽을 것 같은 격통이 몰려왔기 때문이다.

하지만 곧 통증이 거짓말처럼 사라진다.

감극도 무심반사경―인형술(人形術).

부상으로 인한 고통이 전투 효율을 생존이 위험한 상황까지 떨어뜨렸을 때를 위한 감극도의 비기.

통각을 고통으로 인식하는 감각을 강제로 닫아버리고 모든 감각을 절대감각을 통한 '상태'로만 인식한다. 그리고 마치 실로 연결된 인형을 조종하듯이 자신의 몸을 제어한다.

"싸울 수밖에 없어요."

"안 돼. 형운은 지금……."

"안 그러면 다 죽어요."

"형운……."

쓸쓸하게 웃는 형운은 유설을 돌아보지 않았다. 그리고 말했다.

"유설 님, 깨워줘서 고마워요. 내가 싸우는 동안 도망치세요. 도망쳐서 밖에 있는 사람들에게 저놈에 대해서 알려주세요."

유설이 눈물이 그렁그렁한 눈으로 고개를 저었다. 하지만 입을 열어도 말이 나오지 않는다.

갑자기 그녀의 표정이 변했다. 뭔가 결심을 굳힌 듯이.

형운은 그 얼굴을 보지 못했다. 고통을 마비시킨 몸을 감극도로 조절하면서 상태를 파악해 간다.

'최악이군.'

몸 안팎이 다 엉망진창이다. 뼈도 와장창 나갔고 내장도 너덜너덜하다. 기맥도 엉망이라 기의 흐름이 불안정하다.

도저히 싸울 수 있는 몸이 아니다. 아니, 다른 사람이었다면 사경을 헤매고 있었으리라.

하지만 일월성신의 힘이 너덜너덜한 육체를, 한없이 원기에 가까운 기운으로 기워서 출혈을 막으면서 움직이고 있었다.

이 상태로 싸우는 것은 자살행위나 다름없다. 하지만 싸울 사람은 그뿐이었다.

천유하도 쓰러졌다. 그리고 결국 오량도…….

'젠장. 시조님들도 준비를 할 거면 좀 잘하지…….'

형운은 부실한 안배만 남겨둔 중원삼국의 시조들을 원망하며 괴령을 노려보았다. 괴령은 웃고 있었다.

"역시 인간이로군. 그토록 큰 기운을 담고 있으면서도 망가진 육체조차 수선 못 하나?"

"그래. 솔직히 그거 하나는 참 부럽다."

형운이 허탈하게 웃었다. 괴령처럼 몸을 자유자재로 재생할 수 있다면 이토록 절망적이지는 않을 텐데.

"형운."

그때 유설이 형운을 불렀다.

"다 줄게."

"네?"

뜬금없는 소리에 형운이 놀라서 돌아보았다. 유설이 폴짝 뛰어서 형운의 목뒤에 달라붙었다.

"난 저놈하고 못 싸워. 그래서 이것밖에 할 수 있는 게 없어."

"무슨 말씀을 하시는 거예요?"

형운은 왠지 불길한 예감을 느끼며 물었다. 유설은 설명하지 않고 자기 할 말만 했다.

"나, 돌아오지 못할 거야. 그래도 잊으면 안 돼?"

"유설 님?"

"죽지 마."

유설은 여우의 얼굴로도 알 수 있을 정도로 활짝 웃었다. 그리고…….

빛이 되어 형운의 몸속으로 사라졌다.

"유설 님……?"

형운은 망연히 그녀의 이름을 불렀다. 직후 심장이 크게 고동쳤다.

두근!

심장만이 아니다. 마치 그에 호응하듯이, 형운의 몸속에 있는 기심들이 요동쳤다.

두근! 두근! 두근!

형운은 유설이 무엇을 했는지 깨달았다.

빙백기심이 변화한다. 이전에 맛본 적이 있는 감각이 몰려왔다.

'빙령의 분신체!'

북방 설산에서 빙령의 분신체를 품어서 일시적으로 내공이 8심에 도달했을 때의 그 감각이다. 빙백기심이 온전한 하나의 기심으로 화하고 있었다.

여덟 개의 기심이 연동하면서, 조금 전까지보다 훨씬 압도적으로 증폭된 기운이 기맥을 달려간다.

이토록 만신창이가 된 상태에서 강맹한 기운이 질주한다면 그것은 오히려 내부를 상처 입혀야 할 것이다. 그런데 마치 형운이 아닌 다른 누군가가 그 기운을 조율하기라도 하는 것처럼, 그 기운은 너무나도 자연스럽게 전신에 스며들면서 몸 상태가 급속도로 치유되기 시작했다.

괴령이 경악했다.

"재생력? 무슨 짓을 한 거냐?"

세상 만물은 기(氣)로 이루어져 있다.

그러니 기를 다루는 것이 일정한 경지를 넘어선다면, 육체를 이루고 있는 기조차도 자유자재로 다룰 수 있다.

인간은 거기에 도달하기 위해 아득한 노력을 필요로 한다. 그러나 영수들은 본능적으로 그렇게 할 수 있었다. 괴령이 그러하듯이, 유설도 마찬가지였다.

"회복되게 놔둘 것 같으냐?"

괴령이 뛰어들었다. 형운의 재생력은 그처럼 무시무시하지는 않다. 인간에게는 있을 수 없는 속도로 상처가 나아가기는 하지만, 완전히 회복되려면 시간이 걸릴 것이다.

팍!

빛살처럼 뛰어든 그의 손목이 형운에게 잡혀 버렸다. 괴령이 눈을 크게 떴다.

"크아아아악!"

비명이 터져 나왔다. 그의 손목을 쥔 형운의 손에는 신기가 둘러져 있었다. 형운이 막대한 압력으로 손목을 비틀면서 침투경을 발하자 손목이 부서졌다.

형운은 당장에라도 울 것 같은 표정을 짓고 있었다.

"…너 때문이야."

뒤늦게 유설이 무슨 일을 했는지 이해했다.

유설은 처음부터 빙령에 의해 영수가 된 존재였다. 즉, 그녀는 빙령의 분신이 설산여우에게 깃들어서 움직이고 있는 것이나 다름없었다.

유설의 말이 떠올랐다.

'형운은 내가 지켜줄게.'

형운은 그 말을 흘려 넘겼다. 하지만 그녀는 목숨을 희생해가면서 그 말을 지켰다.

빙령이 유설을 형운에게 보낸 것은 이때를 위해서였는지도 모른다. 빙령의 선택을 받은 형운에게 빙백기심이 생겼고, 그것은 유설이 자신을 이루는 모든 것을 형운에게 줄 수 있는 다리 역할을 해주었다.

"힘만 있으면 뭐든지 해도 되는 줄 아는 너 같은 놈들 때문에 이런 일이 생기는 거야!"

형운의 눈이 분노로 타올랐다. 광풍혼이 몸을 휘감고 가속하면서 괴령의 손목이 얼어서 터져 나갔다.

"이런 말도 안 되는 일이! 냉기 따위에 내 몸이 부서진다고?"

후우우우우우!

허공에 서리가 맺히면서 눈보라가 휘몰아친다. 광풍혼에 노출되는 것만으로도 괴령의 몸이 얼어붙고 있었다.

그 너머에서 형운의 눈이 흉흉한 살의를 발한다. 이 순간, 형운은 지금껏 느껴보지 못한 격노에 사로잡혀 있었다.

괴령이 섬뜩함을 느끼며 뒤로 질주했다. 이 냉기의 권역에서 빠져나가야 한다. 이 냉기는 단순한 냉기가 아니라 영적인 힘이 작용하고 있어서 위험하다.

그러나 질주하는 그의 코앞에 형운이 나타났다.

'말도 안 돼!'

경악하는 그의 몸통에 형운의 주먹이 꽂혔다. 폭음이 울려 퍼지며 피와 살이 튄다.

괴령이 뇌격을 발해서 형운을 뿌리쳤다. 격통과 혼란으로 머릿속이 엉망진창이었다.

어떻게 따라잡은 것일까? 다른 건 몰라도 형운은 그의 질주만은 절대 따라오지 못했다. 그런데 부상까지 입은 상태에서 그를 따라잡았다.

생각할 시간은 없었다. 형운이 금세 뇌격을 뿌리치고 질주해 왔다. 괴령이 재차 뇌격을 발했지만, 그 순간 형운이 사라졌다.

쾅!

폭음이 울리며 괴령의 몸이 날아갔다. 출혈은 없다. 뼈가 드러날 정도로 깊은 상처가 났는데 그곳으로 냉기가 스며들면서 얼어붙었다.

'이건! 이 기술은 그놈조차도 잘 못 썼는데……!'

괴령은 형운이 자신을 따라잡은 이유를 깨달았다.

운룡의 신기였다. 조금 전까지는 그저 괴령의 몸에 타격을 입히는 용도로만 신기를 쓰던 형운이 그 특질을 파악하고, 하운국의 시조 자운조차도 쓰기 버거워했던 비기를 쓰고 있었다.

운화(雲化).

육체를 기화(氣化)하여 구름처럼 실체 없는 존재가 되는 비술이다. 그렇게 기화한 상태에서는 물리적인 간섭을 못 하는 대신 제약도 초월하니, 마치 공간을 뛰어넘는 것처럼 무시무시한 속도로 움직일 수 있었다.

펑! 펑! 퍼벙!

형운의 몸이 벼락처럼 사라졌다 나타났다를 반복하면서 괴령을 쳐 올렸다. 속수무책으로 날아오른 괴령의 위에서 나타난 형운의 일권이 그의 심장을 강타, 본래 봉인되어 있던 자리로 쳐박았다.

폭음이 울리며 무너진 벽의 잔해들이 흙먼지를 피워 올렸다. 그 위로 형운이 내려선다.

"크크큭……!"

피투성이가 된 괴령이 잔해를 헤치고 일어났다. 그의 상처가 눈에 보이는 속도로 재생되어 간다.

신기는 그의 몸을 파괴할 수 있지만, 재생을 막을 수는 없다. 다만 파괴할 때마다 확실한 손실을 일으킬 뿐이다.

"어찌 된 영문인지는 모르겠지만… 갑자기 괴물이 되었구나, 인간 애송이!"

"넌 자기가 안 죽을 거라고 생각하지?"

형운이 불쑥 물었다. 그 말에 괴령이 눈살을 찌푸린다. 형운이 말을 이었다.

"한 번도 자기가 죽는다는 공포를 느껴본 적이 없는 거지?"

"무슨 말을 하고 싶은 거냐?"

"그러니까 그따위로 구는 거겠지. 자기가 죽을 리가 없다고 생각하니까, 자기가 먹잇감이 될 리가 없다고 생각하니까."

형운은 이미 괴령의 말을 듣고 있지 않았다. 뭐라고 떠들어대든 상관없다. 할 일은 이미 정해져 있으니까.

"천유하의 말이 옳았어."

형운은 확신하고 있었다.

유설이 빙백기심과 하나가 되어, 형운의 내공이 8심의 경지에 도달했다.

동시에 그녀의 의지가 형운에게 영수의 능력을 부여했다. 아직 형운이 도달하지 못한 경지, 의념만으로 기를 다루어 원하는 현상을 일으키는 일이 가능해졌다.

신기의 잠재력을 끌어낼 수 있게 된 것도 그 때문이다. 숨 쉬듯이 자연스럽게, 마치 처음부터 빙령의 힘을 가졌던 것처럼 냉기를 다룰 수 있었다. 그리고 신기의 힘도 낱낱이 알고 쓸 수 있을 것만 같았다.

"넌 알게 될 거야. 자신이 죽을 수 있다는 사실을."

"듣자 듣자 하니 망상이 하늘을……."

"더 떠들 필요 없어. 네 악취 나는 숨결로 이 세상이 더러워지는 걸 더 보고 싶지 않다."

형운의 모습이 운화해서 사라졌다. 그리고…….

쾅!

폭음이 울리며 괴령이 날아가 버렸다. 단 일격으로 괴령의 뼈가 부서지고 피와 살이 찢겨져서 튀어 오른다. 물론 그것으로 끝나지도 않는다. 극지의 눈보라를 연상케 하는 한기를 머금은 광풍혼이 휘몰아치는 가운데, 형운이 허깨비처럼 사라졌다가 실체화하면서 괴령을 계속해서 추격했다.

친다. 따라가서 친다. 그리고 또 따라가서 친다.

숨 한 번 내쉴 시간 동안에 괴령의 위치가 수십 번이나 바뀌었다. 그리고 수십 번의 폭음이 터지면서 괴령의 몸이 만신창이가 되었다.

'이런, 바보, 같은······!'

괴령은 격통 속에서 한 가지 사실을 깨달았다.

그의 육체가 파괴되고 있었다.

겉으로 보이는 손상이 문제가 아니다. 이전의 싸움에서도 결코 손상되지 않았던 부분, 그를 이루는 뿌리라고 할 수 있는 원정(原精)이 손실되고 있었다.

'이럴 리가 없어! 인간, 인간 따위가······!'

천유하의 예상대로다. 형운의 내공은 이 싸움을 안배한 과거의 영웅들이 예측한 수준을 초월했다.

그리고 유설과 하나가 됨으로써 내공도, 그것을 활용하는 능력도 폭발적으로 상승했다. 그로써 괴령의 원정이 파괴되고 있었다.

'이럴 리가, 없어, 이럴, 리가······!'

괴령이 발악했다.

머리카락을 휘두른다. 뇌격을 뿜어낸다.

전부 소용없었다. 형운은 그 모든 것을 무시하고 철두철미하게 괴령을 파괴해 갔다.

괴령이 더 이상 반항조차 할 수 없는 고깃덩어리가 되어도 형운은 멈추지 않았다. 더 이상 전투의 소리는 없었다. 그저 암석을 부수는 소리만이 공포스럽게 울려 퍼졌다.

그렇게 시간이 얼마나 지났을까?

마침내… 소리가 멎고 정적이 찾아왔다.

8

일행은 어둠 속 한구석에 숨은 채로 상황이 종료되기를 기다리고 있었다.

전투가 계속되고 있음을 알리는 소리가 이어지다가, 어느 순간 소리가 이상해졌다. 마치 공성추로 성벽을 두드리는 것 같은 꽹음만이 규칙적으로 울려 퍼진 것이다.

무언가를 주고받는 기색이 전혀 없는, 암석을 때려 부수는 것 같은 꽹음이 일정하게 이어지는 상황은 기괴한 공포를 던져 주었다. 긴장을 참지 못한 일행이 서로를 보며 뭐라고 말하려고 할 때…….

소리가 멎었다.

사람들은 숨을 삼켰다. 그런 와중에 제일 먼저 움직인 것은 가려였다.

"선배."

무일이 그녀를 붙잡았다. 가려는 내상이 깊어서 제대로 움직일 수 있는 상태가 아니다. 하지만 그녀는 마치 허깨비처럼 그 손길을 피하고 어둠 속으로 달려갔다.

무일은 잠시 고민했다.

'어쩌지?'

그만이 아니라 다들 같은 심정으로 주저하고 있었다. 큰 소리를 내도 괜찮은 상황인지 모르겠다.

그러는 동안 가려는 어둠을 가로질렀다. 내상 때문에 진기를 운용하는 것만으로도 전신이 아프지만 아랑곳하지 않는다.

형운의 안위를 확인해야 한다.

오직 그 하나의 목적만이 그녀를 지배하고 있었다.

"공자님……."

그리고… 목적을 이룬 그녀의 눈이 크게 떠졌다.

형운이 보였다. 괴령이 있던 자리, 무너진 벽의 잔해 한복판에 크고 깊은 구멍이 뚫려 있고 그곳에 형운이 무릎을 꿇은 채석상처럼 멈춰 있었다.

"공자님!"

가려가 급히 그에게로 다가갔다.

형운이 고개를 돌려 그녀를 바라보았다. 그가 죽은 게 아닌가 걱정했던 가려는 안도의 한숨을 쉬었다.

"누나……."

"이기셨군요. 무사하셔서 다행……."

가려는 말을 끝까지 잇지 못했다.

형운은 울고 있었다.

"…공자님?"

"흑, 흐윽……."

형운은 피투성이가 된 채 흐느꼈다. 눈물이 멈추지 않는다. 전신에 그 어느 때보다도 힘이 넘쳐흐르고 있건만, 마치 가슴이 갈가리 찢긴 것처럼 아파서 울음을 참을 수 없었다.

가려는 잠시 멍하니 형운을 바라보았다. 그러다가 자기도 모르게 다가가서 형운을 안아주었다. 이제까지 누군가와 얼굴을 마주하고 이야기하는 것조차 힘들어했던 그녀지만, 지금은 왠지 이렇게 해야만 할 것 같았다.

"으윽, 으, 아아아아……!"

형운은 그녀의 품에 안긴 채 펑펑 울었다.

『성운을 먹는 자』 8권에 계속…

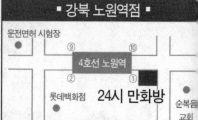
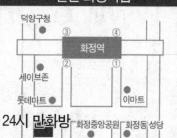

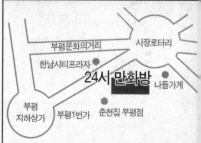

떠운 장편 소설

FUSION FANTASTIC STORY

전쟁 삼국지

2세기 말 중국 대륙.
역사상 가장 치열했던 쟁패(爭覇)의
시기가 열린다!

중국 고대문학을 공부하던 전도형,
술 마시고 일어나니 도겸의 둘째 아들이 되었다?

조조는 아비의 원수를 갚으러 쳐들어오고
유비는 서주를 빼앗으려 기회만 노리는데……

"역시 옛사람들은 순수하다니까.
유비가 어설픈 연기로도 성공한 데는 다 이유가 있지, 암."

**때로는 군자처럼, 때로는 효웅처럼!
도형이 보여주는 난세를 살아가는 법!**

Book Publishing CHUNGEORAM

유행이 아닌 자유추구 -
WWW.chungeoram.com

이경영 판타지 장편소설

FANTASY FRONTIER SPIRIT

그라니트

용들의 땅

G R A N I T E

사고로 위장된 사건에 의해 동료를 모두 잃고 서로를 만나게 된 '치프'와 '데스디아'.
사건의 이면에 상식을 벗어난 음모가 있음을 알게 된 둘은
동료들의 죽음을 가슴에 새긴 채 각자의 고향으로 돌아간다.
2년 후, 뜻하지 않게 다시 만난 두 사람은 동료들의 복수를 위해
개척용역회사 '그라니트 용역'을 설립해 다시금 그 땅을 찾게 되는데……

용들이 지배하는 땅 그라니트!
그곳에서 펼쳐지는 고대로부터 이어지는 운명적 만남,
깊어지는 오해, 그리고 채워지는 상처.

『가즈 나이트』시리즈 이경영 작가의 미래형 판타지 신작!

Book Publishing CHUNGEORAM

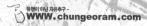